La sinfonía de las moscas

Colección Autores Españoles
e Hispanoamericanos

La sinfonía de las moscas

**Colección Autores Españoles
e Hispanoamericanos**

Mercedes Salisachs
La sinfonía de las moscas

Novela

Planeta

© Mercedes Salisachs, 1982
Editorial Planeta, S. A., Córcega, 273-277, Barcelona-8 (España)

Diseño colección, sobrecubierta y foto de Hans Romberg (realización de Jordi Royo)

Primera edición: noviembre de 1982

Depósito legal: B. 37049 - 1982

ISBN 84-320-5554-9

Printed in Spain - Impreso en España

Talleres Gráficos «Duplex, S. A.», Ciudad de la Asunción, 26-D, Barcelona-30

Octubre se volcaba ya sobre septiembre. Las tardes traían un sol débil y las moscas entonaban *la sinfonía de su muerte* en cocinas y establos.

De *Una mujer llega al pueblo*

Batuta

CRUZÓ LA CALLE de Norte a Suroeste. Llegó hasta la parada de tranvías. Desde la encrucijada de Marqués del Duero, podía verse el campanario de San Justo y Pastor envuelto en niebla.

Era una niebla densa que el humo de la fábrica de gas intensificaba. Tras él se alzaba el trío Apolo (bodega, atracciones, teatro) y, a su izquierda, el cine Arnau. Más allá, sobre el teatro Español, un reloj gigante anunciaba la hora.

Llegó el 62. Subió a él con la agilidad que produce el hábito; Julio Brutats conocía a casi todos los pasajeros:

—Buenos días, buenos días...

Miró el reloj del teatro Español y consultó el suyo.

—La hora de siempre —dijo.

El vecino leía el periódico ávidamente. Pero Julio Brutats añadió:

—La hora vacía, la hora sin sentido.

De vez en cuando echaba una ojeada al periódico de su compañero.

—¿Algo interesante?

—Lo corriente: Se ha inaugurado otro pantano. Doña Carmen ha visitado otro hospicio... Ha habido también otra presentación de credenciales...

—Eso es bueno, eso es bueno...

El vecino no contestaba. Y él se puso a silbar.

A los veinte minutos llegó a su destino.

Descendió del tranvía después de palmear la espalda del conductor:

—Hasta mañana.

En aquel barrio había otra luz, otros sonidos, otro aroma. También Julio Brutats parecía otro hombre. Pisaba el pavimento de la calle con menos firmeza, abreviado, cohibido.

En cuanto abrió la puerta de la oficina, le salió al paso el ambiente (murmullo, olor, color) de todos los días.

Era un murmullo contenido de voces frustradas. Era un olor acre, de hombre y de tabaco. Era un color indefinido, opaco, mate.

Julio Brutats se adaptaba fácilmente a la tónica de los empleados de Bermúdez. Si hablaba, apenas era escuchado. Ninguna de sus preguntas esperaba respuesta. Tenía una voz sin eco, sin dimensiones.

Cuando interrogaba algo, el aludido levantaba la cabeza, miraba hacia un lugar cualquiera, como si la pregunta estuviera allí, y, en seguida, sin responder, volvía a enfrascarse en el trabajo.

Entonces, Julio Brutats movía el hombro derecho, encogía el estómago (eran sus dos tics habituales), sonreía desmayadamente, como si le hubieran hecho caso, y fingía trabajar.

Sus ojillos parpadeaban frecuentemente. Miraban con desconfianza.

Parecían de cristal.

Sus manos, pequeñas, rechonchas, sudaban incluso en invierno.

Despedía aromas a colonia barata (regalada por Finita clandestinamente) y se sonaba con un pañuelo cuidadosamente zurcido por Enriqueta.

En la oficina lo llamaban: «El enanito.»

En su calle: «El sabio.»

Sobre el cuello de su camisa (gris los sábados, blanca los lunes) asomaba un cogote abultado que disparaba su pelambrera y la dejaba híspida y erizada. Parecía un quiste, pero era sólo un repliegue de la carne.

Mientras repasaba la novela de turno, Peláez solía acuciarle:

—*El burgués* ha dicho que te des prisa.

Julio rezongaba protestas indefinidas. Le insistían:

—Dice que llevas demasiado tiempo con la misma novela.

—No puedo apresurarme más. El linotipista la ha dejado imposible. —Arqueaba una ceja (gesto importante y eficaz, adoptaba ademanes de hombre seguro—. No se puede ir de prisa en esas cosas... Demasiada responsabilidad.

—Pero tres días con el mismo trabajo... Es demasiado.

Castro intervino:

—Mi consejo es que la termines hoy, como sigas así *el burgués* no aguantará.

Julio apartó las cuartillas con ademán bravucón:

—¡Pues que la corrija él, demonios!

Al hablar escupía un poco. Le faltaban dos dientes, y su aliento olía siempre a pescado frito.

—Te aconsejo también que no te pongas «chulo». Ya sabes en lo que paran los que le plantan cara.

Julio se rebulló en su asiento y aproximó su rostro al de Castro. Tenía la costumbre de hablar a poca distancia del interlocutor, por eso le huían todos por evitar su aliento.

—Me voy hartando de tanta monserga...

Castro levantó el codo y lo dejó con la palabra en la boca. Julio Brutats divisó al empleado nuevo; se acercó a él:

—Usted todavía no lo conoce... Ya irá viendo, ya irá viendo... Buena persona, no digo que no; pero demasiado pagado de sí mismo. Más de una vez sentirá usted la tentación de mandarlo a hacer gárgaras. Oportunidades nunca le faltan a uno. Al fin y al cabo la cultura ha de servir para algo, y los que trabajamos en editoriales ya se sabe que no somos ningunos zafios. Es obvio que no se llega a corrector de pruebas «así como así»... Lo primero que se requiere es saber escribir... ¡Escribir! ¡Si yo tuviera tiempo! Pero desengáñese, amigo, en España para escribir hay que ser rico. Uno no puede elegir su camino. Se lo encuentra uno todo hecho y... a seguir. Mi padre ya trabajaba con el viejo señor Bermúdez... La tradición; ya sabe usted. Hay que aceptarla quieras que no. ¿Que *el burgués* grita? Bueno; otro día está como un guante. En confianza le diré que, en el fondo, me necesita. Soy el antiguo de la casa; todos lo saben. Ya lo dice mi mujer: «¿Dónde andaría la Editorial Bermúdez sin tu ayuda, Julio?»

El empleado nuevo asentía. En su rostro había una mezcla de admiración y de burla. Las demás cabezas continuaban impasibles, ajenas al monólogo de Julio.

—¿Que a veces es algo exigente? Hay que ser comprensivo. Los que han tenido una vida fácil están en el mundo para criticar a los que no la tienen. Pero a lo dicho: sin mí mal andaría la editorial. Entre nosotros: el señor Bermúdez no entiende ni torta de literatura...

El empleado nuevo fingió tener una necesidad. Cuando regresó, Julio Brutats estaba ya en su puesto porque Bermúdez había llegado.

Al terminar el trabajo, Julio volvió a abordarle:

—¿Salimos juntos?

—Imposible; me esperan en el bar Simona.

Se le abrieron los párpados, puso expresión de malestar y esbozó una sonrisa fingida:

—Vaya, vaya; algún plan secreto...

Aunque mendigase compañía lo hacía bajo una apariencia protectora o paternal. Dejaba escapar una risita forzada con sonido de «e», sacudía los hombros, y escupía, sin querer, en cada sacudida.

—Ningún secreto.

—Disimule usted, hombre, disimule usted... Todos hemos sido jóvenes.

Palmeaba el brazo del empleado adoptando aires tutelares. Volvió a su casa solo.

El tranvía de vuelta era lento. El tránsito aumentaba con la luz. Era la hora de los estómagos vacíos y gorgojeantes, de los rostros pálidos, de las manos doloridas.

Otra vez la encrucijada de Marqués del Duero, el trío Apolo, el cine Arnau, el reloj gigante del teatro Español... En aquel barrio, Julio Brutats recuperaba su personalidad de hombre con entidad civil, situación establecida, derecho a la polémica, volumen importante, con argumentos, actitudes, gustos y opiniones políticas.

Descendió del tranvía; el ademán desenvuelto (su hombro derecho levantado, su estómago chupado) pasó su mano por el nudo de la corbata y cobrando el aplomo de su calle, echó a andar hacia su casa.

Siempre encontraba alguien dispuesto a la tertulia:

—... ¿Rebeldías? ¿Agresiones? Déjese usted de historias. Aquí lo que nos hace falta es «recordar». Tener buena memoria —se golpeaba la frente como si con ello consiguiera imbuir al otro de sus ideas—. Si de mí dependiera... En nuestro país lo que hace falta es palo. ¿Me entiende usted? Palo... —enrojeció y se le pigmentó la esclerótica.

Le escuchaban boquiabiertos sin llegar a comprender lo que decía. Probablemente halagados por el favor que les dispensaba.

—Y allá ¿qué dicen?

Allá era la editorial.

—Subversivos... Gente de poco fiar.

Seguía su camino, saludando a todo aquel que encontraba, marcando un paso marcial, adoptando actitudes guerreras. El abigarramiento de voces se incrementaba a aquellas horas. Entraba en La Montserrat; compraba lionesas: dos para Finita, dos para él. Se detenía frente a la casa del fotógrafo, Félix; echaba una parrafada con él:

—¿La familia?

—Buena por ahora.

—Ayer vi a Julita... Se está poniendo muy guapa.

—Bah; demasiado delgada. Esa niña va para solterona, se lo digo yo, Félix. No sé a quién demonios habrá salido. No tiene amigas, no va a los bailes... Cualquiera diría que no le gusta ser joven. Lo que es la generación de ahora no puede ser más desquiciada. Ahí tiene a mi hijo Paco... —Se llevó una mano al chaleco (tenía el pecho hundido), su corbata se había ladeado—. Dieciocho años perdidos; la juventud de ahora no sabe ser joven. ¡Que me dieran a mí esos dieciocho años! El mundo sería mío. En cambio él...

—Entonces es verdad lo de que quiere meterse a cura...

Félix frunció la nariz y se llevó un dedo al ojo.

—Yo siempre le digo: como sigas así vas a acabar amariconado...

—No le deje usted, don Julio, no le deje usted. Demasiado aparente para los altares. ¡Con lo falto de hombres que está el mundo! —decía la mujer del fotógrafo.

—Eso digo yo, pero su madre...

—¿Encontró empleo?

—No iba a encontrarlo; está de vendedor en una tienda del centro.

Algunas mujeres acudían por agua a la fuente de Carlos III. Se acercaban a él.

—A ver cómo le pinta la semana, don Julio.

Ponía cara de circunstancias, se dejaba admirar:

—La otra vez estuve a punto: diez resultados.

Todos en la calle seguían la suerte de Julio Brutats en las quinielas. Le pedían consejo:

—¿Qué opina usted del Atlético de Bilbao?

—Veamos, veamos... —Consultaba unas notas—. Mal. Esta vez no gana.

La escalera de su casa era oscura. En cada rellano una bombilla de veinticinco. En cada bombilla motas grises. El techo de la entrada revelaba grandezas pasadas. Representaba una ninfa tocando el laúd junto a dos angelitos.

Subía despacio, apoyándose en la barandilla movediza. No hizo sonar el timbre, no utilizó el llavín. Enriqueta, su mujer, estaba siempre pendiente de sus pasos. Le abrió la puerta diligente, le ayudó a quitarse el abrigo, su sonrisa bondadosa y estúpida mostrando unos dientes mellados y denegridos.

Le tendió el periódico dando pasos innecesarios, le acercó el sillón para que se sentara. Le habló de sus hijos, de Genoveva, de Finita, de Pilar... Se metió luego en la cocina a terminar el almuerzo.

Finita llegó en seguida. Silenciosamente se sentó junto a él.

—¿Qué tal la oficina?

—Entró el nuevo.

—¿Has hablado con Bermúdez?

—Ése no pasa día que no solicite mi opinión... Ya lo sabes.

Leía el periódico, se informaba de lo que ocurría en el mundo.

—Digan lo que digan, el mejor país es España. Si nos dejaran intervenir a nosotros... En dos días poníamos las cosas en su punto.

Finita le cogió una mano:

—Mañana, domingo.

—Mañana.

Así transcurrían las semanas.

Las miradas fijas en la hoja. Los oídos atentos a la palabra del locutor. El papel grisáceo (insignificante, arrugado, mal impreso) temblando en la mano que lo sostiene. En todos los detalles un recargo de atención, de miedo a errar. Miradas furtivas absorbiendo cualquier sonido. La tarde dominguera entrando por las rendijas del ventanal.

—Ya van tres —murmura Julio.

Habla sin rozar la voz del locutor. Nada en estos momentos es más importante que la voz del locutor. Las sienes de Julio se humedecen. Más que sudar parecen suspirar agua.

—Cuatro.

Las miradas gravitan en el papel. Acaso por el peso de esas miradas, se hunde un poco por el centro. En el otro extremo de la habitación, la luz escasea. Pero el papel está cerca de la radio y la luz estalla en él. Una sombra larga y movediza se refleja en el suelo, junto a la madera levantada. Parece un reptil hundido por el centro.

—¿Habéis oído? Ya van ocho.

Enriqueta agacha la cabeza. En la coronilla se le ve un rodal de pelo blanco. El resto es rubio paja. La nuca a la intemperie deja al descubierto un escapulario de tela lleno de mugre. Tiene las manos entrelazadas, como si rezase.

El locutor prosigue. Cada palabra es un enigma resuelto y un interrogante mayor. Cada frase (corta, sonora y pitagórica) es una perspectiva abierta al futuro y un recuerdo borrado.

—Nueve. Esto no puede conti... —interrumpe Enriqueta.

Crece una ola de entusiasmo. Las miradas van del papel al aparato de radio, del aparato de radio a los pies de Enriqueta.

Julita acerca los labios al oído de su madre:

—¿Qué harás tú, si papá gana esta vez?

Enriqueta no contesta. Todos los domingos le preguntan lo mismo. Todos los domingos deja la pregunta sin respuesta.

—Silencio —ordena Julio.

La orden expira en la onda radiofónica.

—Doce.

15

—No es posible, Dios mío, no es posible —dice Pilar.

Julio mira a su madre. Tiene los ojos vidriosos, inmóviles. Enriqueta le hace coro:

—No es posible.

—¡Calla!

Julio le da un manotazo en la pierna. Nada se altera.

—Trece.

—¡Papá!

No se sabe si Paco ha hablado por lo del «trece» o por el manotazo.

La tensión aumenta; se pone estallante:

—¡Catorce!

Ya nadie mira el papel. Ya nadie escucha al locutor. Ya nadie se agarra a la duda. La certeza está ahí; en medio de la estancia, sobre la mesa del comedor, dominándolo todo.

La primera en reaccionar es Pilar:

—Vamos, espabilar. A dar la luz. Se acabaron las tacañerías.

Nadie se mueve. Todavía no captan la realidad.

—Catorce —repite Julio—. Catorce... ¿Os dais cuenta? ¡Catorce!

Es un número increíble. Un número tabú hasta ese momento. Un número con el que nadie se atrevía a realizar proyectos. Ahora puede casi verse, rutilante, definido en la rejilla del altavoz (enharinada en la base) rompiendo incertidumbres y deseos vanos.

—¿Has oído, Finita? ¡Catorce resultados acertados!

Pilar se levanta de la silla. Lleva también el pelo teñido de un color rojizo (ella lo llama caoba), rizado por las puntas con permanente casera. Pilar tiene setenta años.

Finita se acerca a su cuñado. Es alta, delgada, multiforme. Va envuelta en sedas que fueron buenas y que ya empiezan a desgarrarse.

—Eres un hombre excepcional, Julio.

—Eso digo yo —corea Enriqueta.

Julio se endereza. Se ahueca. Lleva el papel de las quinielas a los labios. Lo besa con reverencia.

—En efecto; soy un hombre excepcional.

Todavía quedan migas de pan en el plástico de la mesa. Julio Brutats merienda siempre los domingos por la tarde: pan tostado y chocolate a la española. Lo prepara Finita.

Pilar, con andar falsamente ágil y movimientos artríticos, atraviesa la estancia para encender la luz. Se da impulso con los brazos; las manos desplazando aire, el mentón alzado, su voluminoso cuerpo flotante.

—Se acabaron las roñoserías —repite.

Tiene voz danzarina y aguda; especialmente cuando está contenta. Julio advierte entre bromas y veras:

—Mucho cuidadito, mamá. El dinero es mío. El que ha adivinado los resultados soy yo.

Pilar, sin volverse, le interrumpe:

—Pero a una madre no se le puede negar nada...

Da vuelta al interruptor. La lámpara del centro se ilumina (armadura de hierro negro y pantalla de seda roja con borlas azules) y al encenderse aumenta la intensidad de las sombras.

La mano de Pilar continúa levantada, a modo de walkiria triunfante, sobre el interruptor. Su cuerpo se cimbrea bajo el jersey gris.

—Al fin y al cabo me debes la vida.

La miran todos con admiración: he ahí a la madre; suma de aciertos, suma de felicidades.

Juana Brutats, la hermana de Julio (carrera envidiable, piso lujoso en la prolongación de la calle más allá de Marqués del Duero) destaca entre los demás porque viste como una señora.

—No podrás quejarte de tus hijos, mamá —se alisa la falda (algo estrecha en las caderas y anchísima desde los muslos), aventaja el busto, acentúa su escote y muestra un pecho dispuesto a dar todavía guerra—. La verdad es que «hacer la novedad por provincias» no fue moco de pavo...

Genoveva, la hija de Finita, se acerca a Paco. Le da un pellizco en el brazo:

—A lo que pueden llegar algunas putas...

Paco le hace señas para que calle:

—Cuidadito. Está nervioso...

Julio Brutats sigue contemplando el papel. Ya no hay sombra culebreando en el suelo junto a la madera levantada. Lo tiene tan cerca de los ojos que ni siquiera le da la luz.

—Es como un sueño —murmura—, como un sueño... ¿Cuánto creéis que me habrá tocado?

Enriqueta junta las manos, levanta la mirada al techo:

—Ay, Julio: prepárate a ser millonario.

—Millonario.

Saborea la palabra como si tuviera confitura. Un sueño parece nacer de cada letra.

—Mi-llo-na-rio...

La palabra es nueva en la casa. Hasta ahora sólo se conocía de puertas afuera, más aún: de calle arriba. Una palabra únicamente aplicable al señor Bermúdez, o a los marqueses de Moliana, o a don Alfredo Gómez-Ribadosa. Y he aquí, que, de pronto, la palabra se ha instalado en la vivienda de Julio Brutats, reintegrando a la familia a un pasado glorioso, rehabilitándola.

La tarde se vuelve noche de prisa, y la calle deja de ser dominguera para ser simplemente calle, como todos los días. Cada letrero empieza a recuperar su derecho a ser letrero de lunes. Julita apoya su frente en el cristal del balcón. Enriqueta, junto a ella, lanza besos al canario:

—Dios quiera que papá sepa digerirlo.

Enriqueta ha escuchado la frase de refilón. Se aproxima a su hija:

—¿Cómo te atreves a hablar así de tu padre?

Tiene un pecho fláccido de mujer sin goces. El vestido le viene ancho en lo alto del escote. Al defender a su marido se le acentúan los tendones del cuello.

—Cuando te trate mejor...

—Tú no eres nadie para juzgarlo —tartamudea, lanza «gallos», respira con dificultad—, yo ya estoy bien así... ¿Lo oyes?

Julita la contempla entre despreciativa y cariñosa. Le acaricia la mejilla. La trata como si fuera una niña:

—No deberías cegarte de ese modo, mamá...

—¿Cegarse? ¿Cegarse? ¿Quién habla de cegarse? Lo quiero así y basta...

—Te dejas dominar por todos: empezando por la bruja de la abuela.

En el otro extremo de la habitación, Pilar (todavía walkiria) se balancea cerrando los ojos, un mohín caprichoso en los labios, los pulmones hinchados.

—Ahí donde la ves, fue una mujer maravillosa.

—Ya lo sé, mamá. No hace falta que lo repitas; cantante de ópera, esposa de un magistrado, amante de un príncipe... Mírala ahora: bruja cebada con tintes y maquillaje.

Pilar cruza las manos sobre el pecho (el izquierdo más alto que el derecho) carraspea y dice:

—Por fin la vida nos hace justicia. —Alza la vista (los párpados le pesan, le cubren el iris), tensa las mandíbulas, dos bolsas de piel agrietada se intensifican con el gesto—. ¡Por fin volvemos a ser lo que éramos!

Juana Brutats protesta:

—¿Lo que éramos? ¿Qué quieres decir? Nunca hemos dejado de ser lo que éramos...

Se mira al espejo del aparador, se ahueca el «can-can» que ensancha su falda desde el muslo.

Pilar no la escucha. Continúa monologando, declamadora, echando fuera razones desbocadas, cruzando palabras con ella misma, estableciendo fronteras entre la nueva situación y la antigua, dejándose llevar por el vértigo de la novedad.

Julita, en voz baja, sigue hablando con su madre:

—Lo peor es que está convencida de lo que dice.

—Naturalmente. Era una mujer extraordinaria. Todos los hombres enloquecían por ella.

—Arregladas estaríamos si tuviéramos que cotizarnos por la locura de los hombres...

Enriqueta se impacienta, se frota la nariz, se pasa la mano por el cuello.

—Mira, hija, a ti lo que te ocurre es que... nunca has sido joven... Parece imposible. Demasiada cultura, demasiados libros... Para lo que te sirven... Mira el resultado. Ni una amiga, ni un novio. Deberías aprender de Rosa y China... ésas sí que saben lo que se pescan. Ni un domingo faltan al baile.

—Huele a podrido.

—También en el Instituto decías que olía a podrido, y, sin embargo, nunca dejaste de asistir a clase...

19

—Aprendía.

—¿A qué? Una vez tuviste el bachillerato... ¿Qué hacer con él? Ya me dirás para qué necesita el bachillerato una modista...

—Algún día me servirá...

Julita tiene voz lluviosa, es un susurro que chapotea. Podría decirse que sus palabras son húmedas y dejan huellas. A veces parecen salir de los ojos.

En el cristal del ventanal se refleja su cara. Es delgada y melancólica. El letrero luminoso del hotel Iberia finge rubores en su mejillas. Es el único hotel decente de la calle.

Hay un acuerdo tácito entre ese letrero y las facciones de Julita. Acaso porque se han visto mutuamente desde el día que ambos nacieron.

El «can-can» de Juana Brutats, suena a baile francés. Finita es alta (la más alta de la familia) pero su cabeza es pequeña. Lleva el pelo aplastado sobre el cráneo, con ondas provocadas a fuerza de pasadores. Huele a traje guardado y tiene languideces de artista de cine mudo.

Paco comenta:

—Hay cosas más importantes que una enagua.

Finita se vuelve lentamente hacia su sobrino.

—Seguro que te refieres a cualquier santurronería... ¿Qué vas a comprarte tú, Paco? —La voz le tiembla, le sale cortada.

Genoveva, en el otro extremo de la habitación, es la única que no se ha alterado al saber la noticia. Acepta el cambio de situación como acepta sus canas y su falta de juventud. Todo en Genoveva es inalterable y frío. Su vida se reduce a ver llegar el día, la tarde y la noche. Sus movimientos indefinidos, su vestido escasamente limpio. Su indumentaria exenta de originalidad y de relieve.

—Cualquier cosa es más importante que una enagua —dice.

Pero Finita insiste:

—Vamos, Paco: ¿Qué vas a comprarte tú?

—No lo sé aún. Si puedo entraré en el Seminario.

—¿Lo habéis oído? —grita Finita levantando los brazos a modo de un patriarca—. Paco va a entrar en el Seminario. —Imita la expresión de su sobrino, imita luego su actitud—.

El niño ha decidido entrar en el Seminario... ¡Quién iba a decirlo!

—¡Eso será si yo lo permito! —declara Julio Brutats.

Enriqueta se atreve a intervenir:

—Al fin y al cabo ser cura no es nada malo...

—Silencio.

La voz airada del marido la obliga siempre a encogerse, como si la hiriesen en el centro del pecho. Julita habla entre dientes:

—No lo aguantes, rebélate. No te dejes avasallar. Mira a la tía Finita... Deberías parecerte a ella.

Pilar sigue hablando sola, gesticulando y moviéndose ampulosamente. Se acerca a su nieto. Le lanza un discurso sobre la vida:

—¡Los pronósticos de la juventud, no tienen consistencia!... ¡Qué sabes tú de lo que es tener vocación! Deja que se te ponga delante una mujer como Dios manda... ¡Pobrecita vocación! ¡Dónde irá a parar!...

Julita mira a su hermano. Está frente a la abuela, en actitud felina, defensiva. El terror que le produce, reflejado en la cara:

—Un muchacho de diecisiete años... no puede saber lo que es vocación... Todo eso nos pasa por haberte mandado al catecismo... Ya lo decía tu padre: En tratándose de curas... Algo extraño tenía que ocurrir.

Julita replica sin moverse del ventanal:

—Tener vocación no es nada extraño. Es sencillamente ser distinto.

Juana se deja caer en el butacón de Julio, su «can-can» se alza; muestra dos muslos rollizos y llenos de equimosis. Se repasa los labios con un rojo vivo. Su voz sale hueca debido a la posición de los labios.

—Julita lleva razón; tener vocación es elevarse. También puede ser un refugio... A lo mejor el niño es impotente y necesita un lugar a donde agarrarse.

Sonríe a su sobrino. Los dientes manchados de carmín, le guiña un ojo, a modo de complicidad. Paco aparta la vista. Se le ponen las orejas moradas, como si la última frase de

21

su tía las hubiera golpeado. Se sienta luego ante la mesa. Finge leer. Finge respirar tranquilamente.

Pilar se encara con su hija:

—Claro, tú todo lo mides por eso... La virilidad, la impotencia. No irás a decirme que todos los curas son impotentes...

Juana se retoca las cejas, les pasa saliva para arquearlas. Se encoge de hombros.

Julita opina:

—Tener vocación es tener sed; sólo que no de agua.

—Vaya con la niña; mira con lo que nos sale ahora —exclama Finita—. ¿Desde cuándo te metes tú a ser religiosa? Menuda frase.

—La he leído en un libro.

—Menudo libro sería.

Julio Brutats espabila. Hasta ahora parecía abstraído, incapaz de comprender lo que estaba ocurriendo.

—A celebrarlo, a celebrarlo ahora mismo.

Finita, Pilar y Enriqueta le secundan, palmotean, lanzan «hurras» con voz cascada y vibrante. Repiten:

—A celebrarlo, a celebrarlo.

—Tú, Enriqueta; trae lo de siempre.

Lo dice con ademán grandilocuente, señalando la puerta, igual que la estatua de Colón señala el mar.

—Ahora mismo.

Corre a la cocina, aturdida. Es un cuarto oscuro que sólo se enciende cuando hay que cocinar. Abre a tientas el fresquero. Palpa nerviosa; tres botellas (aceite, leche, vino), dos platos con restos de comida (bacalao que dejó Genoveva, garbanzos que dejó Julita), un saquito de arroz...

—Lo de siempre, lo de siempre... —repite entre dientes.

Se lleva las manos a la cabeza. Cierra los ojos y hunde los dedos en las sienes:

—Lo de siempre, lo de siempre... ¿Qué demonios será lo de siempre?

Retrocede; se planta bajo el dintel. Una sonrisa tímida en los labios, las manos de falanges prominentes arrugando el delantal:

22

—Por favor, Julio; dime qué es «lo de siempre». No sé lo que estoy buscando.

El comedor se llena de risas. Sólo Julita y Paco permanecen serios. Finita se adelanta hacia su hermana. El andar mayestático, severo. Su estatura agrandada por la rigidez del cuerpo.

—Enriqueta, hija mía... un día te olvidarás de respirar. —Le da un golpe en el hombro que pretende ser una caricia pero es un empujón. Avanza por el pasillo. Repite—: Lo de siempre, mujer, lo de siempre

Enriqueta la sigue dejando atrás cuchicheos burlones. Imita el andar de su hermana. Mueve las caderas como ella.

El pasillo es largo y también oscuro. El tiempo y el retrete del fondo han dejado en sus paredes tufos ambiguos y penetrantes. Pocos muebles. Dos sillas y un paragüero.

Finita abre el cuarto de Julio (duerme solo porque no soporta respiraciones ajenas a la hora de dormir). El armario tiene una luna mal azogada, que al abrirse, engorda al que se mira en ella.

Mientras su hermana hurga el interior del armario, Enriqueta se contempla en el espejo; las mejillas hinchadas, los labios entreabiertos, sonrisueños y llorones a un tiempo.

—Qué tonta soy, qué tontísima —se disculpa.

—Ahí lo tienes.

Finita levanta triunfante el licor de cerezas.

—¿Recuerdas?

Enriqueta se lleva una mano a la mejilla, la hunde por el centro con el anular:

—Tienes razón, tienes razón... No recordaba. Hacía tanto tiempo que no la usábamos... Quizá desde que nació el niño del primero...

Finita ya no la escucha, sale con la botella en la mano.

—Apaga la luz —le grita desde el pasillo.

Cuando llega al comedor, la reciben con aplausos. Juana prepara los vasos.

—Vamos, Paco, ahueca.

Los coloca sobre la mesa, tararea una canción, que nadie conoce. Levanta un pie para alcanzar mejor el otro extremo.

Julita, apoyada en el cristal de la ventana, contempla a su

tía despectivamente. El frío se cuela por las rendijas, llega
hasta su nuca, le produce un ligero estremecimiento.

Julio Brutats, escancia ahora el licor de cerezas.

—Vamos, Paco, tú también.

Lo dice paternalmente, palmeando su mejilla.

Pilar ofrece un vaso a Enriqueta.

—A brindar; que ya eres millonaria.

Cubre la espalda de su nuera con el brazo derecho. Se
apoya en su hombro, aplasta una mejilla contra la suya.

—Tú y yo somos las únicas señoras Brutats; no lo olvides.

Enriqueta asiente, los ojos empañados, hinchado el pecho
de orgullo. En su mano derecha, el vaso se ladea, el licor
tiembla ligeramente.

Julio carraspea. Adopta luego un aire solemne, levanta el
mentón. Repite:

—¡Silencio!

Le obedecen colocándose en torno a la mesa. Los rostros
vueltos hacia él sonríen. Julio Brutats brinda:

—Por nuestro porvenir.

El canario arma tal barullo que no deja hablar. Julita
mete un dedo por entre los barrotes de la jaula.

—A callar, tonto...

Vuelve luego junto a la mesa. Tras el primer sorbo, los
ojos se abrillantan. Paco comenta:

—Es dulce.

—Toma un poco más, hombre; a ver si te vuelves razonable.

Finita llena su vaso, derrama unas gotas por el mantel de
plástico:

—El alcohol produce milagros; pero no de los tuyos.

Ríe arrastrando risas. Juana se atraganta. Entre tos y tos,
suplica:

—Vamos, golpeadme la espalda...

Genoveva se presta a ello.

—Menos fuerte, que yo no soy Clarita...

Al nombre de Clarita todos reaccionan:

—Se te acabó soportar a ese monstruo —dictamina Finita—. De ahora en adelante dejarás de ser esclava... A ver
cómo se las arreglan nuestros marqueses... sin ti.

Genoveva sigue imperturbable. Ni siquiera mira a su madre. Deja de golpear la espalda de Juana y se acerca al canario.

—Una estaba harta de ver a la hija «señalada» por esa loca. Y encima aguantar impertinencias de la madre... —El alcohol aviva en Finita la voz y los gestos. Esgrime los brazos, frunce la nariz, respira ruidosamente.

El canario, hipnotizado por el parpadeo luminoso del hotel Iberia, vuelve a dormirse. Genoveva lo observa como lo observa todo; con expresión de estatua.

—Curioso: el día empieza de noche —dice.

Nadie la entiende. Finita se encoge de hombros. Pilar mueve la cabeza de un lado a otro, se lleva un dedo a la sien, hace como si taladrase su cráneo con él.

—Te digo que trabajar con una loca, no es cosa recomendable. ¿Qué habrás querido decir con lo de que el día empieza de noche?

Pero Genoveva no le escucha, sigue mirando al canario, estática, indefinible.

Julio se arranca con un discurso:

—Y ahora: «a empezar a vivir». Fin de las estrecheces. Fin de las tiranías. Se acabaron las idas matutinas a la maldita oficina. Nada de «levántate, Julio, que ya es la hora...». La hora, la hora. ¡Al cuerno la hora! ¡Al cuerno todo lo que huela a obligación! —llena su vaso por tercera vez, lo levanta hasta el nivel de los ojos. Al mirarlo bizquea—. Llegaré a la oficina cuando se me antoje y si Bermúdez se atreve a replicarme le diré: «Mire usted, amigo, lo toma o lo deja. De ahora en adelante Julio Brutats no tiene por qué esclavizarse a nadie... ¿Lo ha oído usted bien? ¡A nadie! Cosas de la vida. ¡Ya se sabe! Hoy usted, mañana yo.» Eso le diré. —Traga un sorbo de licor, eructa sin ruido lanzando aromas de pescado frito y de cerezas—. Julio Brutats ya no tiene por qué aguantar impertinencias de nadie.

—Cuidadito con lo que digas —aconseja Juana—. Que tú no tienes pelos en la lengua y luego se arma la de Dios es Cristo. Nos conocemos, hermano.

—Si le molesta, que se aguante. Bastante he tenido que soportar yo en todos esos años.

—Ahora es cuando empezarán a hacerte justicia —vaticina Finita—. Ahora sabrán lo que se pierden si te pierden a ti.

Julio levanta la mano, como si sacudiera polvo del mismo aire.

—Perderme... ¡Ya se cuidarán ellos de no perderme! No todo el mundo está facultado para hacer lo que yo hago... Gran responsabilidad, gran responsabilidad; sí señor —introduce el pulgar en la sisa del chaleco, encoge el estómago, levanta un hombro—. ¿Sabéis lo que va a hacer Bermúdez en cuanto se entere de la noticia? ¡Subirme el sueldo! Y si no, al tiempo.

Hay un asentimiento general, un arrollador murmullo de aprobación. Enriqueta señala el suelo enérgicamente:

—Eso es, eso es: tú lo has dicho.

Pilar cuando bebe cambia de voz. Le sube de tono. Su brazo ya no rodea la espalda de Enriqueta. Lo tiene en jarra; la mano apoyada en la cadera, la posición sugestiva, como cuando interpretaba el aria de *Carmen*.

—¡Quién tenía que decirlo, quién tenía que decirlo!

Lo declama. La dentadura le sale de sitio. Bajo el labio superior asoma una encía rosada, dura y brillante. Traga saliva, cierra los ojos y con mueca rápida encaja el aparato en su lugar.

—No hay duda, hijo, el dinero llama el dinero.

A veces habla como si masticara. Y el aparato produce ruidos de martilleo lejano.

—Además —continúa Julio— si me indispusiera con Bermúdez no me preocuparía. La ciudad está llena de editoriales. El apellido Brutats suena entre los correctores... Al fin y al cabo mi padre era ya «alguien» en el oficio y esas cosas suelen heredarse...

Se sienta ante la mesa, los codos apoyados en el mantel, el vaso vacío entre las manos.

—La vida, la vida... —mueve la cabeza de arriba abajo—. Lo presentía. Llevaba años esperando este momento. Sin embargo no puedo creer aún que sea verdad. Vosotras lo habéis oído también... No lo estoy inventando.

Mira los rostros que le rodean uno por uno. Todos asienten, todos reafirman.

—Pensar que ahora podré dedicarme a mi verdadera vocación...

La vocación de Julio Brutats es uno de los estribillos más repetidos entre las paredes de la casa. Cada rincón es una réplica a su vocación, cada detalle está saturado de vocación.

—Las cosas importantes ocurren, así, de pronto...

Enriqueta se sienta junto a su marido. Le pasa una mano por la manga.

—Julio.

Se vuelve hacia ella, indiferente, la nariz y los ojos rezumando alcohol, el ademán ausente.

—Quería decirte —Enriqueta vacila, se le inyectan las pupilas de emoción—, quería decirte que aunque lo de las quinielas no fuera verdad, yo continuaría como siempre...

—Mujer, no llames al mal tiempo.

Finita ríe por lo bajo. Lo bastante alto, sin embargo, para que los demás la oigan. Es una risa frecuente y pequeña que despierta ira.

Julio Brutats se levanta repentinamente y el brazo de su mujer cae sobre la mesa.

—Serás «gafe»... —dice Finita.

Julita aborda a su hermano. Sus labios rozando el oído de Paco:

—Hay que hacer algo. Esto no puede continuar así. ¿Te das cuenta de cómo tratan a la pobre mamá?

Paco otea amedrentado. Se aparta de su hermana. Dice muy bajo:

—Cuidado. No está el horno para bollos.

—Al fin y al cabo es nuestra madre...

—No hay que meterse en cuestiones de familia.

—Es muy cómodo hablar así.

—A mamá le gusta que la traten mal...

—Eso no puede gustar a nadie.

La voz de Julita, sigue chapoteando, apenas roza el oído.

—Además... además, es feo. Es inmoral. Hay algo horrible en todo eso. Algo que no acabo de comprender.

—No empieces con novelerías.

—No son novelerías. Parece como si todos estuvieran de acuerdo para rebajarla, para...

27

Pilar los interrumpe:

—Dejaos ya de cuchicheos... Vamos, Paco, a bailar con tu abuela...

Pasa el brazo del nieto por su espalda. Se ciñe a él. Tararea la canción que interpretan en la radio, se da impulso, obligando al muchacho a seguirla. Los demás, salvo Julita, los contemplan jaleándolos. Paco, las mandíbulas tensas y los ojos cerrados, se deja arrastrar por la vieja, como si fuera un reo que caminase hacia el cadalso. El flequillo de la vieja roza su barbilla, su aliento se pega a la corbata.

—Así, así... Bravo, muy bien.

La música continúa desbocada.

—¿Cambiar de vida? Imposible. Yo no acabo de creerlo. Debe de ser difícil cambiar de vida, cuando se vive como nosotros. Demasiados años soportándola para que de pronto se aleje. Hay cosas que cuando se pegan a las personas, ya no pueden apartarse de ellas... ¿Presentimientos? No; certeza. Certeza absoluta. En casa se creen millonarios... Es fácil ser optimista. Veremos lo que ocurre. Siempre ocurre algo cuando se está al borde de la buena suerte. Algo que lo estropea todo. ¿Alegrías? ¿Esperanzas? ¿De qué? ¿Para qué? En casa es difícil tener alegrías y esperanzas. Años y años viendo lo mismo: Una mesa, un comedor, una lámpara roñosa, una radio pesadísima... ¿Mi cuarto? Dos camas con sábanas que sólo se ven blancas tres días al mes. ¿Cómo ir limpia sin bañarse? ¡Si por lo menos hubiera ducha! Nada de duchas, nada de civilización. Dos mesitas de noche, mármol rayado, madera impregnada de olores que nunca fueron míos... Veinte años sin saber qué odio más de mi casa; los muebles o las paredes. Cuando no gritan los niños de los vecinos... grita papá. Y dice usted que todo va a cambiar... Esas cosas nunca cambian. Llegaré a vieja, y siempre habrá algún niño gritando. ¿El barrio? Tampoco el barrio cambia. Una ciudad extranjera en otra ciudad más extranjera todavía. ¿Joven? Pero la muerte avanza. Avanza mientras los demás repiten: «Julita, levántate, Julita, al taller... Julita, recoge el pan, la leche, el periódico... Julita, deberías ir al baile con China y Rosa... ¿Por qué demonios te empeñas en parecer una vieja...?» ¿Cómo ser joven en este barrio? Dígame usted, Manuela. ¿Cómo ser joven en este barrio? Al principio, cuando era niña me decían: «Julita, no mires ese escaparate.» Naturalmente, lo primero que hacía era mirar. No lo entendía: «Gomas, preservativos, lavajes.» A mí todo aquello me dejaba indiferente, pero me quitaba juventud. Pasaba por delante de Casa Emilia: las mujeres me sonreían. Todas sabían mi nombre: «Adiós, Julita.» Un día me propusieron: ¿Quieres oír un disco, Julita?» La máquina estaba entrando a la derecha... Oía un disco: «¿Te gusta, Julita?» Me gustaba. Sobre todo, lo que me gustaba, era meter la moneda en la rendija. Otro día me dijeron: «No vuelvas más, Julita.» Crecía demasiado y podía quitarles clientela. Así me enteré de que también aquella casa era algo malo. Y los vendedores ambulantes: «Mira, niña, tu retrato.» Me enseñaban postales sucias de mujeres desnudas. Al principio picaba, luego ni les oía... y los usureros. Conozco a los usureros antes de que se pongan a hablar. Llevan la usura escrita en la cara. ¡Y pretenden que sea joven! Todo eso arranca la juventud a tiras, aunque no se quiera. Sin embargo yo sé que se puede vivir de otro modo. Yo he visto gentes en lo alto de la ciudad que viven como personas, no como bestias. Gentes sin abuelas como la mía (jersey gris ceñido a un cuerpo deforme, flequillo rojo sobre dos cejas pintadas, pechos danzarines desnivelados, reuma disimulado con ademanes frívolos) abuelas que no tienen la manía de cantar en el retrete acompañándose con la tapa de madera, gentes sin un padre insultando a la madre, sin una tía imponiéndose a todo: «Enriqueta, no seas estúpida. Enriqueta, no pongas esa cara.» Y mamá poniéndola un día y otro. A veces una tiene ganas de reír, de dar saltos, de cantar, sin saber por qué. Pero las ganas duran poco. Todo lo alegre se apaga en seguida. Llevo años sin ver reír a Paco. Y desde que tiene la manía de ser cura, todavía se ha vuelto más serio. Y la tía Juana apoyándolo. Dice que su vocación es su refugio. ¡Gracioso que la madrina de un futuro cura sea una prostituta! ¿No le parece, Manuela!

—Exageras.

—No irá usted a decirme que la tía Juana lleva una vida edificante.

—¡Cuántas señoras la quisieran para ellas!

—¡Prefiero la mía, aunque tenga que partirme la espalda cosiendo, aunque tenga que oír sandeces de la mañana a la noche, aunque jamás pueda estar sola, dedicada a mis cosas, a mis libros, a mis ideas... Aunque nunca pueda apartar la vista de los letreros de esta calle: «La Virtuosa», «La Eficaz», «La Esperanza». ¿No le parece a usted gracioso que a una casa de citas la llamen: «La Esperanza»?

—Si todos pensaran como tú, el mundo acabaría en un año.

—O sería menos repugnante.

—Lo que tú buscas no existe.

—Pues me quedaré con las ganas... Todo menos ser una «tía Juana».

—Por lo menos ésa no pasa penurias.

—Prefiero morirme de hambre antes que vivir como ella.

—Lo que te ocurre a ti es que eres frígida.

—Tal vez. Pero yo no tengo la culpa... Cuando pienso en que nací porque mamá y papá... en fin; casi prefiero imaginarlos como ahora, distanciados. Me da vergüenza imaginarlos en un momento de amor. Mire a ese señor que pasa por la calle... también ése es capaz de engendrar niños, ¡con esa cara! Y Félix, el fotógrafo (bronquitis crónica, caspa rebelde, estatura de pigmeo), dos niños y dos niñas... La verdad es que se me quitan las ganas de ponerme en trance de tener hijos.

—¿Quién te ha dicho que los tendrías?

—Por lo único que me tentaría la situación, sería por la posibilidad de tenerlos.

—Demasiado orgullosa.

—Es posible.

—Si tú quisieras el mundo sería tuyo. Más de uno ha venido proponiéndome que te hablara...

—Y le habrá dicho: «Buenos días, Manuela... ¿Podría usted venderme unas horas de Julita Brutats? Soy un buen pagador.»

—Mujer; no lo tomes así. Todo el mundo sabe que tú no

eres una cualquiera... Todo el mundo sabe que tú eres culta, que tienes aspiraciones...

—Pero lo que buscan en mí, no es precisamente mi cultura.

—Si así fuera deberías estar satisfecha. Lo que importa en la mujer es su físico.

—A mí me asquea.

—¿También el de Enrique Fernández?

—¿El del biscuter? Me produce horror.

—Mal te veo, Julita.

—Páseme las tijeras, Manuela.

—Te las di hace poco.

—Terminé el dobladillo. Ahí lo tiene.

—Como sigas así tendrás que acabar poniendo en la portería de tu casa un letrero que diga: «Julita Brutats; especialista en dobladillos.»

—El suyo es más sugestivo: «Manuela Lorente; especialista en "arreglos".»

Julio Brutats, antes de arrancar el tranvía, miró el reloj del teatro Español y dijo:

—La hora de siempre. —Pero no añadió: «La hora sin sentido.»

El vecino de trayecto rezongó algo y se enfrascó en la lectura de *La hoja oficial del Lunes*.

Julio Brutats, se rebulló en el asiento, carraspeó y dijo:

—¿A que no adivina lo que ha ocurrido?

El vecino lo miró con evidente malestar.

—He ganado en las quinielas.

La frase atravesó el tranvía de parte a parte. Todo sufrió una sacudida.

—¿Lo dice usted... en serio?

La hoja oficial resbaló por los pantalones del vecino y fue a parar al suelo.

Julio comenzó el relato con una risita nerviosa. Hablaba a trompicones, destacando los pormenores, derrochando gestos y ademanes, dándose importancia por la atención que merecía, desbordando la emoción contenida durante la noche.

31

—¿Y sigue usted yendo a la oficina?

—No podía dormir... tengo que hablar con el jefe.

—¿Pero se da usted cuenta de que es millonario?

—Todavía no, todavía no...

Bajaban los pasajeros a desgana, prendidos aún de la noticia, contagiados de aquella nueva sensación. Cuando pasaban ante Julio le sonreían, rozando su espalda.

—Que sea enhorabuena.

Le guiñaban los ojos, lo medían de arriba abajo. Alguno le gastaba bromas desusadas en él.

—A ver si con tanto dinero se nos desmanda...

—Prepárese a tener mujeres...

—Un ganador de las quinielas, es siempre un personaje.

—Y luego dirán del fútbol...

El vecino se había vuelto locuaz, expresivo, amable:

—De todos modos a tontas y a locas no se puede jugar a las quinielas; hay que tener una orientación...

—Que me lo pregunten a mí...

—A la vista está.

Sacaba su tarjeta, se la entregaba:

—Ya sabe donde tiene a un amigo... No en vano venimos coincidiendo tanto tiempo en nuestros viajes a la oficina.

Aquel día la ciudad discurría rápida. Era una ciudad nueva, sin barrios, sin ruidos. Toda ella convertida en una quiniela.

Las noticias del periódico ya no interesaban. Descansaban en el suelo, aplastadas por la noticia de Julio Brutats y por el pie del vecino, con sus embalses inaugurados, los hospicios visitados y la presentación de credenciales cubierto de polvo.

—Me parece que ha llegado usted a la meta.

—Qué bien suena eso.

Se apresuró a bajar. Atravesó el pasillo entre achuchones y sonrisas. Le seguía una aureola parecida a la que disfrutaba en el barrio. Brutats gesticulaba con desenvoltura, como si la oficina no estuviera allí, en la esquina, a unos metros del tranvía.

El conductor le saludó con la gorra en la mano:

—Cuidado, no vaya usted a tropezar. Otra vez enhorabuena y que no se olvide de los amigos.

32

—Eso nunca.

Quedó en la acera esperando a que el tranvía echara a andar. Un manojo de manos le decía adiós. La gente lo miraba extrañada. Se acercaban a él para verlo mejor.

Sonreía aún, cuando entró en la editorial.

La mano de Julio Brutats acaricia distraídamente los volúmenes de «Las novelas del porvenir». Es una biblioteca gris impregnada de polvo.

—Ahí los tenéis... ¡Pensar que esa colección la creé yo!

Se le ponen ojos sentimentales, sumisos, bondadosos.

Los empleados lo miran como si lo vieran por primera vez.

—Los hay que nacen con suerte —comenta Peláez.

En estos momentos, Julio Brutats parece alto, a pesar de su metro y medio de estatura.

—Tantos años trabajando en esta editorial...

—¿No irá usted a dejarnos ahora?

—Vendré sólo por las tardes...

Castro comenta:

—Se podría pagar por ver la cara que pone *el burgués* cuando usted le cuente lo ocurrido.

—Si queréis se lo digo delante de vosotros.

Arquea la ceja, levanta el hombro, chupa el estómago. El nuevo apunta:

—Seguro que no ha podido usted dormir pensando en su desquite.

—Le diré: «Bueno, señor Bermúdez, se acabó la tiranía. Si se pone usted razonable, continuaré viniendo por las tardes, sino, hasta la vista... Uno iba estando hasta la coronilla de su modo de tratar a los empleados...»

Da unos pasos breves; avanza y retrocede, como si estuviera ya delante del jefe. Sus manos se mueven nerviosas, liberadas de su acostumbrado miedo, prestas a la vindicación. De su boca salen ondas cálidas de pescado frito, invaden la estancia, disminuyen la alegría de los empleados.

Castro arenga:

—A nuestros puestos. *El burgués* está al caer.

No se hace esperar. Llega a las once, como todos los días. Se quita el sombrero, lo cuelga en el perchero de la entrada. Sobre el ceño, la marca del cuero. Se desprende del abrigo; un empleado le ayuda. Exclama un «buenos días» opaco y se dirije a su despacho sin reparar en Julio Brutats.

En la mirada trae prendida su vida privada. Todos los lunes arrastra fragmentos del sábado y del domingo. Poco a poco los va dejando en los detalles de la oficina.

—Buenos días, señor Bermúdez.

Julio Brutats está ahí, ante su mesa. Ni siquiera lo ha oído entrar. Es un Julio Brutats nuevo, tieso, casi audaz.

—¿Qué hace usted ahí? ¿Qué ocurre?

En la mano sostiene los papeles que todavía no ha tenido tiempo de inspeccionar. En su frente lleva aún la marca del sombrero. En su nariz el frío de la calle.

—Quería hablarle.

—Usted dirá.

Las ondas de pescado frito bordean el olfato del señor Bermúdez. Retrocede sin disimular su disgusto. Palpa inquieto los objetos de su mesa, mira el ventanal.

—Le advierto que va usted a llevarse una sorpresa.

En la barandilla del ventanal se ha posado una paloma. Picotea una migaja invisible puesta allí por el azar. Bermúdez sin dejar de mirar dice:

—Abrevie, por favor; tengo mucho trabajo.

—Ha sucedido algo inaudito —tartamudea—, algo con lo que yo no contaba... Aunque, bien mirado...

—Le he dicho que sea breve.

—Sí, señor Bermúdez.

Ladea la cabeza, pone cara de fastidio. El aliento de Brutats llega hasta él a pesar de la distancia que provoca la mesa. Todos los fragmentos de la vida privada del sábado y del lunes, están ahora en el aliento de Julio Brutats.

—La vida ha cambiado de repente para mí.

Lo dice con audacia, moviendo mucho los pies como si le acuciase una necesidad fisiológica.

—¿Cómo es eso? ¿Se le ha muerto alguien?

—No: he ganado dinero.

—¿Lotería?

—Quinielas.

Interés en la mirada de Bermúdez. Diversión en las pupilas.

—Pero hombre; esto es inaudito.

Julio Brutats ya no se balancea, ni siquiera levanta el hombro. Arquea la ceja y sonríe con amplitud.

—¿Quién lo hubiera dicho, verdad?

La carcajada le empieza en los hombros, le brota luego de los labios con sonido de «o» como en su barrio, adopta luego la actitud de los «seguros», de los fuertes.

—¿Los catorce resultados?

—Los catorce resultados.

Se le ve la emoción en el chispeo de los ojos, en la brillantez de la nariz. Hay un «tú a tú» palpable entre Bermúdez y Brutats. Un «tú a tú» que incita al olvido de cualquier venganza.

—¿Usted sólo?

—Suponemos. La cosa estaba dificililla...

Bermúdez lanza miradas a la puerta que los separa de los empleados:

—¿Lo saben ya?

—Sí, señor.

—¿Y qué piensa usted hacer ahora?

—Escribir.

Lo ha dicho sin vacilaciones. El cuerpo firme, los ojos fijos en el señor Bermúdez.

—Pero, ¿se da usted cuenta de...?

«Se crece» nuevamente, levanta el mentón, se pone digno:

—Ya sé, ya sé que es muy difícil abrirse paso en literatura, pero cuando uno tiene tanto que decir...

El efecto de las quinielas se disuelve, el «tú a tú» pierde solidez.

—Y usted. ¿Tiene mucho que decir, Brutats?

—Hombre... Se verá. No es por darme pisto, pero donde he puesto la pluma, se ha notado.

—De todos modos, le aconsejo que no deje su empleo. Luego no podrá recuperarlo.

—¿Luego?

—Eso es: cuando se quede sin dinero.

—Espero doblarlo.

—¿Escribiendo? ¡No sea usted iluso!

—Démosle tiempo al tiempo.

—Piense en su familia... Son ustedes muchos para andar jugándose el puesto.

—No era mi intención dejarlo.

—¿Entonces?

—Trabajaría por las tardes. Las mañanas las dedicaría a escribir.

—¿Y qué escribiría usted?

La paloma ha volado. El ventanal es sólo una mancha blanca llena de luz.

—Novelas.

Bermúdez se pasa la mano por la barba, parpadea, dice:

—Yo no edito a noveles.

—No contaba con usted. Mi intención es presentarme a un premio literario... En España hay muchos: alguno caerá.

—Buen truco.

El teléfono grita. Más allá del timbre, una voz femenina derrotando el ceño del señor Bermúdez. Más allá de la voz; noche para el señor Brutats y una visible impaciencia.

Bermúdez se vuelve suave, humano; parece un hombre cualquiera. En los ojos se le ha puesto una sonrisa llena de ternura.

—De acuerdo, Basilia... Pero te dejo porque tengo mucho trabajo.

Cuelga suavemente, como si temiera dañar la voz recién cercenada:

—¿Decíamos? ¡Ah, sí!, ha ganado usted en las quinielas y quiere dejar su empleo por las mañanas. Bueno; puede usted hacer lo que se le antoje, pero le advierto que voy a sustituirle y si se arrepiente ya no podrá rectificar. Por descontado; cobrará usted la mitad del sueldo.

Julio Brutats hincha el pecho, palidece ligeramente.

—De acuerdo.

—Bueno; pues que tenga suerte.

La actitud de Bermúdez no admite réplica. El ademán de su mano es reflejo de su decisión.

Julio Brutats se dirige a la puerta, con su andar torcido

36

y el bulto del cogote prensado por la posición de la cabeza. Las bisagras chirrían casi angustiosamente. Cuando Brutats ha salido del cuarto, Bermúdez marca un número en el teléfono. Otra vez su vida privada se instala en su mirada.

—Perdóname por lo de antes, Basilia. El pesado ese, el del aliento a pescado frito, ha venido a decirme que ha acertado en las quinielas. ¡Figúrate tú! Sólo faltaba eso para que cogiera pretensiones. ¡Menuda importancia va a darse entre los del barrio!... Apuesto a que no le dura ni un año. Hay gentes que nacen para ser siempre insignificantes. ¿Manía? No; lástima. Una gran lástima: eso es lo que me inspira. Sobre todo cuando miro el quiste de su cogote...

Finita miró el techo y dijo:

—Adelante, adelante; muy bien.

La discípula preguntó extrañada:

—¿Ha dicho usted «muy bien»?

—Claro está.

Los dedos de la discípula acariciaron el arpa. Brotaban sonidos ambiguos.

—¿El minueto?

Asentía beatíficamente. La discípula empezó a interpretar el minueto de Henrietta Renier. Finita cabeceó. Al despertar recuperó su sonrisa.

—¿Qué le ocurre?

—He dormido poco. Ayer sucedió algo insólito.

La discípula se balanceó jugando con la silla. Al moverse despedía tufos a niña púber. Preguntó reprimiendo una soberbia que parecía timidez:

—¿Una desgracia?

—Oh, no; todo lo contrario. Pero la emoción fue tan fuerte que no he dormido.

La actitud de Finita era casi servil. Se le había puesto en los labios una sonrisa pegajosa que no coincidía con el sueño de los ojos.

Entraron los padres. Dos cuerpos esbozados en sombras, dos voces casi idénticas.

37

—¿Cómo va la niña? ¿Adelanta?

Finita se esmeró en producir buena impresión. De pie, las manos juntas, repitió:

—Pronto dará un concierto... Muy adelantada. Perfecta... Trabajadora...

La niña se hurgaba la nariz y sonreía. Estaba acostumbrada a escenas parecidas. Los padres movían la cabeza entre admirados y orgullosos. Salieron luego de la habitación.

—¿Por qué les engaña?

La niña a veces tenía miradas de vieja viciosa. Era una mirada que lograba asustar a Finita.

—Por poco que te esmeres...

—¿Qué me importa a mí el arpa?

Fingía no haberla oído. Insistía volviendo a sentarse:

—Vamos, adelante; el minueto...

—No me ha contado lo que le ha ocurrido...

—Mi cuñado; una sorpresa: ha acertado las quinielas...

—Vaya... Eso sí que es bueno.

Pasaba la hora entre discursos. Se iba luego a su casa. La discípula le decía adiós desde el balcón.

Félix repetía:

—Cuando menos lo esperéis tendréis a la prensa aquí. Y si no, al tiempo. No pasará de mañana.

—¿Y saldremos en los periódicos? ¡Qué vergüenza!

Pilar se esponjaba.

—¡Cómo se ve que nunca has sido famosa! Total salir en la prensa no es cosa del otro mundo...

Llegaron los corredores de objetos útiles. Enseñaban catálogos, daban precios, soltaban discursos, facilitaban pruebas.

—¿La señora Brutats? ¿Es usted la señora Brutats?

Enriqueta asentía, los dientes mellados a la intemperie, las manos sosteniendo el delantal.

—Tanto gusto, señora. ¡Que sea enhorabuena!

La saludaban con respeto. Se disponían luego a hacerle demostraciones. Se limpiaron gratis los sillones del comedor con aspiradoras eléctricas, se trituraron huevos, naranjas y

38

tomates en batidoras de varias clases, se oyeron discos en gramófonos portátiles. La frase de todos era:

—A plazos... Nada de pagar ahora: a plazos.

La sonrisa de Enriqueta se agrandaba. A veces, Finita repetía:

—Le advierto que no vamos a comprar. Hasta que llegue mi cuñado...

El vendedor suplicaba:

—No importa, no importa: sólo les pido que me escuchen.

Parecía como si lo que le interesara realmente no fuera vender, sino hablar. Había vendedores de todos los tamaños y de todas las edades. Lanzaban discursos similares, llenos de adjetivos encomiásticos, modulados con tonos capciosos. Enriqueta asentía:

—Muy bonito, muy bonito...

Luego venía la demostración. El vendedor se agitaba (movimientos estudiados, mímica precisa) pendiente de la menor reacción de las tres mujeres, sonriendo tímidamente desde su mirada desconfiada. Iban todos bien vestidos (camisa limpia, zapatos lustrosos), pero con cercos morados bajo los ojos, esforzándose en aparentar un optimismo que probablemente no sentían ni podían sentir.

—¿Qué divertido, verdad? ¡Hay que ver las cosas que inventan!

—Muy divertido, pero no se ilusionen —decía Finita.

Enriqueta juntaba las manos en señal de pasmo:

—¡Cómo corren las noticias! Aún no han pasado veinticuatro horas y ya los tenemos aquí.

Cuando se iba, algún vendedor decía:

—¡Menuda suerte la de ustedes! ¡De modo que los catorce resultados...!

—Ya ve usted, ya ve usted...

—Por lo menos les tocará dos millones.

Aquel día al terminar el trabajo, le invitaron.

—Hay que celebrarlo —le dijeron.

Le ofrecieron vermut con tapas y hablaron mal de Bermúdez.

Era fácil malparar al *burgués* fuera de la oficina. Mencionaban, apasionados, sus pormenores, ponían de manifiesto sus puntos vulnerables (aquella tos aerofágica, aquel carraspeo innecesario), criticaban su afición por Basilia, sus debilidades profesionales, sus injusticias literarias, su modo de andar...

Por entre las rendijas de la vidriera, se escurría una corriente de aire suave, que, al entrar en la estancia, se volvía cálida. Las orejas de Julio Brutats enrojecían y perdían transparencia. Hablaba eufórico convertido en hombre-centro, en figura-clave. Su voz, llena de vermut, su aliento confidencial.

—...Tendré que guardarme de sablazos; claro está. Pero, afortunadamente, uno está de vuelta de esas cosas. No es la primera vez que gozamos de buena posición. La vida, ya se sabe, tiene altibajos. En épocas de mi padre decían: «La mejor casa del barrio, la de Brutats y el canario» —reía con sonido de «e»—. Entre los Brutats ha sido siempre tradición tener un canario. ¿La calle? De acuerdo en que ha bajado de categoría, pero en tiempos era la calle más distinguida de la ciudad. ¿Que ha cogido mala fama? Ya sabemos que la suerte es versátil. Pero ¡cuántas casas del ensanche quisieran tener nuestro comedor! Además, ¿qué demonios tendrá que ver la calle con la honradez de cada uno, digo yo? La prueba está en que mi familia... Bueno: mi hija; austera como nadie. Ni siquiera va a los bailes domingueros. Mi hijo, ¡el muy castrado, le ha dado por ser cura. Mi cuñada y mi mujer; dos ejemplares dignísimos de españolas. En cuanto a mi sobrina Genoveva; señorita de compañía en una casa marquesal...

—¿Tu hermana?

Julio Brutats sorbió un trago: quedaba ya muy poco líquido en el vaso.

—Juana —torció la cabeza, esbozó una mueca—. A ésa le ha dado por «lo otro». Pero: mucho cuidado —levantaba el índice de la diestra como si esgrimiese un látigo—. ¡Nada de pensar mal! Será lo que sea, pero sólo vive con un hombre. No como la mayoría, que se reparten a gusto del consumidor. En realidad es como si estuviera casada. Y muy bien casada por cierto. Con piso propio en la prolongación de la calle, que, como sabréis, guarda distancias con el lado donde vivimos nosotros. Sin duda habréis oído hablar de mi (digamos) cuñado: Alfredo Gómez-Ribadosa, prestigioso financiero, de los que ya no trabajan, ex ministro, ex campeón de bridge, ex polista, ex combatiente, magnífico padre de familia... Si fuera francés, os aseguro que ya le habrían dado la legión de honor...

—Magnífico esposo —comentaba burlonamente Peláez.

—Indudablemente. Si sale con Juana, es por no cansar a la legítima: tiene gota.

Castro y Peláez reían con carcajadas gruesas y sonoras.

—Y tu hermana tendrá chorros...

El chiste se multiplicaba, rebotada con las carcajadas, en la mesa de mármol, se metía en los vasos, Julio Brutats reía también y seguía discurriendo desde sus recuerdos escondidos. Aireándolos alegremente por primera vez en muchos años.

Entró una mujer. Avanzaba despacio entre las mesas (melena derramada por el cuello del abrigo, mirada famélica y afilada, mejillas pálidas) con paso decidido, paralizador. Se apoyó luego en el mostrador: pidió un vermut casi sin despegar los labios.

—¿Quién es?

—Leila.

—Menuda mujer.

Julio Brutats silbaba y abría los ojillos.

—¿No se ven así en tu barrio?

—Por lo menos yo no las he visto.

Leila escuchaba sin mirarlos. Movía sus manos lo suficiente para llamar la atención fingiendo indiferencia. Se desabrochaba el abrigo, con el mismo aire que si fuera a quedarse desnuda, despacio, procurando ocultar el roto del forro.

—Parece triste.

—Lo está. Lleva años enamorada de un estúpido —dijo Peláez—. Yo siempre la estoy insistiendo: «Mira, Leila, cuando se tiene la profesión que tú tienes, no se puede uno permitir el lujo de enamorarse...» Pero no me hace caso.

—¿Y él?

—La ha abandonado por tercera vez. Cuando no sabe don-

41

de caerse muerto, se arrima a ella. La explota lo que puede y... si te he visto no me acuerdo.

—Se necesita ser guarro... ¡Con una mujer así!...

—Eso decimos todos.

—Menudo cuerpo... —se echaba hacia atrás recostándose en el respaldo de la silla, entornaba los ojos— y menuda cara...

Peláez palmeó el hombro de Julio Brutats:

—Anda, hombre. A ver si la conquistas. Con eso de las quinielas lo vas a tener fácil. Prepárate a tener mujeres... Se te *van a dar* mejor que los resfriados.

—¡Bah, demasiado viejo para eso!

—¿Viejo? Pero si pareces un muchacho...

—Bordeando los sesenta, amigo...

Habían pedido percebes y su aliento ya no molestaba. Olían todos igual.

Castro, el más joven, guiñó a Leila y le hizo señas para que se acercara. Peláez, desde la mesa, la puso en antecedentes:

—Te advierto que éste que ves aquí —señalaba el cogote de Brutats— es millonario aunque no lo parezca. Acaba de acertar los catorce resultados de las quinielas...

Leila se volvió hacia Julio. Sus ojos, difíciles al principio, claudicaron en seguida. Un río de intimidades discurría por ellos. El silencio que despertara al entrar, era ya rumor. Un rumor abisal que parecía arrollar a Julio y a sus amigos.

—¿Os referís a mí?

Ponía expresión ingenua mientras señalaba el centro del pecho con su diestra. Su traje quedaba estrellado de pliegues en torno a la mano. Julio Brutats repetía, avergonzado:

—Esos muchachos, esos muchachos... Por favor no les haga usted caso, señorita.

Peláez insistía:

—Pocas ocasiones tendrás de conocer a un hombre como éste: millonario y futuro novelista... Además, por si fuera poco: piensa escribir la vida de una mujer como tú... ¿No es eso, Brutats?

El aludido seguía moviendo la cabeza, entre indulgente e indignado:

—Esos muchachos, esos muchachos...

Leila se acercó a la mesa. Su abrigo en el brazo, el roto del forro a la vista.

—Presentadme a esa maravilla.

Le tendió la mano. Era un brazo largo, lánguido y envolvente.

—Por mucho que los pesimistas se empeñen en derrotarla, la vida es bonita... Mira la calle, contempla esa luz, los tiestos del balcón... ¿Cómo puede haber insensatos que la desdeñen? Fíjate en la tienda de enfrente; ¡la han pintado de azul! ¿Será porque el azul es mi color favorito? Son capaces de haberse enterado... Por cierto, ¿sabías ya que el vecino del entresuelo ha comprado *El vals de las olas*? Me lo advirtió la dependienta: «No lo compre usted, señorita Juana; lo podrá oír gratis.» A eso llamo yo ser decente. Ya sé, ya sé: te parezco tacaña. ¿Qué quieres? Las cosas son variables y el dinero se escurre cuando menos se piensa. Lo mejor es prevenirse para el futuro. Con el importe del disco compré un libro. Hay que ponerse a la altura de la familia... Y ahora que Julio va a ser escritor... Le he advertido a la dependienta: «Que sea bonita y que acabe bien.» Una va estando harta de esas novelas truculentas que acaban como el rosario de la aurora. Si la vida es bonita, ¿por qué volverla fea en las novelas? «Una siempre tan optimista», me decía la dependienta. ¡Claro que sí! Ya conoces mi teoría: Si se rompe una pierna, queda la otra... Además no hay mal que por bien no venga: Acuérdate del día que perdimos el tren. Todo era quejarnos... Menuda suerte tuvimos. ¡Veinte heridos y seis muertos! ¿Recuerdas? Nunca lo olvidaré. ¡Ay, Alfredo! La verdad es que no podemos ser más felices... ¡Cuántas gracias tenemos que darle a Dios! ¡Pensar que si tu mujer no tuviera gota, tú no estarías aquí conmigo! Si vieras cómo se alegran los muebles de esta casa cuando se acerca la hora de tu llegada... Cuando te vas, todo se reduce a contar las horas que me separan de ti. Se ríen de mi optimismo... Bueno: yo me río de su pesimismo. Que me llaman ilusa; yo les llamo *cenizos*. Creo en Dios y en su justicia. Dirás que soy ingenua;

43

pero en todo veo la mano de la Providencia. Sin ir más lejos: ayer, domingo, andaba algo pachucha... fui a casa de mi hermano y ¡zas! lo de las quinielas. ¡Si vieras la que se armó! Todo resuelto; todo despejado... Estoy por decirte que casi me olvidé de ti... ¡La mano de Dios, la mano de Dios! ¡Quién lo duda! Fue un domingo alegre a pesar de que tú estabas lejos...

Por la tarde se enteraron de la verdad: No habían sido los únicos en acertar los resultados y la cantidad que les correspondía era bastante inferior a la supuesta.

Paco dijo:

—Alabado sea Dios; señal de que no convenía.

—¡Serás bruto! ¿De cuándo acá van a dejar de convenir dos millones de pesetas?

Julio, sentado en la butaca junto a la radio, soportaba mal la noticia.

—A eso le llamo yo mala suerte... ¡Ya podían haber acertado otro día esos intrusos...!

Enriqueta, soliviantada, lanzaba su malhumor contra el ventanal:

—Sinvergüenzas, aprovechados, malnacidos...

—Mujer; ellos no tienen la culpa —intentaba decir Pilar; pero sus palabras salían entrecortadas por los sollozos.

Tenía las manos puestas en las rodillas, su redonda faz reflejando estupor y el rimel corrido hacia las mejillas.

Julio se esforzaba en consolarla:

—Vamos, mamá, no hay para tanto...

Finita apostilló:

—Llorando no se arregla nada.

Pilar se defendía:

—Una no puede dejar de ser sensible... es imposible. Cada uno es como es.

—Sin embargo, quinientas mil pesetas tampoco es cosa despreciable...

—Más vale eso que nada.

Julita, leía junto al canario aprovechando la escasa luz

del hotel Iberia. Desde que sabían la cifra que les correspondía, habían vuelto a las restricciones.

—¿Y el ridículo? ¿Os dais cuenta del ridículo que hemos hecho? Todo el barrio nos creía ya millonarios...

Enriqueta acariciaba la cabeza de su suegra; ponía voz de niñera cariñosa:

—De todos modos, usted tendrá su regalito, no faltaba más, ¿verdad, Julio?

Julita levantó la vista por encima del libro:

—Cuando te hayas comprado el tuyo. Buena falta te hace. Todos en casa vamos mejor vestidos que tú... Con la excusa de que nunca sales... Pues ya es hora que vayas cambiando de sistema.

Finita puso sus labios junto a la oreja de Julio:

—No lo dice para proteger a su madre, sino para fastidiarme a mí.

Julio asentía:

—Que se prepare, que se prepare... Como siga así de impertinente...

Pusieron la radio en marcha para comprobar mejor los resultados. Oyeron ruidos, boleros y anuncios.

—Es mala hora.

Por la noche llegó Genoveva. Se le veía el esfuerzo del día en el aleteo de la nariz. Respiraba jadeante tras subir las escaleras. El pecho más hundido que nunca, la mirada seca.

—Hola.

—¿Lo sabes ya?

—Me lo ha dicho la portera.

Echó una ojeada rápida a todos los rostros. Con la noticia se habían solemnizado.

Señaló los pies:

—Esperaré un poco más a comprarme los zapatos...

—Hombre, para unos zapatos ya tendremos...

Cayó un silencio prolongado. Paco dijo:

—¡Que Dios no mande cosas peores! ¡Mientras trabajemos...!

Finita se acercó a su hija:

—¿Les has dicho algo?

45

Se refería a los Moliana. Para Genoveva no podía haber otros «les» que los componentes de aquella familia.

—No me he atrevido... Clarita estaba peor que nunca. El tiempo... el cambio de estación. Lo nota mucho la pobre. Si llego a mencionar lo de las quinielas se hubiera armado la de San Quintín. Ahora me alegro de haber callado...

Lo decía indiferente, venciendo el cansancio de su monotonía, procurando no apartarse de su acostumbrada neutralidad, como si lo importante de la vida fuera no darle importancia a nada.

—¿Te ha pegado?

—Sí... Cuando le dan arrebatos, siempre me pega.

—La gran perra... —se quejaba Finita—. La gran perra: pegar a mi hija, a mi pobre hija... ¡Una buena inyección de estricnina!

—Por favor, tía... —suplicaba Paco—. La desgraciada es anormal.

Pero Finita no hacía caso. Sacudía a Genoveva por el brazo:

—¿Dónde te ha pegado? Vamos, dímelo ya: ¿Dónde te ha pegado?

Genoveva se encogía de hombros, cerraba los ojos:

—Ya no lo recuerdo... A lo mejor en la cara...

—Vergonzoso, vergonzoso... Cualquier día me planto donde la marquesa y le digo: «Como su niña siga así, búsquese otra enfermera.» Que si su hija es una perra, la mía no es un conejillo de indias... Como me llamo Finita que lo hago.

—¿Y el sueldo?

—Hay cosas inadmisibles por muy bien pagadas que estén.

Pilar, consolada ya, deambulaba por el comedor, marcando pasos de baile. Decía:

—Hay quien paga por que le peguen... —se reía de su frase como si la hubiera dicho otro.

Pilar tenía movimientos de hombre afeminado. Era como si hubiera perdido su sexo en la juventud y de repente lo recuperase.

—Pero no por una demente —defendía Finita—. Lo sensato sería que esos marqueses internasen a Clarita. Los manicomios están para eso. —Se encaraba con su hija—. Una mujer como tú... Tan espiritual, tan refinada —suspiraba y miraba el techo—. Pensar lo que decía tu pobre padre que en gloria esté: «Genoveva nos dará grandes sorpresas, Finita, no lo olvides.» Vaya unas sorpresas; recibir tundas de una loca...

Después de la cena llegó Juana. Traía las mejillas sonrosadas, los ojos brillantes:

—Bueno; ya sé la noticia —respiraba fuerte, con el pecho tenso y erguido—. ¡Qué suerte habéis tenido! Os digo que sois la familia de la suerte... Acertar las quinielas entre cuatro... Imaginaros lo que hubiera ocurrido si en vez de acertar entre cuatro, lo hubierais acertado entre seis...

Fuera, caían las primeras gotas del otoño.

—Dos nietos como no los hay. No es amor de abuela; usted ya lo sabe, Manuela. ¡Hay que ver la planta del chico! ¡Si no nos hubiera salido torcido...! Mire usted que meterse a cura... vaya una ocurrencia. Con esos ojazos, y esa inteligencia... ¿Ha oído usted un disparate mayor? ¿Cómo tomarlo en serio? Todos hemos pasado por crisis parecidas. Aquí me tiene a mí: viuda de un magistrado (porque, aunque por las cosas de la vida, parase luego en corrector de pruebas, no hay quien le quite la magistratura), a excelente amiga de un príncipe, gloria nacional del *bel canto*, mujer de fama mundial... Pues a pesar de todo, también yo tuve vocación de monja. Cosas de la edad y de la educación. No es por decirlo, pero en casa eran gente fina. Lo que pasa... luego a confundir a Dios y a la Virgen con la sotana y el hábito. ¡Como si no pudiera haber lo uno sin lo otro! ¡Imagínese lo que me hubiera perdido, Manuela, si no llega a ser por mi difunto! Ya de novios me decía: «Pilar, esa voz...» «Hay que cultivar esa voz, Pilar.» Pues... a cultivarla. Una gran persona era mi difunto. Dicen que le eché a perder la carrera, pero ¿de cuando acá hubiera conocido el mundo que conoció gracias a mí? Empiece usted a contar y no pare: Francia, Inglaterra, Alemania, Rusia... Anda, Pilar: a conocer mundo... Y él detrás. ¡Había que ver el cariño que le tomó el príncipe! Luego, un buen día, sin saber cómo, desapareció. Y ya no volví a saber de él hasta que regresé definitivamente a España. Dicho sea en honor suyo; se portó bien con los niños. Así salieron ellos; dos perlas. Que si Julio es buen «corrector», Juana no es menos en lo suyo. El secreto está en que empezó muy jovencita. Ya lo sabe usted, hizo la novedad por provincias... Y todo le salió a pedir de boca. Estoy por afirmar que le ha ido mejor que a mí. Ya lo dice el refrán: «Quien mucho abarca, poco aprieta.» Ella no abarca lo que abarcaba yo, pero, ¡hay que ver lo que aprieta! ¿Se ríe usted? Su buen piso, su tocadiscos, su máquina de lavar, su teléfono, y un optimismo que vale por todo el oro del mundo...

—Y ahora, para colmo, su hijo con lo de las quinielas...

—No puedo quejarme de mis hijos, no puedo... Esperábamos más, de acuerdo, pero tampoco quinientas mil pesetas son mancas... Por lo pronto podrá escribir su novela y dar a conocer su talento. Con eso de los premios literarios... Él dice que alguno puede caerle... Lo dicho: el problema de la familia es Paco. Hay que hacer algo para salvarlo de esa ñoñez que le han imbuido. Fíjese usted; cuando pasa una mujer llamativa junto a él por la calle, baja la vista y se pone a rezar... ¿Cree usted que eso es normal? A veces pienso que el niño anda con los instintos cambiados y que se mete a cura porque no sabe cómo salir del apuro...

—Lo que le haría falta es una experimentada. Ya sabe usted lo que son esas cosas...

—Usted lo ha dicho. Una mujer entrada en años, que tenga «tablas» en el asunto. Objetivo y ataque directo. Toda la familia está de acuerdo. Bueno; menos Juana. A ésa no hay quien la gane en escrúpulos. Yo ya le he cantado las cuarenta: «Con tus remilgos no se puede ir por el mundo, hija.» Pero ella; firme en sus trece, que lo que tiene de optimista lo tiene de mula...

—Entonces, lo que ustedes quieren es que el chico conozca... mundo.

—Y no hay reparo en pagarlo bien. Los negocios, son los negocios.

—Déjelo de mi cuenta. ¿Sabe algo Julita?

—Mucho cuidadito con la niña... Ésa es capaz hasta de

contárselo todo al hermano... La juventud de ahora es extraña. ¿No le parece, Manuela?

—Descuide... Ya sabe usted que Manuela Lorente es discreta.

—La cosa urge. Ahora se nos ha destapado el niño diciendo que o le pagamos la carrera de cura, o se escapa de casa... Así están las cosas...

—¿Ultimátum? ¡Vaya con Paco! ¿Pero dónde irá a parar sin dinero?

—¡Qué sé yo! ¡En mediando frailes!...

—Bueno; déjeme pensar en todo eso. Veremos lo que se me ocurre.

—Y recuerde usted: ni una palabra a Julita.

Los rostros estallantes, como semillas a punto de granar, las miradas fijas en la cámara fotográfica. Félix, dictatorial, exige:

—Tú, Julio, procura ponerte de puntillas.

Brutats arquea una ceja y encoge el estómago. Finita, mientras Julio se yergue, dobla las rodillas para que la diferencia de estatura no se note demasiado.

Félix continúa manipulando con la máquina. Coloca el cliché, cubre su cabeza con un paño negro, vuelve a quitarlo. Mira. Deja el paño con cuidado sobre la cámara y camina de puntillas hacia el grupo:

—Tú, Julita, siéntate en el suelo. Conviene que se vea el aparato de radio. Y sobre todo: a sonreír... Cualquiera diría que te has tragado una estaca.

Enriqueta comenta:

—Pensar que de ahí nos vino la noticia...

Félix (la cabeza tapada, la voz en sordina) sigue dando órdenes.

—A mostrarse contentos... Pensar en cosas agradables... ¡Si hubierais oído los comentarios de esta mañana! Nadie hablaba de otra cosa en los funerales de José Antonio. ¡Vamos, Julita!

Pero Julita no reacciona. Hay algo tétrico en su semblante. Paco asoma la cabeza tras la de Genoveva. Su sonrisa tie-

49

ne la artificialidad de una máscara sin cuerpo. Pilar se ha colocado en primer término, su jersey gris prensado al cuerpo, sus mejillas enormes recién maquilladas.

Félix intenta que Enriqueta cubra un poco el cuerpo de su suegra, pero Pilar no se deja avasallar; con el brazo izquierdo se abre paso y vuelve a colocarse en primer término.

Juana también está ahí. Como es el día de «los caídos», don Alfredo Gómez-Ribadosa, no puede faltar de casa. (Domingos y días festivos son días de «gota».) Juana tiene ahora el «can-can» apresado por las piernas de Finita.

—Bien, muy bien —insiste Félix—. Vamos a ver, tú, Juana, ladéate un poco y mira a Finita en vez de mirarme a mí.

El «can-can» se libera.

—Tú, Julita; a sonreír, que los funerales fueron esta mañana...

Félix es delgado y se mueve con agilidad. A veces da saltos como lo haría un simio. Deliberadamente encorvado, va de la cámara al grupo, retrocede, retoca, rectifica, mide distancias...

—Cuando la amplíes, la pondremos ahí.

Las miradas coinciden en el punto indicado. La pared vacía es casi un recuerdo. Un recuerdo enigmático que nadie consigue aún descifrar.

—Será como un punto de partida —dice Finita.

La cabeza de Félix se esconde nuevamente bajo el paño. El trípode parece una inmensa araña de cabeza negra. Las piernas de Félix asoman rechonchas tras las finas patas del armatoste. Su brazo derecho sostiene el flash, con la izquierda palpa a tientas el resorte de la cámara.

—Listos: cuando diga tres... ¡No os mováis! Bien. A sonreír. Vamos, Julita, una sonrisa... Adelante. Quietos: Uno, dos... ¡Tres!

El comedor se ilumina unos segundos con luz extraña y rutilante. Todo ha quedado vivo en esos segundos. El menor detalle ha adquirido relieve, categoría de imagen verdadera. Todo ha despertado de su amodorramiento. Luego, todo ha vuelto a ser otra vez sombra.

El grupo se disuelve. Las mujeres, parloteando, acompañan a Félix a la puerta, sólo Julita ha quedado rezagada junto al ventanal. El canario, protegido por un paño de cocina puesto sobre la jaula, lleva durmiendo desde que cayó la noche.

Julio da vuelta a la llave de la radio y escucha el principio de un serial. Enriqueta, al oírlo, se apresura a llegar hasta allí.

—Jesús, se me había olvidado... Hoy dan «Los bomberos me salvaron...».

Julio arquea una ceja y mira a su mujer con evidente desprecio:

—Pensar que te gustan esas cosas...

Enriqueta se lleva el índice a los labios; el oído atento al serial, la mirada suplicante:

—Por favor...

El serial discurre entre «formidables», «hermosas», «fantásticas» y «desesperadas». Enriqueta, acurrucada en su silla, traduce en sueños lo que va oyendo. Sus instintos vertidos a la atención que exigen las voces y los sonidos. Probablemente para Enriqueta no son personas «que fingen» sino criaturas reales descorporeizadas.

Finita habla en voz baja con su cuñado:

—A pesar de todo saldremos en el periódico, Félix es amigo de un periodista.

Enriqueta se tapa el oído izquierdo para no escuchar la voz de su hermana.

—¿Crees que *La Vanguardia*?...

—A lo mejor.

Juana, desde el umbral, lanza un beso a su hermano:

—Adiós, me esperan... no puedo quedarme, vine sólo para lo de la fotografía...

El serial ruge, se excita, la música se vuelve arrolladora. Pilar aprovecha el sonido para marcar unos pasos de baile:

—Mirad, mirad... Hoy no tengo reuma.

Paco se acerca a su hermana:

—Parece una peonza.

Julita no contesta. En el hermetismo de sus ojos asoma una incógnita. Hay algo trágico en ellos que le resta frescura y juventud.

—¿Qué te pasa?

51

Se levanta decidida, el gesto crispado, los labios entreabiertos. Un sollozo apunta en los hoyitos del mentón. Paco insiste:

—¿Qué te pasa?

Julita parece por fin dispuesta a hablar. Lo mira escrutadoramente. Tiende una mano hacia él.

—Nada —dice—, no me ocurre nada: tranquilízate.

Paco no se tranquiliza. La ve alejarse con Genoveva por el pasillo. Reprime el impulso de seguirlas.

Pilar continúa bailando. El serial se termina.

Las dos camas de hierro negro. Las dos mesitas de noche. Las sábanas, todavía blancas.

—Genoveva...

Ambas primas se escudriñan, se analizan como si se vieran por primera vez.

—Tengo que hablarte, Genoveva.

—Pues habla.

Se encoge de hombros. Continúa impasible. Su cuerpo estirado y seco parece estar ahí a medias. Nada en Genoveva es concreto y definible.

A Julita, en cambio, le sube un fuego insistente por la cara. Dos arcos amarillos bordean sus labios. Todo en ella es relieve.

—Me han dicho algo que no puedo creer, algo monstruoso...

—Desembucha.

Lo dice sin aspereza; como si adivinara ya lo que va a oír. Julita lleva sus manos a la cara, vacila antes de decidirse:

—Tú y yo somos hermanas.

Genoveva se vuelve de espaldas. Sus hombros son anchos y huesudos, ligeramente inclinados hacia delante.

—De modo que, por fin, te lo han dicho...

—Entonces tú ya lo sabías...

Julita ya no tiene fuego en la cara. Se le ha puesto una sombra en ella. Desmayadamente se deja caer en la cama. La colcha azul de damasco artificial, brilla en cada pliegue.

—Tenía la esperanza de que me lo desmintieras... de que te indignaras...

—¿Para qué?

—Me daba horror tener la certeza.

—No pienses.

Hablan en sordina, como si sus voces fueran a taladrar las paredes.

—Es imposible... imposible. Deseaba tanto que no fuera cierto...

—Cierto o no ¿qué importa?

—¿Cómo puedes decir eso?

Mueve la cabeza de un lado a otro, violentamente, como si al negarse a sí misma la evidencia, pudiera falsear la realidad.

—Somos unos miserables, unos desgraciados miserables...

—El mundo está lleno de miserables...

Cae un silencio plúmbeo sobre las dos mujeres. De pie una, echada la otra. El tiempo detenido en la noticia.

—No sé cómo no les da vergüenza...

Genoveva se vuelve hacia Julita, la expresión más humana, el gesto más confidencial:

—Es una historia larga... Se querían ya por lo visto en tiempos de mi padre... bueno: antes de nacer yo. Por eso se casó con tu madre, para estar cerca el uno del otro... Grotesco, pero cierto. Cuando la mía enviudó, ya era tarde.

—De modo que mi madre ha servido para... No es posible, no es posible...

Se lleva las manos a la frente, se pellizca la piel. Genoveva, apoyada en el barrote de la cama, pregunta:

—¿Quién te ha informado?

Las mejillas de Julita están llenas de lágrimas. Llora sin sollozos, sin violencia. Con el dorso de la mano se limpia la nariz y los párpados.

—Manuela.

Genoveva esboza un gesto de asco, levanta un hombro:

—La muy puerca.

—Está empeñada en... Bueno, dice que ya es hora de que caiga del nido... que mis mojigaterías no concuerdan con esta casa... —se le hincha el pecho angustiosamente, le salen las

53

frases a grumos—. Le habrán dado dinero para... comprarme. Hay un tío asqueroso que viene rondándome...

—Y para convencerte te lo ha contado todo... ¡Será puerca!

—El otro día me habló de la abuela, hoy de...

Poco a poco la almohada va humedeciéndose. Hay un cerco grande junto a su mejilla derecha.

—Yo la he llamado bruja y guarra, le he dicho que no la creía... Se reía. Me ha prometido darme pruebas...

Genoveva se señala la frente:

—Las mías están aquí. No es fácil olvidar ciertas cosas.

—Entonces tú ¿lo has visto?

Genoveva arquea las cejas; contempla el suelo con aire resignado.

—Tu madre es una incauta...

—Dime, ¿los has visto?

—Los he oído. Hacen el amor cuando ella duerme.

—¡Calla!

—¿Por qué crees que tu padre quiere tener un cuarto para él solo? No irás a «tragarte» la historia del insomnio...

—¡Calla!

Se tapa los oídos, se retuerce en la cama. Los huesos de la cadera dejan hoyos en la colcha. Ya no llora, gime. Se levanta luego, se enfrenta con Genoveva, la sacude por los hombros.

—No es verdad; nada de lo que me has dicho es verdad...

—Bueno; como gustes.

Julita desiste. Deja caer los brazos a lo largo del cuerpo. Su actitud está llena de cansancio y desolación. Tiene los párpados y la nariz hinchados, la melena despeinada:

—Y ella, mi madre, ¿lo sabe?

—Es posible. Con tal de vivir con tu padre, es capaz de pasar por todo. Hay mujeres así.

—¡Qué vergüenza!

Julita aprieta los puños uno contra otro, su respiración se agita, pierde compás. Genoveva posa una mano en su hombro.

—No hay que tomar las cosas así.

El llanto vuelve a hacer presa de Julita. Genoveva mueve la cabeza de un lado a otro, suspira y empieza a desnudarse.

Sus prendas van quedando, como todas las noches, en la silla. En cada roce o en cada pliegue, se adivina la oculta crispación de su dueña, la tensión sufrida durante el día. En el tirante de la combinación, un imperdible. En el elástico de la braga, un nudo. El sostén tiene dos manchas grises a los lados.

—Mañana lo arreglaré —se dice a sí misma en voz baja.

Continúa desnudándose; se pone el camisón. Es corto y ancho; como lo guarda bajo la almohada está lleno de arrugas. Es un regalo de Finita, su madre; lo compró en la tienda de la esquina cuando hubo liquidación. Lleva ya dos semanas durmiendo con él.

—¿Cómo puedes quedarte tan impasible? ¿No te das cuenta de que todo eso es horrible?

Genoveva se mete en la cama. Apenas mueve el embozo. Se escurre entre las dos sábanas con movimientos de anguila.

—Ya te acostumbrarás. Al principio también a mí me costaba aceptarlo... Luego, cuando el tiempo pasa, las cosas se suavizan...

La vence el sueño, bosteza.

—Yo nunca podré acostumbrarme.

—A los veinte años se tiene una gran tendencia a pronunciar las palabras *nunca* y *siempre*... ¡Veinte años! ¡Qué fácil es sufrir a los veinte años! No quisiera volver a esa edad...

—Les odio.

—¡Qué fácil es odiar a los veinte años!

Cuando Genoveva se mueve, el muelle roto se queja.

—Les odio —repite Julita—. Me repugnan, me duelen, me duelen en los huesos.

—Por favor, cálmate y déjame dormir. Mañana hay que levantarse temprano.

—Si pudiera los mataría. ¡A todos! Empezando por la abuela...

—Acuéstate, apaga la luz.

—Son malos, son falsos, son sucios...

—Ni peor ni mejor que todo el mundo. —La voz de Genoveva parece la de un beodo—. Y aunque digas que los odias, no es verdad. También yo los creía sucios, también yo los odiaba... Pero cuando mamá enfermó del tifus, compren-

55

dí que la quería... No me importaba que fuera sucia. Lo único que importaba era que viviese... Al fin y al cabo son nuestros. Nos pertenecen. Estamos atados a ellos... No tenemos otra cosa verdaderamente nuestra, aparte de la familia.

—A mí no me hace falta ninguno de ellos. Me repugnan.

—No sabes lo que dices. Algún día te reirás de todo lo que estás sufriendo ahora. Hay etapas duras, pero no matan. ¡Si te dijera lo que más me dolió a mí cuando supe la verdad de nuestro padre! Nada menos que el hecho de que Pilar fuera mi abuela... Era lo peor de todo. Ahora ya no me importa...

Bosteza nuevamente. Se duerme mientras Julita solloza.

En la oficina tardó en confesar la verdad. Peláez le decía:

—Todavía vienes por las mañanas...

—Hasta que pase el mes.

Se le puso un velo en la mirada.

—¿Te has enterado ya de lo que te corresponde?

Julio Brutats mordió la pluma y fingió concentrarse en su trabajo. Tenía en la mesa las galeradas de una novela nueva. Los bordes garabateados con tinta roja.

—Esos linotipistas... A veces no hay modo de descifrar las frases.

Peláez volvía a la carga:

—Dime, Julio: ¿cuánto te ha tocado?

La exigencia de Peláez le acorralaba.

—Pues menos de lo que suponíamos... Parece ser que han acertado otros...

—Vaya fastidio.

Pero lo dijo con alegría. La voz vertida hacia la mesa.

El montón de carne en el cogote de Julio Brutats, debido a la posición de la cabeza, aumentó ligeramente. Parecía un buche de labios pálidos.

—De todos modos, más vale algo que nada. ¿No te parece?

Intentaba reír con sonido de «o», pero no lo conseguía.

Peláez respiró hondo y dijo:

—Leila pregunta por ti todos los días.

—¿Leila?

Dejó la pluma sobre la mesa y sacó un pañuelo. Se frotó los ojos y su cara quedó cubierta. El borde de las mejillas, asomaba rojo.

—La guapa esa que conociste el otro día en el bar Simona.

—Ah, sí.

—Le pareciste... un hombre interesante.

—¡Qué cosas!

—Dice siempre que a ver cuándo vuelves.

—Pues a lo mejor, hoy...

Después de aquella conversación, corrigió de prisa. Los márgenes se llenaban de tinta roja, la pluma iba siendo menos masticada.

En la sala de los empleados se oía un silencio grande. Bermúdez pasó por allí, inundándose de aquel silencio: sus movimientos cautos, su mirada algo asombrada. Murmuró un «buenos días» que podía haber significado cualquier otra cosa, y entró en su despacho dejando que la puerta se cerrase sola mientras los empleados respondían.

Julio Brutats escribió en una hoja en blanco:

> *Hay almas que son luceros.*
> *Hay luceros que son rosas.*
> *El estiércol del que viven,*
> *no las enmustian ni enlodan.*

Levantó la cabeza. Comprobó que nadie le vigilaba. Luego encabezó el verso con este título: *Leila*.

Guardó el papel en su bolsillo.

Lleva el mismo abrigo del otro día, pero su sonrisa es distinta; más misteriosa. Y sus ademanes, más aletargados. En sus manos sostiene un cigarrillo que todavía no ha encendido. Lo acaricia como si fuera humano.

—Preciosa.

—La has inspirado tú.

—Es la primera vez que me dedican una poesía. Ya sabía

yo que tú eres distinto... Basta echarte una ojeada para comprenderlo... En cuanto abres la boca, te brota la cultura. Un escritor es un escritor; ¡qué caramba! Una será lo que sea, pero hay ciertas cosas que no engañan, por mucho que la vida se tuerza. Y mi instinto me lo decía: «He ahí un hombre, Leila. Un hombre de cuerpo entero.» —Se acerca a él, le acaricia la mano—. A que no adivinas por qué me llamo Leila...

Julio Brutats adopta la actitud doctoral que utiliza en su casa, arquea una ceja, levanta un hombro:

—No será por... la novela de George Sand.

—Pues claro, pues claro —le da golpecitos en los nudillos con la punta de las uñas—, ¡qué listo eres! En realidad mi nombre es otro. Pero me gusta más Leila. El mío es Belén. Demasiado ñoño para una mujer de mi clase. ¿No te parece?

—Hombre, según como se mire... De todos modos la novela se llamaba *Lelia*. Una errata.

Leila ha encendido su cigarrillo. La mano de Julio, entre paralizada y nerviosa, sostiene aún la cerilla encendida. Tras la mano, los labios lanzando humo.

—Vas a quemarte los dedos.

La cerilla apagada cae en el cenicero. Las manos continúan entrelazadas.

—Comprendo que tu mujer te admire...

En el bar Simona apenas hay personal. Peláez y los otros salieron a poco de entrar.

—Hay mujeres tenaces; Enriqueta es una de ellas. La pobre no puede evitarlo. Sigue enamorada de mí como el primer día...

—Enriqueta; ése sí que es un nombre bonito...

Un espejo borroso, salpicado de botellas, refleja la efigie de ambos. Brutats se contempla mientras se alisa el cabello con la mano.

—Veintiún años casados... casi nada.

—¿Y siempre le has sido fiel?

Carraspea, tose, se suena. Leila lo observa a través del espejo. Lo ve azorado; propicio a eludir la respuesta o a lanzarse a la confidencia, sin medida.

—La verdad sea dicha...

—Ya sé, ya sé; no hace falta que sigas. Los hombres sois todos iguales. ¡Todos!

Traga un sorbo de vermut con aire teatral, como si ingiriese veneno, el ademán decidido y trágico.

—De modo que la engañas...

—En el fondo es feliz.

—No lo dudo; viviendo contigo...

—Además soy correcto con ella. Las mujeres suelen agradecer que se sea correcto.

—Entonces... ¿Está al corriente de tus devaneos?

—Vete tú a saber. Pero ¡qué caray: un hombre es un hombre! ¿No te parece?

Se le agrupa el orgullo de su hombría en el centro del pecho. Tiene ahora los hombros apoyados en el respaldo de la silla, el pulgar derecho en la sisa del chaleco.

—Cuando las inquietudes le agarran a uno, que vengan legiones de santos a traernos propósitos... El demonio del sexo no atiende a razones. Que se entera la mujer... ¡Mala suerte!

El aroma de alcohol ventea el de pescado frito. Leila lo recoge acercándose a él. El busto aventajado deja adivinar dos senos turgentes estallando juventud.

Julio Brutats ya no es el oficinista que corrige galeradas, ni el pasajero asiduo del 62, ni la víctima elegida del señor Bermúdez. Ni siquiera es el «don Julio» de su calle, el hombre culto o el marido jefe de su casa, pleiteando por conservar su dominio y atemorizando con su voz ronca. Gracias a la intervención de una prostituta joven, triste y mansa, Julio Brutats se ha convertido, de pronto, en una especie de libertino nadando en dinero.

—Si tú supieras, si tú supieras lo complicada que es mi vida.

—Seguro que tendrás algún hijo natural. Por lo menos uno...

Julio Brutats no contesta. Su actitud es beatífica. Al bajar la cabeza el bulto del cogote queda más disimulado. Leila aprovecha el momento de recogimiento para hurgarse la oreja.

59

—Algún día te contaré mi historia y te darás cuenta.

—Estoy sobre ascuas.

—Luego, me contarás la tuya.

La melancolía de Leila se acentúa. Su rostro cobra momentáneamente un avance de su vejez.

—Es una historia triste.

—Todas lo son.

—Siempre entre mentiras... ¡Ay, Julio! ¡Guárdate de vivir entre mentiras! Es como convertir el futuro en pasado... —lo dice a modo de frase aprendida de memoria, remachando las primeras sílabas— y matar lo que aún no es ni podrá ser...

—¡Pobre Leila, pobre Leila! ¡Qué bien te comprendo! ¡Y qué alma tienes...! ¿Te das cuenta de lo oportuna que es mi poesía?... Hay criaturas que pasan por el barro sin ensuciarse. Tú eres una de ellas.

—Lo peor es el odio. No hay modo de evitarlo, padre. Por más que lucho contra él, crece por dentro, lo invade todo igual que un sarcoma. Se me enreda en el alma y no hay forma de escupirlo. Las intenciones son buenas; usted ya lo sabe. Me confieso: lo suprimo. Pero en cuanto se me planta delante, con su ancha cara maquillada, igual que una pepona, el rímel corrido, el rojo de los labios deslizándose por las arrugas, el flequillo pegado a las cejas pintadas, la dentadura sonora e inestable, sus andares artríticos fingiendo agilidad... como si no fuera una vieja, como si no fuera un asco... (perdón, padre) mis propósitos se van al cuerno. Hay momentos en que no sólo la odio a ella sino a mí mismo por ser su nieto. Y a toda la familia... incluyendo a Julita, y eso que la pobre no lo merece. Otra víctima; eso es Julita. ¡Si usted supiera lo que se cuece en aquella casa! Quedaría asombrado de su fetidez. No hay modo de respirar. Es como si la abuela hubiera absorbido el aire de todos. Estoy seguro de que si la vaciáramos, sólo encontraríamos eso en ella: aire. Un aire enrarecido, putrefacto, descompuesto. Un aire agusanado. Lo peor es verla por las mañanas: aquello no es abuela ni es nada. Parece salida de un cubo de basura. Todo amenaza pudrirse cuando ella lo roza. Habla, habla, habla... cuando no canta. Y repite las mismas historias, acentuando las mismas palabras, guiñando en los mismos pasajes... Que si sus amantes, que si el príncipe, que si su marido... ¿Cómo dejar de odiarla? Deme usted la fórmula, padre. Yo no la encuentro. De pronto me pongo a pensar: «¿Cómo es posible tener vocación y odiar tanto? Los sacerdotes no odian. Los sacerdotes necesitan tener la certeza de que no pueden odiar.» Entonces la odio por eso; por entorpecer mi vocación. Por crear obstáculos... Por hacerme dudar de ella...

—Son pruebas que Dios envía, hijo.

—Pero la cuestión es: ¿podré soportarlas?

—Si no las soportas, mejor será que renuncies.

—Pero entonces... todo quedará a medias. Yo sé que mi destino es la Iglesia, padre. No tengo otro. Yo sé que he nacido para ayudar a mis semejantes, para enseñarles la verdad...

—Sin odio.

—Eso es: sin odio.

—Vamos, Paco, no te aflijas. Ten buen ánimo, hijo. Confía en Dios. Acaso lo que tú llamas odio sea únicamente miedo a odiar.

—O desprecio.

—Tal vez lo que tú desprecias en ella sea únicamente su falta de moral. Mira, hijo: cuando te crezca ese odio, reza jaculatorias. Ten fe. Dios aprieta pero no ahoga. Día vendrá en que todo se arregle. No hay mal que cien años dure.

—Lo peor es que tampoco la vida dura cien años.

—La auténtica dura una eternidad; no lo olvides.

—Julita, come.

—¿Para qué?

Finita codea el brazo de Julio:

—¿Has oído? Pregunta que por qué ha de comer.

Julio Brutats mantiene el tenedor levantado; un pedazo de bacalao entre las púas.

61

—Vamos a ver, doña Melindres, ¿podemos saber qué caray te ocurre?

La mesa es ovalada. Frente a Julio está Pilar, a su derecha; Finita, a su izquierda; Enriqueta. A los lados de Pilar; sus nietos. Genoveva, salvo los domingos, nunca almuerza en su casa.

—Nada.

Han bastado tres días para resumir a Julita. Su tristeza ha dado paso a una lividez casi mortal. Pilar intenta desviar el tema:

—El hotel Iberia debe de estar lleno; todas las ventanas están abiertas.

—Llenísimo —remata Enriqueta.

El canario canta. Parece un eco de Pilar. Finita insiste:

—Deberías obligar a la niña a que comiese. Así no se puede vivir.

Julio pincha el segundo pedazo de bacalao. Lo lleva a la boca parsimoniosamente. Con el pedazo a medio masticar, grita:

—Te mando que comas.

Con el grito ha moteado el rostro de su hija de saliva y de pescado. Los ojos de Julita parecen los de un cadáver.

—No tengo apetito.

Julio se levanta; la mirada de Finita lo impulsa. Los demás han quedado impávidos, las manos a lo largo de la mesa, sin ademanes, sin gestos.

Con la mano izquierda, Julio Brutats agarra la melena de su hija, le obliga a volver su cara hacia él. Con la derecha golpea su mejilla.

—¿Y ahora? ¿Comerás, ahora?

El carrillo hinchado vuelve más pálido el resto de la cara.

—Cuanto más me pegues, menos comeré.

El cogote de Julio se hincha, los ojos le lagrimean.

—Repite lo que has dicho.

Pero no le deja. Con el mechón asido, levanta a su hija de la silla. Como es más alta que Julio, se ve obligada a caminar encorvada.

—Estúpida melindrosa... Así aprenderás a respetar a tu padre.

La empuja hacia el cuarto. Cierra luego la puerta de un golpe, dejando a Julita dentro. Jadea aún cuando regresa al comedor.

—Estúpida melindrosa...

Nadie le responde. Todos le miran. El canario se pone a cantar.

—Demasiados humos...

Vuelve a sentarse a la mesa. Enriqueta ensaya una sonrisa. Pilar mastica tarareando. Paco, con los ojos gachos, murmura algo que nadie entiende.

—¿Qué demonios andas rezongando?

—Rezo.

—Estás cargado de p...

Finita da un golpe en la mesa con la palma de la mano:

—Muy bien; así me gusta. Esa niña merecía una reprimenda. La juventud de ahora necesita mano dura.

Julio Brutats vuelve a pinchar el bacalao, lo mastica trabajosamente, lo traga como un autómata.

—Uno va estando harto de tanta impertinencia. ¿No se trata de nuestros hijos? ¿No hay que enseñarles lo que está bien y lo que está mal? Cada cosa en su sitio: a la hora de comer, hay que comer. Y si no, a reventar. En esta casa lo que hace falta es orden. Orden y medida. Pero lo único que cuenta es la anarquía. La culpa la tienes tú —señala a Enriqueta— por ser demasiado condescendiente. Te lo venía advirtiendo desde que eran pequeños: «Como sigan así, saldrán más torcidos que un jorobado...» Pero tú, a decir «amén» a todo y a soliviantarlos contra mí... Alguien tiene que decidirse a «educar» en esta casa. ¡Digo yo! Si tú no lo haces...

Enriqueta mueve la cabeza de arriba abajo, siguiendo el compás de las palabras de su marido, pidiendo perdón en cada movimiento, sometiéndose a él sin discusión.

—Luego, claro: a tomar manía al «malo». Pero es preferible ser blanco de odios, que dejarlos torcer. ¿Por qué cuernos no ha comido hoy Julita? Nada más que por llevar la contraria... ¡Si la conoceré yo! Para amargarme la suerte de las quinielas, para echarlo todo a perder.

Pilar interviene:

—A esa chica le ocurre algo. Lleva días ensimismada...

—Pues que disimule. A esas edades no se tiene derecho a ensimismamientos.

—A lo mejor se ha enamorado —opina Enriqueta.

—Si estuviera enamorada estaría contenta. Además, Julita es incapaz de enamorarse. No le gusta el amor.

—Lo que pasa es que es decente —dice Paco.

—A ti nadie te ha dado vela en este entierro. Al fin y al cabo enamorarse no es ningún mal.

—Tal como lo concebís vosotros, lo es.

—¿Habéis oído? Ahí lo tenéis. El niño se ha vuelto repipi. Cuando digo yo que vas para marica...

Paco abandona la mesa; en vano la mano de Pilar intenta retenerlo. Al contacto parece electrizarse. Se echa luego en el diván que de noche sirve de cama. Pilar, decepcionada, se acerca al canario.

—Hola, pimpollo —introduce sus dedos artríticos entre los barrotes de la jaula; los hace chascar—. Vamos; canta un poquito para alegrarnos a todos... Vamos, pimpollo...

Hay dispersión general. Enriqueta ha ido a fregar los platos. Finita se acerca a Julio.

—Muy bien. Has estado perfecto. Los hombres han de mostrar autoridad.

Brutats enciende un cigarrillo y se recuesta en la butaca. Pone la radio en marcha. Enriqueta, desde la cocina, suplica:

—Por favor: un poco más alto. Aquí no se oye.

Aquel día arreciaba un viento cortante que venía de las Ramblas y se esparcía por Marqués del Duero, arrastrando los escombros de la calle y dejándola casi limpia.

Cuando hacía tanto frío todo perdía vitalidad y los chiquillos callejeaban sin hacer ruido. Hasta el sonido de las radios parecía decrecer.

Julita caminaba de prisa, sus manos protegidas por unos guantes de lana, sus pies reforzados por unos calcetines gruesos. Prescindía de las medias y su piel asomaba roja y porosa, de la rodilla al tobillo.

Su trayecto cotidiano era breve; Manuela vivía cerca de su casa, a pocos metros de las Ramblas. Llegó hasta el portal. Se detuvo unos instantes como si dudara. Luego continuó caminando Ramblas abajo.

Los ojos abiertos, pálidas las mejillas, sus ojeras denunciando las noches de insomnio.

Llamaba la atención de los peatones.

—Vaya chavala...

No se inmutaba. Arrastraba su juventud indiferente, con paso apresurado y poco femenino. El gesto y la expresión inmóvil.

Pasó junto al cine. Leyó el letrero de la película. Tenía unas letras enormes e inclinadas, estriadas en los bordes como si fingieran sangre.

Sólo cruzar la plaza de Colón, se llegaba al mar. En lo alto de la ciudad no se oía.

Se percibía en la humedad de los objetos y en la bruma matutina; pero no se oía. Era una bruma densa que aumentaba con el frío y que sólo el día pleno llegaba a disolver. Ni el viento podía con ella. Gestaba los árboles de las Ramblas y las palmeras del paseo de Colón; los nutría silenciosamente, mientras oxidaba las fachadas y los pavimentos.

Era una hora desusada. Prevalecían las pisadas y escaseaban los vehículos. El rodar venía después; cuando el pleno día barría la bruma.

Vista en perspectiva, la silueta de Julita resultaba insignificante. Era un cuerpo más en movimiento, gris como la madrugada, cónico, de andar adocenado. Un cuerpo que parecía ajeno a todo relieve. Uno de esos cuerpos en los que no cabe suponer una vida privada, capaz de tener alegrías o desengaños, ímpetus para gozar o cansancio de respirar.

Llegó al puerto y se detuvo. También allí, a dos pasos del mar, había silencio. Los muros lo aprisionaban hasta convertirlo en lago. Sin embargo de vez en cuando se le oía carraspear con lamento algoso.

Lo vio enorme, fraccionado por los barcos, su horizonte confundido con el vapor gris del ambiente, perdido en un límite que bien hubiera podido ser otro horizonte. Las boyas se movían lentas en el discurrir plácido del oleaje interno. Eran olas pastosas y verduscas, oprimidas por el malecón. Se parecían a Pilar, en su oscilación aprisionada.

La soledad del paisaje aumentaba en cada una de las personas que surgían. La individualidad a aquellas horas, generalizaba el abandono, el silencio, la desolación.

Julita se inclinó hacia delante, sin más apoyo que el viento. Su cuerpo recordaba el brazo de un candelabro. Quedó en suspenso unos instantes viendo el trayecto de aquellos oteros líquidos que parecían sólidos.

Volvió luego a su posición primitiva, rígida, alta. Al mirar hacia el cielo que clareaba, le cayeron lágrimas por las mejillas. La enrojecida esclerótica y el círculo carmín de los párpados daban la nota de color a la cera de su rostro. Lanzó un suspiro breve, de pecho oprimido, que el viento enfrió en seguida. Era un viento tenaz que helaba sus mejillas húmedas y dibujaba detalladamente su cuerpo bajo el abrigo. Instintivamente se volvió de espaldas al mar. Quedó su melena partida en dos, dejando al descubierto su cogote.

Miró la ciudad. La contempló íntegra en aquel fragmento de plaza que rodeaba el monumento a Colón. Parecía absorberla de golpe con los ojos y con los pulmones. Su abrigo abierto, dejaba que el frío penetrase en el traje, en su ropa interior, en su piel... Su solidez de siempre se perdía poco a poco en aquel viento desordenado. Todo en ella era mutación. Todo en ella era vaguedad, renuncia a la lucha, grietas irreparables.

La ciudad daba vueltas en aquella mutación. Nada tenía consistencia. Se miró las manos. Las vio enguantadas. Probablemente no comprendía por qué las había enguantado. Se miró los pies, los vio cubiertos por unos calcetines de lana y probablemente no comprendía por qué los había enfundado.

A decir verdad, cualquier cosa en aquellos momentos era un «por qué».

El abrigo abierto, sus ojos secos ya, un silencio grande en los labios, Julita empezó a desarticularse, a perder estabilidad. Se disolvía poco a poco con la bruma.

Se dejó caer de espaldas. Quedó unos segundos suspendida en el vacío, las manos agitadas hacia algo indefinido.

Cuando el cuerpo chocó con el agua, la orilla del puerto quedó salpicada de espuma.

La gente se apiñaba en la farmacia de turno. Los comentarios eran dispares:

—Dicen que espera un niño... ¡Esa juventud!

—Con ese palmito... ¡Cualquier día me suicidaba!

—Nada de suicidio. Cuesta poco ser malicioso. Le dio un soponcio y cayó al mar.

—Sí, sí... Les digo que mi marido la vio desde la ventana. Se inclinó dos veces... antes de intentar suprimirse.

—Pues podía haber evitado que se lanzara la tercera.

—Llegó tarde.

—¿Cómo se llama?

—No se sabe. No ha vuelto en sí.

—Se habrá quedado tiesa, con el frío que hace...

—A lo mejor aborta.

—Pero ¿quién ha dicho que espera un niño?

—Bah; todas las chicas que se suicidan lo hacen por eso.

—En casa de mi vecina pasó algo parecido...

Un hombre toroso paseaba con aires de protagonista.

—Es el que la ha salvado. Dicen que el Ayuntamiento le dará una medalla por su comportamiento.

—Al fin y al cabo no ha hecho más que cumplir con su obligación. Vigilaba el puerto.

—Pero con ese frío... Además tiene cinco hijos.

—Están acostumbrados.

—Mientras no pille una pulmonía...

Llegaban dos hombres abriéndose camino con los codos.

—Paso a la policía.

—¿Habéis visto qué modales?

—Ésos se creen con derecho a todo.

—Modos es lo que hace falta. ¿Oyen ustedes? Mo-do-os.

—Despejen, por favor, despejen.

—Eso es: tardan un siglo en venir, y luego a fastidiar a los que hemos acudido en seguida.

—A la calle, a la calle... ¿Dónde está la interfecta?

—La subieron al piso...

—Ésas son cosas de hospital.

67

—Pero a la farmacéutica le dio pena verla tan mojada y la llevó a su casa.

—Si quieren saber algo pregúntenme a mí. Soy el farmacéutico.

—¿Su nombre?

—Benito Junqueras.

—¿Cómo está la chica? ¿Se salvará?

—Sólo tiene un desmayo y un remojón. Lo peor es el susto. Ha tragado poca agua.

—¿Dónde está el salvador?

Acudió el hombro toroso con aires de protagonista.

—Para servirle.

—¿Su nombre?

—Juan Perales Perales.

—¿Cómo se dio cuenta de lo que ocurría?

—Lo que a mí se me escape...

—La policía quiere hablarle.

La voz de la mujer que se inclina hacia Julita, apenas es un murmullo. Su sonrisa es afable y tímida. Julita no contesta.

—Escuche... —golpea ligeramente el carrillo lívido de la chica— vamos; haga un esfuerzo; la policía...

El pecho de Julita se agita descompasadamente. La vida vuelve a ella a borbotones, como si le inyectaran sangre coagulada. Parece respirar a fuerza de latigazos.

—Que me dejen en paz, que me dejen en paz...

Se lleva las manos a la cara, se aprieta las sienes, cierra los ojos.

—Si por lo menos me dejaran en paz...

Habla sin lágrimas. Cada palabra parece un fantasma que huyese atemorizado de su propio espectáculo.

—No tienen derecho... no tienen derecho.

La mujer vuelve al pasillo.

—Les diré que vengan más tarde; no se preocupe...

Julita no ha reparado en ella. Sigue repitiendo:

—Si por lo menos me dejaran en paz...

La casa está empapelada con dibujos claros. En el vestíbulo los tonos se oscurecen. Sobre todo allá donde han quedado los policías.

La mujer aclara:

—Todavía no rige.

—¿Cuánto tardará en recuperarse?

—Poco ya.

—Volveremos dentro de una hora.

La mujer cierra la puerta tras ellos. Se encara con su hijo:

—Háblale tú, los jóvenes os entendéis mejor cuando estáis solos.

Pablo es alto y camina algo encorvado. Se echa de ver que es hijo de la mujer, en la forma directa de mirar.

Más allá del pasillo, donde el desayuno quedó a medio servir, suena el gotear de un grifo. La mujer corre a cerrarlo. Pablo se dirige al cuarto donde yace Julita. Posa la mano en el picaporte sin atreverse a abrir. Mira por el ojo de la cerradura. Se retracta pronto de su audacia, las mejillas algo ruborizadas, el busto erguido. Golpea la puerta.

No espera contestación. Julita, con los brazos desnudos, a lo largo de la cama, continúa sollozando.

Al ver a Pablo, se le cuajan los sollozos y esconde rápidamente sus brazos bajo el embozo.

—¿Quién es usted?

—Eso nos estamos preguntando todos de usted.

La sonrisa de Pablo clarea la estancia.

—Caí al mar —balbucea.

—Le daría un vahído...

—Habré desvariado. ¿Qué he dicho?

—Nada especial.

Se sienta junto a ella. Lleva el rostro recién afeitado. Tres pliegues jóvenes en las mejillas fingen una sonrisa.

—¿Quién me trajo aquí?

—Un guardián del puerto. Mi padre es farmacéutico. Ésta es nuestra vivienda particular. Concretamente: el cuarto de mis padres.

La cama es matrimonial, de barrotes dorados. Un crucifijo de marfil en la cabecera, dos mesitas de noche altas a los lados. Frente a la cama, la ampliación de una fotografía. Re-

69

presenta un niño desnudo y vuelto de espaldas junto a un ramo de rosas.

—Soy yo.

Julita frunce el entrecejo casi sonriente.

—Desde que me la hicieron, está ahí. Mis padres varían poco los objetos de la casa.

—Hay que ver lo que ha cambiado.

El lapso disuelve esperanzas y facilita confianza.

—¿Qué demonios estaré yo haciendo aquí?

—Hay que reponerse del susto. Su ropa está secándose en la cocina.

Julita estornuda, una, dos, tres veces.

—Se habrá resfriado.

Le da un pañuelo. No se suena; sencillamente se frota los ojos.

—Cuántas molestias estoy ocasionando...

—En la vida ya se sabe. Hoy tú, mañana yo...

Agita la cabeza de un lado a otro. Queriendo parecer condescendiente, destruyendo en cada movimiento cualquier miedo a errar.

—¿Nos presentamos? Me llamo Pablo Junqueras y estudio medicina. ¿Usted?

—Julita Brutats, aprendiza de modista. —Algo sombrea su mirada—. ¿Se ha enterado la policía?

—Vinieron, pero ya se han marchado.

—Volverán... Suponiendo que... hubiese intentado suicidarme, ¿qué podría ocurrirme?

—No lo sé... nada grave.

Los labios de Julita se han achicado. Tienen grietas.

—Mi ropa estará ya seca...

—No tardará mucho. ¿Avisamos a su familia?

—No, por favor.

—Sus padres, ¿viven?

Asiente.

—Sería conveniente que tomara una taza de café caliente...

No espera contestación. Al levantarse, la silla donde estaba sentado cae al suelo sin hacer ruido.

Es la hora de la luz y de los peatones. La calle rebosa indecisión. Pasan junto a la tienda de zapatos.

—La mejor de la ciudad —comenta Julita con cierto tono de orgullo.

Se detienen junto a la casa de baños:

—Aquí venimos a bañarnos... En casa no hay bañera, ni ducha...

El abrigo continúa húmedo. Sobre todo en los dobladillos.

—¿Qué dirán sus padres por el retraso?

—No creo que se extrañen. A veces me quedo a comer en casa de alguna amiga.

—¿Y la modista?

—Tuvimos un disgusto. Creerá que estaba enfadada. Iré esta tarde a verla.

La fuente de Carlos III está rodeada de racimos humanos.

—Es la hora del agua; hay que fregar los platos. Afortunadamente en casa tenemos agua corriente.

Pasa un chiquillo y da un tirón a su abrigo.

—Adiós, Julita.

Apenas contesta.

—En ese bar se contratan los artistas de circo, ahí se confeccionan disfraces. Cuando llega carnaval se llena de gente importante.

Se detienen ante el hotel Iberia.

—Es decente —dice Julita señalando el edificio.

Pablo se inclina hacia ella. En sus ojos un chispazo burlón.

—No hay duda de que siente el orgullo de su calle. Desde que hemos empezado a recorrerla, no ha hecho más que alabarla.

Julita desvía la cara. Se lleva la mano a la mejilla.

—Debo de tener fiebre. El remojón...

—Métase en cama y súdelo. Es lo mejor. Si necesita algo de la farmacia... ya lo sabe.

El portal es ancho. Una fuerte ráfaga de humedad sorprende al peatón que pasa de largo. Al detenerse, el hedor desaparece. Al poco se comprende que lo que parecía humedad es sólo el olor acumulado a través del tiempo, de ratones

71

y cucarachas. Las paredes despintadas conservan aún los trazos presuntuosos de un mármol fingido. La escalera de madera se ha torcido sin que nadie sepa explicarse por qué. Lo único verdaderamente lozano en la entrada de la casa, es el fresco modernista del techo que figura una ninfa tocando el laúd junto a dos angelitos. La portería está en el sótano y se llega a ella por una puerta excusada bajo la escalera.

Julita graba un círculo en el aire, con ademán airoso. Su brazo tiene actitudes de bailarina.

—En tiempos fue de mis abuelos... Ahora ya sólo nos queda el piso...

Pablo asiente con visible admiración.

—¿Podré visitarla algún día?

—Claro que sí... —el brazo se detiene, cae luego a lo largo del cuerpo—. Pero mejor será que llame desde abajo. Mis padres son... algo severos... En fin, ya sabe usted las manías que tienen los de la otra generación.

Desde la puerta entreabierta de la portería se oye un partido de fútbol emitido por radio. El campo en peso está ahora en el portal, con sus pitidos, sus gritos y sus pelotazos.

—En cuanto me ven con un muchacho se hartan de preguntar...

Pablo le tiende la mano; es larga y blanca. Los uñas pulidas. La de Julita está fría.

—¿Cree usted que la policía?...

—No se preocupe. Habrá arreglo. Lo principal es que usted se haya repuesto...

Hay un momento de vacilación por el que pasan mundos de ideas dispersas, inatrapables y huidizas, sin embargo, definitivas.

Julita y Pablo tienen aún las manos cogidas. Todo en ellos parece sumergirse en una especie de evasión de sí mismos.

—Por Dios; no vuelva usted a caer al mar...

—No caeré.

Un chiquillo pasa junto a ellos; sin querer empuja a Julita; la obliga a perder el equilibrio. No llega a desmoronarse. Pablo la sostiene con los dos antebrazos.

—Y tome aspirinas...

El partido de fútbol se vuelve masa de ruidos incongruentes. Estallan en las paredes del portal, se escapan huecas hacia la calle.

—Y mucho cuidadito con recordar cosas desagradables.

Julita se desprende de aquella voz que le habla. Se mira las manos. Las ve rojas y brillantes.

—No las recordaré.

Sube la escalera despacio. La madera cruje. La barandilla se mueve. Pablo está en la acera, enmarcado por lo oscuro del portal. Su traje gris de corte aceptable, su corbata verde, su mirada aguda.

—Hasta pronto...

Le dice adiós con la mano en un ademán breve.

Cuando Julita llega al segundo piso empieza a oír los gritos de Pilar hablando con Paco. La frente de Julita se arruga. Palpa su abrigo por el borde; continúa húmedo. Un escalofrío sacude todo su cuerpo. Estornuda mientras pulsa el timbre de su casa.

—Tonta rematada. En algo tenía que parecerse a su madre. ¡Tirarse al mar! ¡A quién se le ocurre! Y con ese frío... Así se ha puesto ella. La cuestión es hacerse notar, dar de qué hablar, volverse víctima... ¡Cuando digo yo que la juventud de ahora es rara! ¿Qué le falta a Julita, vamos a ver? Si nos ponemos a analizar, está en una situación privilegiada. Una familia numerosa, un padre como no hay otro, una madre que, aunque tonta, se desvive por complacerla. Una abuela que fue en tiempos gloria nacional... Su hermano, poco la molesta. Su tía, la colma de regalos. Su prima... una verdadera hermana. Le dio por decir que quería estudiar, y «a estudiar». En fin, ¿para qué seguir? De mí no creo que pueda quejarse. Una madre no hubiera hecho más por ella. Pues resulta que no. Nada de todo eso satisface a la señorita. Y... a tirarse al mar. Porque diga lo que diga, se tiró al mar. Hubo quien la vigilaba. ¡Habráse visto cosa igual! El escándalo no importa. Lo que puedan decir las arpías, no importa. Y la verdad es «que han dicho». Las muy pécoras, han llegado a afirmar que Julita esperaba un niño... ¡Fíjate tú: Julita

73

esperar un niño! Pues sí que andan enterados... Mentira podrida; que hace cinco días la vi yo con lo de siempre. Lo peor es lo que rumorean de nosotros. Dicen que la niña no soporta que vivamos juntos tú y yo. ¡Como si hubiera algo malo en que dos cuñados se quieran! ¡Como si tu mujer no fuera la primera en aprobar nuestra... amistad! ¡Cualquiera diría que vivo como una reina a costa tuya y que los demás se mueren de hambre! Aquí todos trabajamos; digo yo... Además, ¡qué demonios!, ¿no has acertado las quinielas? ¿No tienes derecho a gastar ese dinero como te dé la gana? Y sin embargo lo guardas para la familia... Pues hagas lo que hagas, está bien hecho. Deberían estar todos contentos y agradecidos. Una buena tunda es lo que le hace falta a Julita: una por el Perales ese que la sacó del agua y la otra por la policía. Porque a pesados y molestones no hay quien les supere. Claro, con lo de las quinielas... Todo eso le pasa por no llevar vida de mujer. Ya va siendo mayorcita para tanta continencia. La virginidad, ya se sabe, produce malhumor y afea... Pero la cuestión es llevar la contraria. ¡Terca como una mula! También Genoveva era así a su edad. ¿Recuerdas? Mírala ahora: hecha una malva. ¿Hombres? Puede que ya no los tenga. ¡Es tan reservada! Pero a mí nadie me quita de la cabeza que los tuvo. De cuándo acá iba a dar el cambio que dio sin probar el amor... Y eso que la pobre no ha sido lo agraciada que es Julita. Habría que ver cómo andaría Julita si no fuera tan tonta. Manuela asegura que uno de los pretendientes tiene coche y todo. ¡Cuidado que le viene dando razones la pobre! Que si pronto le habrá pasado la época, que si como no agarre en seguida, no habrá quien se acerque a ella... Pero, ¡quia!, ni por esas. Para mí que en ello tiene que ver tu hermana. Ya sabemos que pretende la exclusiva. La conocemos. Echando mano de su optimismo le habrá ido pintando un panorama negro: que si la comodidad, que si mejor virgen que mal desvirgada, que si nada como un buen matrimonio... ¡Matrimonio! ¡Menuda estafa! ¡Con la cantidad de hombres que hay en el mundo! Atarse para toda la vida a uno... Y teniendo el palmito de Julita... Ya ves nuestro caso. Cuando te conocí, ya no había remedio. Y luego a pringarla tú. ¡Si hubiéramos sabido lo que le iba a pasar al pobre Mariano! Pero entonces bien vivo que estaba y cualquiera piensa que lo de toda la vida puede durar tan poco... De todos modos no podemos quejarnos. Más vale continuar «en cuñados», que romper vidas ajenas. La verdad es que resulta mucho más inmoral fastidiar que templar el humor de todos con algún apañito... ¿Remordimientos? Ni pizca. Pero, ya lo ves: Enriqueta, feliz. Dio al mundo dos hijos, tu madre tiene nietos oficiales, y tú...

El ventanal del cuarto daba al patio. Se veía ropa tendida en el piso de enfrente: dos camisas blancas danzando en la noche, tres toallas, cuatro bragas.

—Vamos, hija; dime por qué lo has hecho. A una madre se le puede contar todo.

El rostro de Enriqueta colgado sobre ella parecía un balón blanco agrietado por los surcos.

—Fue sin querer.

—Mentira.

Llevaban así desde la tarde. La noticia la trajo la policía. «Les advertimos que cayó al mar, si lo hizo exprofeso o no, es cosa de ella. Ahora ya lo saben.»

Cuando Julio entró en el cuarto, Enriqueta le abordó:

—¿Por qué lo habrá hecho? ¿Por qué?

Julio llevaba impermeable. Se quedó unos instantes frente a la cama de su hija, dejando que el agua gotease el suelo.

—¡Cómo voy a saberlo! Pregúntaselo a ella.

—No me contesta. Inténtalo tú.

Se quitó despacio la prenda húmeda, la dejó sobre una silla. Echó una ojeada despreciativa a su hija y salió del cuarto. Enriqueta contempló el impermeable, como si en él se acumulase toda su impotencia por conocer los motivos del suicidio frustrado.

—A una madre no se la puede engañar.

—No te engaño.

Lo decía con los ojos cerrados, hinchados de fiebre y de llanto.

—Pero no echas a fuera la verdad, que es lo mismo.

75

—La verdad...

Así fue cayendo la noche y llegó el alba. La fiebre aumentaba y Enriqueta no se movía de su lado. Genoveva se había acostado en el cuarto de Finita.

—Si quisieras ser franca con tu madre...

—Déjame dormir, mamá...

—No te dormirás hasta que hables...

Se había sentado en la cama del lado (la de Genoveva), tiesa, el busto hundido vuelto hacia la hija, las manos en el halda unidas entre sí.

—Habla, Julita, por favor...

Sus súplicas se hicieron zumbido. Julita acabó por dormirse.

Sigilosamente, cuando queda sola, Paco entra en el cuarto.

—Póntelo.

Desenvuelve un paquetito con dedos nerviosos e inhábiles. El papel de seda cruje suavemente y cae sobre la colcha.

—¿Qué es eso?

—Un escapulario.

—¿Para qué?

—De niña te lo impusieron; me lo ha dicho mamá. Es bueno llevarlo colgado del cuello.

Un pulso visiblemente desordenado entorpece la circulación en las sienes de Julita. Las mejillas rojas tienen calidad de manzana recién frotada.

—¿Cómo se pone?

Paco la ayuda. Se inclina hacia la chica, le levanta la cabeza. Su melena, enmarañada, se ha vuelto estropajosa.

—Un pedazo de tela delante y el otro detrás —explica Paco.

—A mí eso me parece una superstición.

—Mamá también lo lleva; se lo di yo.

Recuesta otra vez la cabeza en la almohada.

—Hierve.

—¿Qué?

—La almohada.

76

—Le diré a la tía que te la cambie.

—¡No! ¡No quiero verla!

—Eso no es justo, Julita. No hay que ser rencoroso... Al fin y al cabo si te reprendió lo hizo por tu bien.

—¡Tú qué sabes!

Un silencio viscoso se apodera ahora de los dos hermanos. Es un silencio que tiene algo de trámite. Paco se inclina otra vez hacia Julita. Pregunta con voz cortada:

—¿Por qué «lo» hiciste?

—¿Tú también?

—Escucha, Julita, si tienes alguna pena, confíate a mí. Yo te ayudaré.

El rostro de Julita es ahora un perfil plano vuelto hacia la pared. Un poco más allá, la ventana del patio; siempre con su ropa tendida y sus hilos metálicos vibrando en el viento.

—No les digas nada a ellos... pero a mí; soy tu hermano, Julita. Tenemos la misma edad...

—No lo hice a propósito; caí.

—Pero... ¿Por qué fuiste al puerto a aquellas horas?

—Paseaba.

A veces el ambiente del patio se vuelve denso de ruidos y olores. Las cocinas suelen converger en él. Cuando ocurre eso la ropa se vuelve gris y hay que retirarla rápidamente.

—Suicidarse es un pecado muy gordo.

—Déjame en paz... Siempre con tus dichosos pecados.

—Júrame que nunca más volverás a intentarlo.

—Déjame.

—Jurámelo solamente.

—No seas pesado, Paco.

—Si no me lo juras, me flagelaré.

—¿Qué es eso?

—Y me pondré cilicios.

—No seas imbécil.

—No podría soportar saberte muerta en pecado.

—Déjame dormir.

—Cuando se ha hecho lo que has hecho tú, no hay que dormir, hay que rezar.

—Estoy harta de tus tonterías, Paco.

—No son tonterías.

—La culpa es suya, Manuela. La chica no estaba preparada para el golpe. A esas edades todo se amplía, todo parece
más grave... No debió explicarle nunca lo de mi madre y su
padre... Además, Julita es sensible... Le gusta engañarse. El
error fue educarla del modo que lo han hecho. Cuando se
vive como vive ella, la cultura y la educación son contrapro-
ducentes. Nuestra «realidad» la ofende, la hiere. Estoy por
decir que si intentó suicidarse era porque no podía soportar
nuestra «realidad». La prueba está en cómo han reaccionado
todos. El padre ni siquiera se ha dado por enterado: «Capri-
chos de niña histérica.» Pilar, ni siquiera cree en lo del suicidio. Ni un solo día ha dejado de cantar sentada en el retrete
acompañándose con la tapa... Ya sabe la costumbre que tiene. Juana, con su maldito optimismo, asegura que Julita ha
realizado un simulacro de suicidio para ayudar a su padre
en la propaganda de su futura novela. Paco ha aprovechado
la coyuntura para hacerse el santo y lanzar sermones a toda la
familia. Enriqueta, ¡alma de cántaro!, se pasa el día pregun-
tándose: «¿Por qué lo habrá hecho? ¿Por qué lo habrá hecho?» Sin sospechar ni por un momento que la razón verdadera se encuentra, precisamente, en ella. No debió usted hablarle
tan claramente, Manuela. Ya lo hubiese ido comprendiendo
poco a poco. La juventud... ya sabe, reacciona siempre de
una forma exagerada. Tal vez porque cuando se es niño, la
gente se empeña en pintarlo todo de color de rosa: que si
los Reyes Magos, que si la cigüeña... que si la belleza del ho-
gar, que si la rectitud de costumbres... Y luego resulta que
los que predican todo eso llevan una vida de puercos... ¡Veinte años! La edad más estúpida de una mujer bonita que se
empeña en ser decente sin motivo verdadero. También a mí
me decían: «Vamos, Genoveva, una mujer no puede vivir toda
la vida sin hombre...» La cosa no tiene vuelta de hoja: o vivir muerto o desear la muerte. Sólo que yo preferí vivir
muerta. No sé por qué. Quizá por costumbre, por... ¡qué sé
yo! ¿Los hombres? Ya no existen. Me cansan. Prefiero la lucha
con Clarita; bofetón va y bofetón viene, fingir enfado para
no demostrar desprecio, mirar la pared cuando hace alguna

obscenidad y contar las horas que faltan para salir de aquella casa... Y, a seguir. A continuar de pie. Al fin y al cabo lo único que importa para no sentirse muerto del todo es «ambientarse», y lo que se dice «ambiente» no me falta. Lo que interesa es eso: ambiente. Algo que se meta dentro de uno y le produzca la sensación de que no se está solo. Muchas veces he pensado en lo que será nuestra casa el día en que falte el tío Julio, o el día en que la tía Enriqueta deje de escuchar seriales, o el día en que a Paco no le dé por moralizar... Incluso Clarita, ¿qué será de mí cuando muera? Hay momentos en que me siento tan unida a ella, que no puedo imaginarme viva sin recibir sus bofetones. Es como si a fuerza de andar mirándonos la una a la otra hubiéramos sorbido parte de nosotras mismas... Así debe de ser en cualquier lugar de la tierra para todo el mundo...

El portal de la casa de baños trasciende verdaderamente a cloro y a humedad. La silueta de Julio se dibuja en la acera apelotonada, debido a la posición del sol. Al entrar en el recinto se detiene, como de costumbre, ante el mostrador. El letrero apenas se divisa en la escasez de luz: «Baño sin toalla: 10 pesetas. Con toalla: 12.» Más abajo, circundado por un muestrario de frascos coloreados, puede leerse: «Perfumes Orientales.» La mujer sonríe; la boca desnuda de dientes.

—Caramba, don Julio; pronto viene usted este mes.

Brutats tuerce la cabeza, levanta la mirada misteriosamente. Finge desenvoltura.

—A lo mejor estoy más sucio...

La mujer ríe con carcajadas gruesas y arrolladoras. Julio levanta el mentón y corea su risa.

—¿La toalla?

—Hoy no la he traído... En casa se hubieran extrañado. Ya sabe que la costumbre es una vez al mes.

—No se preocupe; los clientes son los clientes... Le daré la toalla gratis.

La mujer es bajita y voluminosa. Tras ella el largo pasillo parece más estrecho. Hay una luz difusa que el azul de las maderas convierte en luz humosa. Todo resuena y todo está húmedo.

A los lados, las puertas entornadas expelen vahos de cuerpos a la vez sucios y limpios. Es un hedor provocado por el largo desfile de gentes que estuvieron y que ya no están, pero que a fuerza de centrarse en el lugar, consiguieron crear un cuerpo invisible, siempre presente.

Julio Brutats se mete en la cabina acostumbrada. La mujer, desde la puerta le guiña.

—¿Es bonita?

—Preciosa.

—A ver qué día la trae...

Cierra la puerta y Julio se desnuda. El agua cae despacio del grifo a la bañera. Hacia el fondo del pasillo suena el fluir de una ducha. Y de vez en cuando alguna exclamación entrecortada rebota con el agua contra la pared y el suelo.

Julio introduce el meñique en el baño. Añade agua fría. Al inclinarse se le dibuja la columna vertebral en la blancura de su piel. Es una de esas pieles que jamás han tomado el sol, virgen de luz, casi muerta. Su espalda es estrecha y fofa. Sus piernas torcidas y flacas.

El vaho del baño empuja el olor de su propio cuerpo hacia su nariz. Despacio mete un pie en el recipiente, luego otro. Sopla. Se moja la cara. Empieza el aseo.

En la casa de baños hay algo promiscuo que excita siempre su sensualidad. Se enjabona con la palma de la mano sin usar esponja. Es un jabón que huele a jazmín y que apenas hace espuma.

Entona una canción mientras se frota los sobacos. Su voz parece más profunda en el hueco de la bañera. De vez en cuando acompaña la tonadilla palmeando el agua con el jabón. La superficie se eriza, produce oleajes en miniatura. La espuma acumulada forma una corteza gris.

La mujer, cuando pasa ante su puerta, da un golpecito con los nudillos.

—¿Sigue usted bien, don Julio?

Contesta cantando:

—Perfectamente.

Visto desde el techo, Julio Brutats es como un sapo rosado flotando en una blanca sopera. Una sonrisa beatífica tuerce sus labios y pone al descubierto su falta de dientes. Sus ojos se cierran como si fuera a dormirse. Los dedos de los pies van clareando a medida que el agua se oscurece.

Su voz se apaga. Canta con ritmo de bolero:

—Ay la limpieza... ay, ay, ay, qué buena es la limpiezaaa.

Un gato gris se encarama a lo alto de la pared. Del techo hasta el gato cabría un hombre. El canto de Julio se entrecorta. El animal lo mira, esboza un bufido y se dirige a la cabina contigua con andares lánguidos y provocativos.

—Largo, largo...

El gato se vuelve a mirar a Julio. Levanta el rabo. Se aleja.

Se citaban en otro bar porque el Simona era frecuentado por los empleados de Bermúdez y al verles siempre juntos le gastaban bromas.

El camarero los conocía. En cuanto los divisaba ponía sonrisa de complicidad y se apresuraba a retirarles las sillas de la mesa habitual.

—¿Vermut con tapas?

Asentían. Leila echaba hacia atrás su abrigo, encendía un cigarrillo y esperaba a que Julio se arrancase a hablar. Cuando hacía sol, las siluetas de ambos se dibujaban en la pared del lado. Si el día era nebuloso, la luz cenital dibujaba sus sombras en el suelo.

Los movimientos eran siempre los mismos. Rápidos, expresivos. También el runruneo: carrasposo, salivero.

Julio Brutats, explicaba su vida. Probablemente se trataba de una emoción nueva para él, porque hacía durar mucho el relato.

—Ya decía yo que eras un hombre interesante.

Cada vez que la puerta de enfrente se abría, el local se llenaba de un fuerte hedor a orina que a veces se camuflaba con el que producían las «tapas» del mostrador. Sobre el dintel se leía «W.C.». El letrero estaba pintado con grandes letras negras. Abajo había una flecha indicando los «lavabos».

—Ahora ya sabes mi vida...

81

Bajaba la cabeza y miraba fijamente el vaso de vermut que sostenía con las dos manos. Eran casi viriles aquellas dos manos. Casi grandes también. Parecían sabias de tacto. Fáciles a las caricias.

Leila posó la suya en una de ellas.

—¡Si vieras cómo te comprendo!

En aquel local había siempre poca gente. Como era restaurante, el público sólo afluía a la hora de comer.

—Se está bien aquí...

Después llegaba el silencio. Julio la miraba inquisidoramente, entornaba un ojo y llamaba al camarero. Pagaba la consumición con aire filantrópico de millonario estrenado. Salían a la calle. Paraba un taxi y daban una dirección.

Leila vivía en una pensión comprensiva, situada en el ensanche. Se metían en su cuarto. Frente a la cama, un armario sin luna, que, al abrirse, rozaba los barrotes de hierro. A la derecha, un biombo cubriendo un lavabo y un bidet portátil.

Julio aguardaba en la cama. Tras el biombo la cabeza de Leila recordaba un número de circo.

—En seguida voy, cielito.

Julio miraba el techo. Su aliento inquieto llenaba la estancia de efluvios marítimos. Sus ojos inyectados de brillo recorrían el cuarto. Sus manos nerviosas alisaban el embozo.

—La vida es agradable. ¿No te parece?

—A ratos...

—Ahora, por ejemplo...

Leila cerraba los ojos y evitaba la respiración. Luego se volvía hacia un lado y tomaba aire.

—Yo no he sido tan feliz como tú; las mujeres, ya se sabe...

—Un día me contarás tu historia...

Pero nunca se la dejaba contar.

—Leila, Leila, Leila... ¡Si tú supieras lo que me gustas!

—Entonces, Finita...

—La pobre ya está vieja...

—Pero ¿sigue?

—A la fuerza ahorcan; no voy a dejarla precisamente ahora...

—Eres un tío con toda la barba.

Cuando le halagaban se le cortaban las caricias. Leila aprovechaba el momento para respirar.

—Dime, Julio: ¿cómo te las arreglas para que tu mujer no se dé cuenta de lo que ocurre... con tu cuñada?

—Muy sencillo: como duermo solo, cuando ella se queda roque, su hermana me visita.

—¿Así siempre?

—Así siempre.

—¿Y si despertara?

—Tiene el sueño profundo. El médico le recetó un narcótico. La noche que «hay acuerdo» le suministramos doble cantidad. —Llegó a decirlo riendo con sonido de «o».

—¡Lo que no inventes tú...!

—Lo malo ha sido lo de Julita... El suicidio lo ha trastocado todo. Enriqueta no se acuesta. Deambula por el piso y molesta lo que puede...

—¿No tienes bastante conmigo?

—Hombre... recordarte es peor...

A las tres volvía a su casa. En la mesita de noche quedaba siempre un regalo.

Julita, pálida aún y con el jersey deshinchado, paseaba su convalecencia por el comedor. Ligada a su cansancio casi congénito, los ojos agrandados por la fiebre pasada.

Enriqueta ya no le preguntaba «por qué lo había hecho». Sumida nuevamente en su quehacer cotidiano, buscaba, con mano nerviosa, las emisoras de radio pendiente de algún serial.

—Manuela Lorente ha venido a verte.

—¿Para qué?

—Para saber cómo te encontrabas.

Se oían ruidos incongruentes y algún idioma extranjero. La molestia de aquel sonido se fijaba en la frente fruncida de Julita.

—Y... ¿no ha venido nadie más?

—Nadie más.

Pasaban los días copiándose a sí mismos, fugitivos de todo relieve, destilando monotonía y frío.

—¿Y el dinero?
—Dice que lo ha llevado al banco.

Finita le abordó cuando iba a salir:
—¿Qué hiciste del dinero?
—Lo tengo en el banco.
—Muy bien; así se hace.
—Lo reservo para cuando deje de ir a la editorial por las mañanas.
—¿Cuándo dejarás de ir?
—El mes próximo. Bermúdez me ha pedido que alargue lo más posible... Hay crisis de empleados.

Apenas se acercaba por las tardes. Llegaba unos momentos antes de que Bermúdez compareciera, fingía corregir, y, en cuanto podía, se marchaba.

Se dirigía luego a la pensión de Leila. Subía los dos pisos a toda prisa. Abría la puerta sin llamar. Se abalanzaba sobre ella.

—Me haces daño.

—Una obsesión, una obsesión... eso es lo que eres, Leila.

Hablaba desbocadamente, como arrancado de un enorme y viscoso letargo, como liberado de una opresión casi eterna, acaso exasperado por la visible indiferencia de Leila, que lo volvía todo mecánico, todo inútil.

—Una obsesión... Ninguna como tú, Leila; ninguna.

Luego estaba su juventud. Más que tenerla, la exhibía. Más que ofrecerla la rehusaba. Parecía como si Julio Brutats con sus caricias quisiera apoderarse de aquella juventud tan cercana y tan inasequible.

—Te estás volviendo muy bruto.

—La culpa es tuya.

Después se sosegaba en los brazos de ella; jadeante, la esclerótica roja, la nariz brillante e hinchada.

Leila, en cambio, respiraba tranquila, suspirando a intervalos, mansa, resignada.

—Me gustaría verte... entusiasmarte algún día.

—Difícil.

Encendió un cigarrillo y lanzó el humo al techo como si lo escupiera.

—Nunca me has contado tu vida.

—No tiene interés.

—¿Hay otro hombre?

Rompió a reír con carcajadas llenas de humo.

—¡Preguntarle eso a una prostituta!

—Bueno; me refiero... ahora.

—No... Ya no le quiero.

Se le veía la mentira hasta en el modo de fumar.

—Pero... ¿te acuerdas de él?

Inclinó la cabeza negando.

—¡Si pudiera arrancarlo de ti!

—Está lejos.

—Podría volver.

—Ya no.

—¿Es joven?

—Más que tú.

Julio tragó saliva y sus dientes chascaron ligeramente.

—Yo ya no soy joven.

—No digas eso.

Se le quedó la boca entreabierta, con un hilo de saliva escurriéndose por la comisura.

—A veces tengo la impresión de que ya no te parezco tan interesante como antes... que no me escuchas con la atención de los primeros días...

—Figuraciones tuyas.

Las despedidas eran siempre trágicas:

—Es como si me mutilaran un miembro...

Se reía ella; le besaba mecánicamente.

—Algún día me dejarás por otro.

85

—¡Tonterías!

Entraba en su calle con el andar que utilizaba en la editorial. Como si no fuera su calle, como si temiera las repulsas que en ella jamás había encontrado.

Se detenía en el portal con la inseguridad propia de sus habituales esperas ante la parada del tranvía. Subía luego la escalera con el hombro torcido, llamaba a la puerta chupando el estómago. El muñón de carne de su cogote, prieto y sonrosado debido a lo alzado de la barbilla, rozaba el cuello de su camisa, y daba la impresión de que iba a reventar.

Una vez dentro de su casa, Julio Brutats, cambiaba de actitud. La tensión del día estallaba en cualquiera de sus órdenes, de sus gritos, e incluso de sus silencios.

Sus pasos, ligeros e indecisos en la calle, eran, en aquellos momentos, sólidos, plúmbeos y sonoros. Parecía como si cada uno de ellos fuera a dejar la casa en ruinas.

Juana sonreía enseñando unos dientes menudos y muy juntos. Los ojos se achicaban debido al nudo de arrugas que se formaba junto a la raya negra que prolongaba o pretendía prolongar la abertura de los párpados.

—Te digo, Alfredo, que mi hermano está pasando lo mejor de su vida. Cuando un hombre se pone a exigir en su casa y a encontrarlo todo mal, quiere decir que, fuera de ella, ha dado con la mujer que le conviene... Ya iba siendo hora de que descubriese algo de mundo ese bendito de Dios... ¡Pensar que si no fuera por lo de las quinielas, nunca hubiese sabido lo que es vivir!

Llevaba un cuarto de hora hablando. Le explicaba con detalle la enfermedad: «Ayer empezó a trabajar...» Ponderaba su delicadeza, repetía los términos una y otra vez. Podría decirse que se expresaba no sólo con palabras, sino con el cuerpo entero. Agitaba la cabeza insistentemente. «Muy malita, muy malita...» Detallaba los pormenores del incidente...

Pablo, ligeramente encorvado bajo el dintel, sonreía cortés, demasiado azorado para percatarse de cómo era aquella casa.

—Entonces usted es...

—Su madre, hijo, su madre... —Cada vez que pronunciaba la palabra «madre» abría los ojos y arqueaba las cejas como para convencerle de lo que le estaba diciendo—. ¿Cree usted que nos parecemos?

—Hombre... así de pronto...

Seguía ella dándole conversación, temiendo acaso que se alejara de la casa. La luz que venía del comedor daba de lleno contra la mejilla de Pablo, intensificando el sombreado del vello, todavía joven, todavía indeciso.

—De modo que usted conoce a mi hija... Gran muchacha, Julita, gran muchacha...

—En realidad nos hemos visto poco...

—Sí, sí, gran muchacha, pero muy reservada. Yo suelo decirle que una hija ha de contarle todo a su madre... Pero la juventud de ahora, ya lo sabe usted, todo acaba en ceños y en guardarse las cosas. —Cayó de pronto en la cuenta de que estaba hablando con un muchacho—. Con perdón; no quise ofender.

Pablo intentaba explicarse:

—Pregunté varias veces a la portera. Me dijeron que estaba enferma, que tenía fiebre...

—Imprudencias que luego se pagan...

—Dígale usted...

Desde el fondo del pasillo surgía la voz de Pilar:

—Vamos, Enriqueta; que va siendo la hora de comer y no has preparado nada.

Era una voz saltarina que llegaba al vestíbulo cabalgando en gorgoritos.

Enriqueta ladeó la cabeza y escondió sus manos bajo el delantal.

—Mi suegra —aclaró—, la abuela de Julita...

Pablo inició la retirada:

—Estaré molestando —pasaba su mano por el quicio de la puerta, lo acariciaba como si intentase sosegarlo—. Llevo ya mucho rato...

87

—Nada de eso, hijo, nada de eso... Usted no puede molestar... Lo malo es la rapidez del tiempo... En cuanto uno se descuida... Por lo menos a mí me pasa volando.

Pilar insistía:

—Que te des prisa, que van a venir los otros y no has preparado nada.

Pablo retrocedía; su estatura achicada por la inclinación, los pies inquietos rozando el felpudo a modo de un caballo nervioso, las manos sobre el cinturón de la canadiense.

—Adiós, señora...

—¿Se llama usted?... Es para decírselo a Julita.

—Pablo, Pablo Junqueras...

—Es verdad, es verdad; lo había ya olvidado...

Vio como bajaba la escalera a zancadas, haciéndola crujir con sonido de ametralladora.

Quedó unos instantes en el vestíbulo, la cabeza apoyada en la puerta abierta, la nariz arrugada por una sonrisa falsa.

El adoquinado rebosa basura junto a las alcantarillas. Un perro famélico husmea el montón de escombros frente al portal de Manuela Lorente. Es uno de esos perros que tiemblan al menor ruido, que miran suspicaces a todo aquel que pasa junto a ellos. Su cuerpo recuerda una radiografía.

Al acercarse Pablo, se aleja gimoteando como si lo hubieran golpeado.

—Julita.

El mismo abrigo, el mismo silencio cruzándole los ojos, los mismos labios de sonrisa triste.

—Pablo.

—¡Llevo esperándola tanto tiempo!

—He estado enferma.

—Lo sé. Pregunté por usted varias veces a la portera.

—No me lo han dicho.

China y Rosa, las compañeras de taller, pasan junto a Julita con cara de guasa:

—Suerte.

—Que te vaya bien.

No contesta. Se le colorea el rostro.

—Trabajan conmigo...

—No se parecen a usted.

Julita se encoge de hombros, esboza un ademán de protesta:

—En el fondo son buenas chicas.

Permanecen de pie, uno frente al otro, asombrados de sí mismos, pendientes de su propia inmovilidad, como si el adoquinado los aprisionara y no pudiesen desligarse de él.

—¿Me permite acompañarla?

—Bueno.

Pero continúan fijos en el lugar, estáticos, algo azorados.

—Es mi primer día de trabajo.

—Se la ve convaleciente...

Empiezan a caminar, sin prisa. El sol marca ahora dos sombras largas en la acera. De vez en cuando se alteran debido al paso de los transeúntes.

—¿Entramos ahí?

Pablo señala una tienda de ultramarinos. Es medio tienda y medio bar. Frente al mostrador hay dos mesas de mármol. En el fondo una puerta angosta que conduce a un salón de fiestas.

Julita explica:

—Por las noches se llena de gente. Tocan el piano y cantan.

—Lo sé; estuve una vez con unos amigos... Me prometí no volver.

—Es un lugar triste. La gente viene para burlarse de los artistas.

Se sientan a una de las mesas. Piden coca-cola.

—He conocido a su madre.

—¿Mi madre?

—¿Por qué le extraña tanto? Estuve en su casa...

Tras la puerta angosta se escucha un barullo grande que provoca un súbito silencio en la pareja. Palabras incongruentes llegan a fragmentos hasta ellos: «Válgame el cielo.» «Menuda puta...» «Que Dios nos asista...»

—¿Se pelean?

—No; hablan. Siempre es así. Discuten el programa de la noche.

Julita se mira las uñas; las lleva descuidadas, con muchas pieles en los bordes. Cierra las manos para que no se vean.

—¿Qué le ha parecido mi madre?

—Muy amable... cordial.

—¿La suya?...

—Bien. Me ha encargado que la salude de su parte. También ella se ha interesado por usted.

Los vasos de coca-cola se vacían. De la puerta angosta brotan dos artistas. Son viejas y van muy maquilladas. Sus vestidos, estridentes.

Se detienen junto al mostrador, hablan con voz de «vedette trasnochada». Acarician la barbita del camarero:

—Adiós, chato.

—Adiós, gachona.

—Salado.

—Matahombres.

Van acompañadas de un anciano con peluca y dientes postizos. Pablo comenta:

—El trío más enigmático de la ciudad: Rosarito, Sara y *el Caballero.* No hay forma de saber si están locos o si lo fingen.

—Viven de recuerdos gloriosos. A lo mejor se creen genios...

—En cierto modo lo son. Consiguen enardecer al público...

—Eso sí que es un espectáculo: el público... Parecen fieras. En casa a este sitio lo llamamos «La cueva de los leones».

Hablan por hablar, por dar un motivo a sus voces, por tener derecho a continuar sentados uno frente a otro. Y acaso también por ligar sus ideas de forma que luego no tengan más remedio que seguir existiendo.

—Me gusta oírla... Tiene la voz suave...

La frase de Pablo corta la de Julita. Levanta ésta los ojos al techo. Ve los embutidos envueltos en papel de estaño. A veces, según da el sol en ellos despiden reflejos de colores.

—¿Qué tal andan esos ánimos? ¿Tuvo conflictos con la policía?

En la ranura de la mesa hay algo de mugre. En el centro, una grieta.

—No, no, se arregló todo. Pudimos probar que me había caído...

Pablo ha vuelto el rostro hacia el mostrador. Es un perfil romano.

—Pero continúa triste.

—¿Por qué dice eso?

La voz de Julita es porosa y se diluye en seguida. Cabría calificarla de voz transparente.

—Hacía tiempo que no me sentía tan alegre como ahora...

El perfil de Pablo parece incrustado al paisaje de la tienda (vitrina, luz, objetos comestibles), pero, de pronto, se desliga de todo eso. Los objetos se trastocan, pierden volumen y detalle. El perfil es ya un plano de cara; acaso por eso el contorno de las cosas se modifica.

—Escuche, Julita... —vacila, enrojece—. Si no quiere, no me conteste... ¿Ha tenido usted alguna vez novio?

—Nunca.

La puerta del establecimiento se abre. Una ráfaga de aire enfría el ambiente e intensifica el olor a cerrado que viene de la sala de espectáculos.

—¿Y... ha estado usted... enamorada?

—Nunca.

Pablo se recuesta en el respaldo de la silla, ladea ligeramente la cabeza:

—¿Quiere usted tomar otra coca-cola?

—No, gracias. Es hora de irse.

—Me alegra que no haya tenido usted novio...

—No irá a suponer usted también que me quería suicidar por un desengaño amoroso...

Pablo se apoya en la mesa. El movimiento ha sido brusco y la silla cruje.

—No diga eso.

—Sé muy bien lo que han contado de mí. Tranquilícese. Nunca he tenido novio. Probablemente nunca lo tendré. —Se levanta, se abrocha el abrigo nerviosamente—. El amor... el amor... ¡Bah!, la mayoría de las veces, una porquería —le tiende la mano—. Adiós. Gracias por la coca-cola.

Pablo la estrecha aturdido, incapaz de comprender el arre-

91

bato de la chica. La ve marcharse, cruzar la calle... Se acerca luego al mostrador:

—¿Cuánto?

Bajo la chaqueta del camarero asoma un jersey rojo:

—Esas mujeres... A buen sitio ha ido usted a parar. A ésa no hay quien le ponga los puntos. Lo que tiene de guapa lo tiene de arisca. ¡Ni que fuera la hija de un marqués!...

—¿La conoce usted bien?

—Hombre; vivimos en la misma calle.

El deseo de saber se mezcla al deseo de ignorar; todo ello se plasma ahora en el gesto crispado de Pablo, en el nervio-sismo de sus dedos tabaleando sobre un mostrador liso y turbio.

—¿Qué tal es la familia?

—Como todos los de por aquí... El padre dicen que es un sabio... la madre, una buenaza... La abuela; ésa debió de hacer de las suyas en su época... Luego está la tía... Ya sabe usted: placer vendido a cliente fijo. La llaman *la Blanca*. Juana *la Blanca*. Un punto que ha sabido entender la vida... Pero lo que es Julita... ¡Ni que descendiera de la pata del Cid!

—A lo mejor, el ejemplo de la tía la pone reacia a según qué cosas.

—Vaya usted a saber: a lo mejor.

Pablo deja el dinero en el mármol.

Clarita (escuálida, ojerosa, ademán cauto) se miró al es-pejo y dijo:

—Hoy tengo un buen día.

La enfermedad se le había manifestado cuando pasó de niña a mujer y ya no hubo evolución en su vida.

—Hoy tengo un buen día —insistió.

Vivía en un mundo peculiar poblado de seres imaginarios. A veces recobraba la razón y parecía normal.

—Hoy tengo un buen día. ¿No te parece, Genoveva?

Llegaba ésta a las nueve de la mañana, se vestía de enfer-mera y entraba en la habitación de la demente. Si tenía el humor aceptable, decía «Hola». Si lo tenía malo se abalanzaba sobre ella para golpearla.

Genoveva conocía trucos defensivos, contra sus agresiones. Sostenía las muñecas de Clarita y apoyaba la cabeza contra el estómago. De ese modo la conducía hasta el sofá, la dejaba tendida en él y acariciaba sus sienes hasta apaciguarla.

—Hay que aprovecharlo, Genoveva; cuando una tiene un buen día...

Hacía muecas, se levantaba las faldas hasta enseñar las pantorrillas (secas, fláccidas, blancas), se escotaba el traje (dos clavículas rosadas, moteadas de pecas), se ceñía la cintura.

—Vamos, Clarita, no hagas eso.

—Te digo que está en el jardín esperándome.

Lo veía siempre tras el muro que separaba el jardín de los Moliana del parque del colegio de niñas. A veces era rubio, a veces moreno. Con frecuencia; alto y fuerte.

—En estos momentos me está haciendo señas con la mano. Me llama: «Psss, psss.» Está enamorado de mí, te digo, Genoveva, que está enamorado de mí... Si la ramera de mi madre no tuviera celos...

—Clarita.

Entró una sirvienta a traerle la merienda.

—Vamos, Clarita, enséñame cómo hace tu novio...

La mirada fría de Genoveva entorpecía el regocijo de la sirvienta.

—Por una vez que está de buenas...

—Basta ya, Clarita, basta ya...

—¿No irá a molestarte que un hombre se fije en mí?

Su aliento pegado al rostro de Genoveva, la mirada abierta, el odio en el temblequeo del mentón.

—Porque a envidiosa no hay quien te gane...

—Anda, Clarita, enséñame cómo hace tu novio...

Se oían los pasos de la marquesa, y la doncella salió corriendo de la estancia. Eran unos pasos inconfundibles, huecos, de tacón angosto.

—Te oía hablar y me estaba diciendo: «Vaya por Dios; Clarita está contenta...»

Las bolsas de sus ojos revelaban derrota. Una derrota conseguida lentamente en cada fracaso de su vida. Había un mundo de ilusiones podridas en aquellas bolsas de sus ojos, todavía azules, todavía brillantes.

—Vete.

Genoveva y la marquesa se miraron. Una extraña inteligencia cundía entre ambas mujeres. Una inteligencia casi odio.

—No quiere hablar conmigo...

Genoveva se encogió de hombros.

—Siempre es así... siempre.

—Vete.

Genoveva intervino:

—Clarita; es tu madre.

—Vete.

Obedeció porque sabía que «quedarse» era peor. Resignada volvió a su mundo sin memoria, sin relieve, impregnado de fracaso.

Por la noche llegó el padre:

—Hueles a tabaco; como él.

El marqués sonreía casi como había sonreído cuando le dijeron que acababa de nacer.

—Vamos, Clarita, dime lo que has hecho hoy.

—Lo he visto.

—¿Dónde?

—En el jardín.

—¿Qué hacía?

—Me llamaba.

El marqués tenía una voz cascada, de hombre agitado. El cuello rojo, las cejas prolíferas, las piernas cortas.

—¿Qué te decía?

—Tu padre es un mierda. Pasa el día jugando a cartas y bebiendo whisky...

El marqués miró al suelo y carraspeó. Genoveva, estática, parecía un mármol mal esculpido.

—¿Cómo va la República?

—Mal, Clarita.

—¿Entonces el rey, no vuelve?

—Por ahora no.

—Ya lo dice él: se acabaron los aristócratas, Clarita, el

mundo evoluciona, Clarita... Los aristócratas sólo sirven para hacer el amor y dar escándalos...

El marqués le contestó vuelto hacia el ventanal, como si no pudiera afrontar el espectáculo de su hija; sus anchas espaldas cargadas, una aureola de humo americano dibujando su contorno.

—Lo que es el pobre rey...

—Quién sabe; a lo mejor vuelve...

Hablaban de tal forma que resultaba difícil saber quién era el demente y quién el cuerdo. Eran unas conversaciones como arrancadas de unas páginas escritas sin lógica ni destino.

—La cuestión es esperar.

—Eso, esperar.

La espera de Clarita partía siempre de un ayer sin límites, de un ayer, presente y futuro. Algo parecido a una tierra prometida que debiera descubrir Sísifo después de llegar a la cima con su carga intacta.

El mármol se movió un poco, sonriendo. El marqués, pasados los diez minutos reglamentarios, se fue.

Eran escenas corrientes llenas de monotonía y de soledad. Eran unas escenas contaminadas de horror y de indiferencia, de miedo y de sadismo.

Genoveva las absorbía como absorbía su sueldo. Invierno y verano. Midiendo las horas por detalles. A veces eran las voces de las niñas del colegio jugando «al tres» o a «la pelota envenenada». Otras eran las campanas anunciando las salidas o las llegadas. Otras, el diario hablado de la radio vecina...

Genoveva vivía así; acostumbrada a las incongruencias de una loca casi cuerda y de unos cuerdos casi locos. Sin emitir opinión, ni mostrar cansancio, convertida en una máquina-eco, en un reflejo de la casa, en un objeto más.

A las diez de la noche se relevaba con la monja. Si se encontraba con los padres de Clarita repetía:

—Buenas noches, señor marqués —o bien—; buenas noches, señora marquesa.

Eran frases que la distanciaban de ellos cuanto más tiempo pasaba.

Y su calle. Y su cama de barrotes de hierro. Y Julita, siem-

95

pre triste, siempre vencida... Y el elástico de las bragas des-
cosido, y el cerco gris en la sisa del sostén, y la abuela Pilar,
cantando en el retrete acompañándose con la tapadera. Y sus
zapatos de suelas gastadas...

Y el parte cotidiano:

—Clarita se ha caído. Se ha lastimado la rodilla.

Y Finita diciéndole que abandonara su trabajo:

—Aunque te paguen a peso de oro...

—Los marqueses saldrán de viaje uno de estos días...

Y al día siguiente todo volvía a ser igual.

El criado le dio la noticia:

—El señor marqués ha comprado un cuadro para la biblioteca...

Eran noticias amorfas, insulsas, que duraban unos instantes.

La casa de los Moliana tenía tres pisos. La planta baja se
hallaba circundada por el jardín. Los pisos altos eran claros.
Clarita tenía sus habitaciones en los bajos, orientados al mediodía, separadas de los salones por un pasillo largo y un
vestíbulo de puerta doble. Jamás traspasaba la barrera.

Cuando no hacía frío, salía al jardín, paseaba por los caminos cercanos, se sentaba en el banco de piedra, miraba el
cielo, o el muro, o la casa. Señalaba el colegio:

—Está ahí, tras el ventanal, esperando que tú te vayas
para saludarme...

Si no le respondía solía darle un bofetón. La mejilla de
Genoveva se enrojecía unos segundos. Quedaba un carrillo
más grande que el otro.

—¿Te gusta que te pegue?

—No, Clarita.

—Algunos hombres pegan.

—Los tontos.

—Él no me pega.

—Mejor, Clarita.

Caía la tarde.

—Mi madre es una puta.

—No digas eso, Clarita.

—Se besa con el criado.

—No era ella...

96

Cuando llegaba la hora preparaba el somnífero. Se quitaba la bata despacio, respirando profundamente.

La monja preguntaba:

—¿Cómo ha estado hoy?

—Bien, bien...

Así vivía desde hacía diez años.

Félix mismo ha colocado la fotografía en el lugar previsto.

—No me negaréis que la radio se ve clara. Parece que esté sonando.

El marco es de yeso dorado. Para protegerla le han puesto un cristal.

Julio Brutats, en el centro. (Pecho alto y mirar bravo.) Finita, achicada voluntariamente, no deja por ello de dominar la situación. Enriqueta, a su lado, sonríe confiada, sus manos escondidas, sus pies vueltos hacia dentro. Julita está sentada en el suelo (cercos en sus ojos). Paco ha salido con un párpado entornado. Pilar, inmensa, tapa con el pecho derecho el busto escuálido de Enriqueta. El «can-can» de Juana alborotado hacia un lado por la presión de Pilar. Genoveva, como siempre, impasible, marginada, perdida en grises.

—Eso sí que es un recuerdo —comenta Enriqueta.

Pilar pone los ojos en blanco y junta las manos sonoramente:

—¡Ay, Dios!; quién tenía que decírnoslo.

Finita baja la vista, se le pone cara de mujer modesta:

—Lo malo de las fotografías es que envejecen pronto... Y luego dan una tristeza...

—Es verdad, es verdad... Cada vez que miro las fotografías de la guerra me pasa eso... Parece que fue ayer... y sin embargo...

Cuando llega Julio, todos señalan la pared. Dice solamente:

—Está bien.

—¿Sólo te parece «bien»?

Finita habla con reproche reprimido, como si temiera desencadenar su furia.

Julio se sienta en la butaca de siempre. La radio vomita anuncios. Julio reprocha a su mujer:

—Pensar que te gustan tanto los anuncios como los seriales...

—¿Qué quieres? Al fin y al cabo son voces... Es grato oír alguna voz cuando se está en casa sola...

La velada se cierra con sabor a sopa de ajo. Humea la sopera sobre la mesa, como todas las noches. La familia se sienta alrededor. Se escucha un silencioso rastrear de platos, de cucharas, de saliveo.

Los proyectos de cada uno se traducen en el sonido y en el sabor.

Paco interrumpe:

—Dicen que va a haber huelga...

—¿De qué?

—No se sabe.

Julio mastica, sus dientes bamboleantes:

—¡Menuda juventud!... Desear huelgas sin saber por qué... lo que hace falta es mano dura... veríais qué pronto se acababan las huelgas...

—A lo mejor la culpa no es de la juventud, a lo mejor es vuestra.

—¿Nuestra? —La irritación de Julio se plasma ahora en el color mortecino de su frente—. Una colección de piojosos; eso es lo que sois.

—No nos dejan ser otra cosa...

—¿Y qué iba a ser de vosotros si os dejaran? Necesitáis andadores desde que vinisteis al mundo...

—La culpa no es nuestra. Habernos enseñado a andar...

—¡Basta!

Enriqueta mira alarmada en torno a la mesa. Tiene su cuchara levantada, la mano temblorosa.

—A veces me avergüenzo de haberos traído al mundo...

Genoveva encoge los hombros y sige sorbiendo la sopa.

Paco insiste:

—En realidad no nos has traído... Nos has dibujado —un ligero brote de irritación vuelve áspero el tono de sus frases—. Nos has esbozado... Todos los jóvenes de ahora estamos esbozados...

—Serás insolente.

—Come, niña —sugiere Pilar.

Julita levanta los párpados trabajosamente:

—No tengo apetito.

Pilar lanza gorgoritos:

—«La niña no tiene apetito, la niña no tiene apetito»...

Julita, encoge el pecho, posa sus manos a lo largo de la mesa. Son unas manos largas, frías, secas, tercas.

—No comeré.

Enriqueta vuelve a alarmarse. Su cuchara suspendida tiembla más aún entre sus dedos.

—Al fin y al cabo una sopa de ajo...

Instrumentos

LEILA ABRIÓ DESPACIO; la habitación olía a cerrado. Todo en ella tenía trazas de algo imprevisto. Un desorden propio de recién llegado invadía los muebles. En los ceniceros, montículos de colillas despedían un olor frío y ácido. Ropas arrugadas y denegridas en la silla y en el suelo. En el lavabo, burbujas resecas de jabón con mugre. La navaja de afeitar intacta. Un cepillo de dientes sin vaso, con residuos de pasta entre las púas. Bajo la cama, una alfombra arrollada.

Leila avanzó lentamente después de cerrar la puerta. Sus ademanes tenían más de retroceso que de adelanto. Primero vio el cristal de la ventana, empañado de polvo, apenas iluminado por la luz que venía de la habitación de enfrente. El patio era angosto y los ventanales parecían puertas abiertas a cualquier intimidad. Por entre la rendija del ventanal se colaba un viento helado que movía la cortina rasgada de damasco azul.

Luego lo vio a él; sus brazos desnudos asomando tras el embozo, el vello del mentón, casi convertido en barba. Su hilera de dientes, excesivamente blancos, destacando audaces en lo oscuro del rostro, los ojos brillantes, fijos en el menor de sus movimientos.

—Hola.

No se movió. Dejó que Leila se acercara a la cama con su clásico andar automático, de robot dominado por la voluntad humana.

—Has vuelto —dijo solamente.

Tendió los brazos hacia ella. Entonces Leila se detuvo:

—Me dijeron que estabas enfermo, que me necesitabas.

—Temí que no te dieran el recado.

—¿Qué quieres de mí?

103

—Verte.

La maleta entreabierta, parecía el abdomen de un cuerpo herido; surgían toda clase de prendas' del interior, como intestinos inservibles ya.

—No debí venir...

—Pero has venido.

Leila se volvió hacia un lado, como si no pudiera soportar la mirada del hombre tendido, como si sus brazos suplicantes, fueran los tentáculos de alguna planta carnívora.

—Cuando te pongas bueno, volverás a dejarme.

Lo decía vencida ya. Sometida a cualquier solución, a cualquier propósito.

—No importa lo que pueda hacer... Estoy aquí. Siempre vuelvo; ya lo sabes. Un día u otro...

Más allá del lavabo, un armario. Del batiente abierto colgaba una toalla rosa, con listas verdes.

—¿Desde cuándo estás aquí?

—Llegué ayer.

—¿Dónde estuviste?

—En Tánger.

Leila descolgó la toalla y empezó a doblarla cuidadosamente:

—Entonces...

—Lo perdí todo.

Más que afirmación parecía súplica. Visiblemente quería hacerse perdonar cualquier yerro.

—¿Y ella...?

—No existe. ¡Evaporada! Ya sabes que únicamente puede existir una «ella». Tú.

Dejó la toalla en el toallero y anduvo unos pasos hacia el lecho. Repetía él: «Tú, tú, tú...» Cada movimiento de Leila provocaba un «tú». Era inútil volver atrás. Era totalmente imposible. Continuó escuchando «tú, tú», hasta que estuvo a su lado. Los muslos rozando el embozo, miró las manos de él, todavía vacías, todavía suplicantes:

—Siempre serás «la única», Leila.

—Sí, Miguel.

—Bésame, Leila.

Ni siquiera la había rozado. Ni siquiera le hizo señas para

que inclinase su cuerpo hacia el suyo. Tenía las manos vacías sobre la cama.

—Sí, Miguel.

Se sentó en el lecho y las manos del hombre dejaron de estar vacías.

—No debí venir —repitió ella.

—Pero has venido.

—Te odio, Miguel.

—No importa.

Se oía un organillo más allá del patio, más allá de la noche.

—Un día diré «basta» y te abandonaré para siempre, aunque estés muriéndote, aunque revientes como un cerdo envenenado...

—No es cierto. Tú no puedes vivir sin mí.

—No sé cómo se puede querer tanto a un hombre al que se odia.

—La vida...

Los zapatos golpearon el suelo a la vez. Dos sonidos secos y un tanto escandalosos.

La habitación se llenó de susurros, de frases abreviadas, de gemidos inacabados.

—Única.

—Único.

La noche fue pronto madrugada. Tras los cristales empolvados, un sol difícil se empeñaba en clarear la fachada del patio. Leila empezó a dormirse cuando en la fachada hubo día.

El peor de todos era Peláez:

—¿Cómo va la novela, Brutats?

—Bien, bien.

—Por ahí se dice que andas muy «distraído» y que lo de la novela es un cuento tártaro.

Al verle ganar terreno, los demás le coreaban:

—Te han encontrado varias veces con Leila...

—¿Conque le has puesto los puntos?

—Lo que puede el dinero...

Julio se refugiaba en las páginas que estaba corrigiendo,

ıngía concentrarse en una palabra determinada, fruncía la frente preocupado, torcía un hombro.

—¿Oyes lo que te estamos diciendo? —insistía Peláez.

Se apeó de un desinterés fingido, levantó el mentón casi valientemente y el bulto de su cogote se intensificó.

—¿Qué dicen tus «camaradas»?

Se le enrojecieron las orejas, tosió con tos débil.

—¿Qué van a decir?

—Hasta *el burgués* anda soliviantado con la noticia.

Al oír hablar de *el burgués* reaccionó:

—Pues tendrá dos trabajos.

Ponía un mohín caprichoso, de niño pillado en falta.

—¡Quién iba a decírnoslo: Brutats «don Juan»!

Tensaba los labios en una sonrisa falsa, buscando equilibrio.

—No hay para tanto.

—Hay para más: una mujer como Leila. Palmitos así no se dan todos los días...

La respiración se le volvió sonora:

—La verdad es que es una real hembra.

Abría y cerraba los párpados, inserto ya en la opinión de sus compañeros. El ademán condescendiente como si dijera: «No lo sabéis todo, no lo sabéis todo.»

—Un hombre afortunado...

A veces sospechaba sin duda que se burlaban de él. Decía:

—Bueno; menos coña.

Lo convencían de su error. Reconquistaban su confianza:

—¿Te cuesta cara?

Se esponjó, irguió el busto. Tenía una pechuga en punta que dejaba al descubierto un buen pedazo de camisa.

—Ni un céntimo. Me molesta que confundáis una cosa con otra.

—La verdad sea dicha: Leila no es una mujer interesada...

Había restricciones y Bermúdez se resistía a instalar un grupo eléctrico... Los empleados trabajaban con velas hasta que ya era de noche.

—Como sigan las restricciones mucho tiempo, tendrán que llevarnos a todos a un asilo de ciegos...

Cuando llegaba la luz, llegaba Bermúdez: las huellas de

la siesta en su mirada, las huellas de su puro en el aliento, las huellas de su fastidio en el «buenas tardes».

Al comparecer se inmovilizaba todo menos el trabajo. Un silencio grande se alzó en la oficina. Un silencio lleno de un vago rasguear de plumas, de un trasteo de hojas intenso, de carraspeos y de narices sonándose.

La aparición de Bermúdez lo trastocó todo. Cundía una extraña obstinación de persistir, de sobrevivir a cualquier tiranía, a cualquier eventualidad degradante. Lo que antes hubiera podido parecer choteo o malestar, se convirtió luego en terquedad desafiadora, en sustancia vital a punto de afrontar cualquier esclavitud de cualquier Bermúdez.

Se acababan las bromas y empezaba la lucha por la dignidad. Terminaba el miedo y surgía la insignificancia. Una insignificancia ávida de superación, de esfuerzos, de vindicación.

Sonó el teléfono interior. La voz de Bermúdez se oía ronca a través del hilo eléctrico:

—Que venga Brutats.

Peláez colgó el auricular y dijo:

—Te llama *el burgués*.

Julio ya lo había oído. Todavía con la pluma en la mano, se compuso la corbata, se estiró la americana, sacudió unas briznas de su solapa que acaso fueran caspa, y suspirando con aromas de pescado frito, se dirigió a la puerta.

—Suerte.

Vaciló antes de golpear la madera. Miró a Peláez y se dio cuenta de que los demás empleados también lo miraban. Unidos entre sí. Incluso «el nuevo». Estrechamente ligados al destino de aquel momento suyo, rodeado de incógnitas.

—Gracias.

Dio con los nudillos en la madera. Apenas sonó.

Se escuchó un «adelante» grueso y decidido, de hombre seguro y poderoso. Algo inevitable se balanceaba en aquel «adelante».

La puerta se tragó a Julio Brutats.

La entrevista se cumplía con la minuciosidad de lo previsto; serena y turbulenta a la vez. La entrevista era un hecho que «debía» producirse pese a todo, obligada por las impresiones objetivas de las acciones cotidianas, por las mil eventualidades surgidas a través del río implacable de los acontecimientos inesperados. Uno y otro, tenían por fin cuerpo; el que provocaba la meta de sus relaciones mutuas. Veinte siglos de derechos y de obligaciones gravitaban sobre ambos. Veinte siglos de rebeldías y de injusticias. Veinte siglos de errores y de aciertos.

Algo definitivo se estaba rompiendo entre los dos hombres. La severidad de Bermúdez y la impotencia de Julio Brutats, jamás habían coincidido tan eficazmente para destruir ese algo definitivo.

Uno y otro hablaban con las palabras precisas para concentrarse. Cada frase concretaba. Jugaba uno con los objetos de la mesa, el otro, con los bolsillos del chaleco. Miraban el ventanal como si no lo hubieran mirado nunca, como si lo acabaran de colocar allí, entre las dos bibliotecas. Se fijaron en la telaraña que pendía de la lámpara central, y leyeron los títulos de la colección Novelas del Porvenir, creada por Brutats, mientras hablaban.

Cuando creían que ya todo estaba aclarado, todo definido, y Brutats se disponía a salir de allí, Bermúdez dijo:

—Un momento.

Quedó en pie, medio vuelto hacia *el burgués*, todavía atado a aquella voz, por ciertos lazos indisolubles de subordinación, todavía adherido a la sumisión habitual del mundo antequinielístico.

—Conste que yo no le he despedido a usted. Conste que es usted el que ha decidido marcharse...

El rostro de Julio Brutats parecía una cuartilla holandesa. Era un rostro sin facciones, blanco, liso.

—Sí, señor —jugaba con los dedos—. En efecto... Así ha sido. Lo inevitable, es inevitable...

—Conste que lo único que le he dicho es: «Pierde usted el tiempo.» Uno tiene derecho a llamar la atención a los empleados que pierden el tiempo. ¿Tengo, o no tengo razón?

—Si usted opina que yo pierdo el tiempo...

—Conste que únicamente le he «advertido» que no estaba dispuesto a tolerar que faltara a la oficina del modo que usted falta... ¿Estamos?

—Yo no puedo partirme en dos...

—Se lo «remacho» para que cuando vengan a suplicarme...

—En casa no tenemos la costumbre de suplicar.

Tragó aire sin saliva. Debía de tener la garganta y el paladar secos porque su voz se apagaba. Se le veía la audacia de la frase recién pronunciada en los orificios de la nariz, abiertos, pálidos, un tanto húmedos.

—Conste que si luego se arrepiente, ya no podré aceptarlo...

—La ciudad está llena de editoriales donde poder trabajar.

—Pues, andando. ¡Que tenga usted suerte! ·

Sin embargo no se movió. Parecía indeciso.

—Y le prevengo que quinientas mil pesetas, no duran toda la vida. Sobre todo cuando se tiene... en fin: eso que tiene usted. Ya nos entendemos.

—Cada cual tiene lo que quiere.

—No, Brutats, lo que puede.

—Muy bien; pues lo que puede.

Impávido, Bermúdez producía la impresión de haber perdido todo límite, toda contención:

—El mejor día se queda pelado... Esa mujer lo va a pulir.

—Si me pule o no, es cuenta mía.

—Y de su familia.

—La familia confía en mí.

—Veremos dónde van a parar todos cuando ya no puedan confiar.

—No soy ningún tonto. Saldré adelante.

Bermúdez jugaba con la regla de plástico. Tenía unos dedos rechonchos y llenos de pecas.

—Se cree más listo de lo que es.

—Y usted más infalible de lo que es.

—La vida viene a darme la razón.

Subían ambos el tono de voz. Podía decirse que ya no había ventanal, ni biblioteca, ni telaraña. Sólo voz.

—A usted lo único que le da la razón es su dinero.

Le cambiaron las facciones cuando dijo aquello. También las de Bermúdez sufrieron un cambio.

—Basta ya; me he cansado... ¡Lárguese!

El índice de Bermúdez señaló la puerta. Era un índice satisfecho, decidido, lleno de agresión.

—No es posible razonar con imbéciles como usted.

—Sin insultar... que yo no le falto...

—Fuera, fuera...

El índice desaparecía y reaparecía. Luego dejó de ser índice, para ser cuerpo. Un cuerpo ancho, que avanzaba hacia Brutats. Posó una mano plúmbea sobre el hombro que levantaba, lo empujó hacia la puerta, le obligaba a perder equilibrio.

—Sin ponerme la mano encima...

—A usted le pongo la mano encima y lo que me da la gana...

Lo arrastraba ya, cogiendo su americana como si fuera la piel de un conejo, la respiración jadeante.

—La verdad es que no sé cómo he tenido tanta paciencia...

Lo decía entre dientes, procurando esquivar el aroma a pescado frito.

—He dicho que no me insulte.

La cabeza de Julio quedaba casi oculta bajo las solapas. Ni un solo movimiento suyo era ya eficaz. Hiciera lo que hiciese resultaba inconsistente. Cada esfuerzo rompía más lo que ya estaba roto.

Se abrió el batiente. Los mismos ojos de antes. El mismo silencio. Las manos de los empleados inmóviles, petrificadas.

—A largarse ahora mismo.

Se oyó un pescozón fuerte, un traspiés. La puerta vomitó a Julio Brutats.

La cara vuelta hacia el letrero (flecha y «lavabos»). La voz firme ya, casi importante:

—No podíamos continuar así. Tarde o temprano tenía que ocurrir. Se quejaba de que no iba a la oficina... Muy bien. Pues «a no ir del todo».

—Pero... ¿Y tu novela?

Leila (labios, rímel, melena) vuelta hacia la puerta.

—La escribiré a tu lado. Serás mi musa.

Traga un sorbo de vermut.

—Tu familia acabará por enterarse.

—Que se enteren. Yo ya no puedo vivir fingiendo. Te quiero demasiado, Leila.

El alcohol provoca un mohín caprichoso en el gesto de Julio Brutats. Se le escapan lagrimillas tenues de los párpados.

—Vamos, Julio, reacciona.

Un cliente nuevo cruza la entrada. Es alto y tiene los dientes muy blancos. Sortea las mesas vecinas sin decidirse a sentarse. El aire petulante, pronto a la lucha.

—Lo que le pasa a Bermúdez es que tiene celos de mi felicidad... Basilia le pone los cuernos. Lo sabe todo el mundo. Parece mentira que un hombre se deje engañar de ese modo...

El cliente se sienta frente a Leila; pide whisky.

—...Por eso no perdona la felicidad de los demás. ¡Y se las da de puritano! Venirme a mí con lecciones de moral... ¡Como si fuera un santo! Me hablaba con voz de cura: «Piense usted en su familia... el día de mañana...» ¡Será puerco!

El cliente sonríe y guiña a Leila. El camarero trastea, lava, limpia, busca.

—El pan nuestro de cada día: «No pases tú que pasaré yo.» Bermúdez editor; seis millones; derecho a fornicar sin dar cuenta a nadie. Julio Brutats, novelista: otro cantar. Fornicación prohibida. Así es la vida.

—Sin embargo, fornicas.

No parece oír lo que le dice Leila. Insiste:

—Uno va hartándose de ser aplastado. Uno tiene derecho a...

El camarero sirve el whisky al cliente nuevo:

—¿Le va bien esa marca?

Leila se delata unos segundos. Julio se vuelve rápidamente. Las miradas de los dos hombres coinciden. Indaga luego:

—¿Lo conoces?

Estupor en el rostro de Leila:
—Es la primera vez que lo veo.

—Un pobre diablo egoísta y cobarde. Además su aliento...
Eso no hay quien lo aguante. Lo peor es el bulto del cogote... Mirarlo y odiarlo es todo uno. Acaso lo odie por la pena
que me da... No lo sé. A veces tengo que reprimirme para
no pegarle. Es orgulloso como todo insignificante, y es sumi-
so, como todo orgulloso... Presume de viril. ¡Será imbécil!
Todos los imbéciles presumen de viriles. Será porque no puede presumir de otra cosa... ¿Qué cuernos tendrá la virilidad
para que vayáis pregonándola a todos los vientos? ¡Si por lo
menos se fuera viril en el seso!... ¿Qué puede importarme a
mí la virilidad de Julio, si el resto es una porquería? Tiene
horror a envejecer... Una porquería envejeciendo ¿qué puede
importar eso? Y sus celos... Se pasa la vida hablándome de
ti, preguntándome dónde estás, qué haces, cómo eres... Pero
eso sí: a tacaño no hay quien lo gane. Regalitos en la mesita
de noche y para de contar... ¿Las quinielas? En el banco.
No hay forma de arrancarle ni un céntimo. Habrá que asus-
tarlo. Ponerle entre dos fuegos... ¡Ay, Miguel! ¿Por qué no
serás tú, Julio Brutats? ¿Por qué no me querrás como me
quiere él? Apártate... eres un puerco. Sé muy bien lo que
esperas de mí. Sé muy bien lo que buscas. El dinero de ese
desgraciado... Lo tendrás. Como me llamo Leila: lo tendrás.
Dame tiempo. Le obligaré a elegir entre «ellos» o yo. «Ellos»...
No quiero ni pensar en su familia. Menudos puntos: el niño,
cura, la hermana puta, la hija suicida... Y él... novelista con
ribetes de poeta.

Manuela Lorente señalaba la venda que le tapaba el oído:
—Los fríos imprevistos... —explicaba—. Un absceso...
Paco, de pie, miraba en torno con actitud temerosa.
—De modo que aquí trabaja mi hermana...
La casa olía a orujo y a guisos viejos. Del fondo, venía un
aroma denso a cama sin hacer.

—No te esperaba tan pronto... Debes perdonar el desorden.

Manuela Lorente era voluminosa, pero se agitaba como una delgada. Tenía la agilidad de los sonrientes, de los despreocupados. Se movía mucho hasta dar con el asiento elegido, retocaba los objetos, sacudía el polvo de los almohadones.

—Dijo la abuela que tenía un recado para mí.

—Así es, así es...

Recogía trajes a medio hacer, dispersos en la habitación, colocados al desgaire, impregnados aún del nerviosismo de las oficialas.

—Unas desordenadas: eso es lo que son.

Se quejaba de los tiempos. Decía que en los suyos todo andaba mejor. Que había más orden, más respeto.

—No me refiero a tu hermana. Ella es distinta, muy distinta...

Paco se sentó en la silla que le señalaban:

—¿Qué le ocurre en el oído? —volvió a preguntar.

—La mala sangre que acumula una: el frío, las malditas restricciones...

La venda aplastaba su pelo canoso y levantaba un mechón junto a la sien.

—La vida está muy difícil, hijo, muy difícil.

Paco cruzó las piernas y miró al techo. Un hilillo de sudor recorría sus patillas mal afeitadas.

—Te estarás preguntando sin duda: «¿Qué demonios querrá esa vieja de mí?»

—Hombre, vieja...

Se sentó frente a Paco. Cerró su escote modestamente con mano nerviosa.

—Sí, hijo, sí... ¡Vieja! Que ya va estando una como para ser barrida. ¡Ay, Dios! ¡Lo que no habrán visto estos ojos!

Levantaba la vista, unía las manos. La ciudad entera se condensaba en aquel ademán, con sus bares, sus teatros, sus iglesias, sus prostíbulos.

—Así estoy yo —señalaba el oído enfermo, como si la culpa de aquel absceso estuviera en toda la ciudad—. Eso sí; Manuela Lorente no pierde nada. Vieja, pero con interés por

113

las cosas de la vida. Donde haya un acontecimiento allá va Manuela. Estrenos, bodas, corridas...

Irguió el busto. Alisó los neumáticos de grasa que se dibujaban bajo el envoltorio del batín, hacia la cintura.

—Mientras haya curiosidad, hay juventud... ¿no te parece?

En la pared del fondo se repetía el perfil de Paco. Era una sombra lívida, apenas visible. Silencioso, el perfil se sometió al monólogo de Manuela.

—Te preguntarás sin duda por qué te estoy contando todo eso. La verdad es que una tiene tan pocas oportunidades para hablar... —se volvía hacia el ventanal llevándose la mano al oído dañado—. Esos ruidos...

Vivía en un entresuelo y la chiquillería enviaba sus gritos directamente a su piso.

—A veces juegan a tiros y no hay quien los aguante.

El batín era rosa, pero hacia el cuello parecía gris.

—A lo que íbamos... Parece ser que tu padre se niega a que ingreses en el seminario...

Paco se puso alerta:

—Aunque se niegue estoy decidido...

Se le agrupaba la terquedad de su juventud en la precipitación del habla.

—Menos «rasgos», hijo, menos «rasgos». Con atolondramiento no se llega a ninguna parte. Nada de eso, hijo: meditación y serenidad. Que, aunque se trate de curas, el dinero es necesario.

Una sombra de desconfianza cruzó el rostro de Paco.

—No te alarmes...

Paco aguzó el oído. Manuela empezó un relato optimista, increíble, casi legendario. Le hablaba de una anciana de buena posición, explotada por la familia... «Le hace falta un muchacho como tú, culto y honrado...» Le citaba cifras insospechadas: «En un año, si aceptaras el empleo, podrías llegar a la suma necesaria...»

Los ojos de Paco se abrieron y las frases de Manuela entraron en ellos obligándolos a chispear.

—Por favor, explíquese usted... —lo decía ya sin agobio, sin timidez.

—Sabía que te interesaría. Por algo eres un chico inteligente. Te preguntarás por qué te ayudo... Educación y aprecio. Si la ocasión se presenta...

Paco se rebullía en el asiento, traspuesto de su miedo, decididamente confiado.

—¿Se lo ha contado usted a mi madre?

—¿Cómo iba yo a hablarte sin permiso de ella?

—Y esa señora... la del trabajo: ¿es muy vieja?

—Sesenta años... Podría ser tu abuela.

—¿Y el sueldo?

—De eso hablaréis cuando la visites. Te espera hoy a las cuatro.

Sobre el mechón alzado de la modista, cabalgaba una hila de luz amarilla. Paco se puso en pie:

—Buen tiempo está haciendo...

Miraba el ventanal como si contemplara un vasto horizonte resplandeciente. Manuela palmeó su espalda y lo acompañó protectoramente hasta la puerta.

—Chiquillo, chiquillo...

Reía bajito con risa indisciplinada y hueca.

—Antes de visitarla, pásate por aquí y te daré las señas...

Asintió murmurando palabras ininteligibles.

—Y mucha suerte...

El canario picotea el alpiste provocando un sonido místico y metálico cuando el grano tropieza con la jaula. Pilar cierra la radio antes de quitarse el abrigo. Viene de la calle y el frío entra con ella.

—Indignante, indignante.

Enriqueta mira el aparato de radio. Probablemente le duele la interrupción del serial.

—¿Qué ocurre?

—Indignante —repite Pilar.

Cuando se acerca a la jaula, el canario se encabrita, agita las alas, despide plumas.

—Vamos, pimpollo; ya es hora de que me conozcas.

Apoya la frente en el cristal. Su flequillo deja una huella

115

de grasa estriada. Pilar respira como si suspirara, los dientes apretados, los labios entreabiertos. La palma derecha golpea su pecho izquierdo:

—Hacerme eso a mí... ¡A mí!

Gorgojea de indignación. Cara a la calle se explica:

—Esos cabrones... ¿Con quién creerán que están tratando?

—¿De quién hablas?

—De los tipos esos de «La cueva de los leones».

—¿Qué te han hecho?

—Hacerme, nada. Me han *dicho*. Me han propuesto cantar en ese antro. ¡A mí! A la gran Pilar Poma... Como una Rosarito cualquiera...

Solloza con su cabeza apoyada aún en el ventanal, sus espaldas marcando bolsas movibles bajo el jersey, la nuca lechosa asomando bajo la melena tiesa, seca, de permanente apretada, medio roja y medio cana.

—¡Ay, madre; qué vida ésta!

Enriqueta intenta consolarla. Se escuchan quejas prolongadas, repetidas, mezcladas entre sí.

—La vida, la vida... ¡Qué gente corre por el mundo!

—Pensar que tuve a príncipes a mis plantas... Pensar que los hombres se desafiaban por mí... Pensar que rehusé un contrato en Milán por parecerme poco... ¡Ponerme a cantar en «La cueva de los leones»! ¡Como una desdichada, una Sarita cualquiera...! ¿Qué se han figurado?

Hablar la sosiega, la centra.

—Te desahogarías a gusto, supongo...

—Te juro que no me he quedado corta.

Al volverse, levanta los brazos, adopta actitud de penitente. El rímel caído por las mejillas:

—Tenías que haberme oído. Vieja, pero digna. ¡De mentecatos no los dejé! Así aprenderán a no ser impertinentes. ¿No te parece?

Los sollozos se espacian. El desaliento da paso a la fiereza. Pilar vuelve a ser walkiria. Coloca su mano en la jaula como si esgrimiese un arma. El canario, aterrado, aletea desesperadamente buscando un lugar de evasión.

—Todavía no ha nacido el guapo que achante a Pilar Poma. ¡Que me ataquen! ¡Que me ataquen! —Se da golpes en el pecho. El jersey tiembla en vibraciones—. Verán lo que es bueno.

Enriqueta asiente, los ojos empañados, los párpados rojos. Disimuladamente pone la radio en marcha. Mientras Pilar continúa explicándose, la voz del locutor se oye lejana.

—«Acaban ustedes de escuchar...»

Enriqueta, vuelve a la cocina.

Paco llegó a su casa cuando la luna espejeaba los cristales de la calle. Encontró a su madre junto al fogón y a su abuela hablando con el canario.

—Providencial —repetía—, providencial...

Palmeaba Enriqueta con el delantal entre las manos, mientras su hijo detallaba la visita.

—Bendito sea Dios.

—Me ha dicho: «Aquí trabajará usted...» Es amable y comprensiva. Las condiciones: Tres mil pesetas. ¡Fijaros bien: tres mil! Derecho a merienda... La pobre es víctima de la familia. Vive sola y se dedican a explotarla...

Pilar quería interrumpir, hacía señas para hablar. Paco no la dejaba:

—¡Qué casa, mamá! ¡Qué casa!

—¿Crees que está en forma? —preguntaba la abuela.

—¿Qué forma?

—Es un decir...

Pilar dio dos pasos saltarines, como si estuviera en escena, como si representase el papel de una Isolda enigmática e interesante. Un ceño pasajero ensombreció levemente el rostro de Paco. Continuó hablando:

—Tiene un perrito...

—¿Cuándo empiezas?

—Mañana... Y luego —se le puso la mirada soñadora— al seminario, a trabajar por las almas...

Asintió Enriqueta como si estuviera conforme con el hijo, como si realmente creyera que su destino fuera la Iglesia.

—Y cuando sea sacerdote, dejarás de estar todo el día metida en la cocina.

117

—Habrás hablado con los de la tienda... Les dirías que has encontrado otro empleo...

Platicaron hasta que la luna dejó de espejear en la calle.

El arpa de Finita languidecía junto al paragüero, cubierta por una manta de algodón. Llevaba allí muchos años; desde que había dejado de tocar en el Liceo. Al llegar, solía acariciarla con nostalgia:

—¿Ha venido Julio?

—Todavía no.

Se quitó el abrigo despacio y lo dejó colgado en la percha.

—Ha tomado la costumbre de llegar a unas horas incomprensibles...

Enriqueta salió al paso:

—Tendrá trabajo.

—A las nueve no hay quien trabaje.

Iba hacia el comedor, buscando ansiosamente cualquier motivo que justificara aquella ausencia. Encontró a Julita leyendo bajo la luz central, a Paco recostado en el diván, a Pilar mirando el canario.

Enriqueta fue tras ella:

—Las fiestas de Navidad... Ya sabes que las editoriales andan ocupadas con las fiestas de Navidad.

Finita ni siquiera se volvió a contestarla:

—Huele a chamusquina.

—¿Qué quieres decir?

Estaban frente a frente:

—Que Julio no es el mismo desde hace una temporada.

—Figuraciones tuyas.

Julita dejó de leer, Pilar dejó de hablar con el canario, Paco se incorporó.

—Te digo que Julio no es el mismo.

Pilar intervino:

—¿Has oído decir algo de él?

Contestó el canario.

—Dime, Finita, ¿te han dicho algo de Julio?

—Sí.

Se hizo un silencio grande.

—Dicen que tiene una querida.

Las facciones de Enriqueta se contrajeron, se volvieron ásperas, como si fueran de cartón.

—¡Calumnia!

Temblaba. Los labios desilusionados, los ojos furiosos.

—¡Calumnia! —volvió a decir.

Sin timidez. Por primera vez propicia a defenderse, a iniciar incluso un ataque.

—Yo no creo ni dejo de creer —contestó Finita—, repito lo que han dicho.

—Pues mejor sería que callaras... ¡Hablar así de tu cuñado y delante de sus hijos!

—Lo que les importa a ellos...

Enriqueta se acercó a su hermana y le sacudió por los codos.

—Me importa a mí, ¿lo oyes? Me importa a mí.

Sollozaba con el pecho casi hinchado, con las mejillas húmedas.

Se oyeron unos pasos en la escalera. Miraron todos hacia el pasillo. La llave chirriaba en la cerradura. Luego las pisadas. Parecían engullirlo todo aquellas pisadas. Las rencillas iban quedando atrás. Poco a poco se borró cada esbozo de disgusto.

—Aquí está Julio —dijo Pilar.

La casa volvió a ser la casa de siempre. La calumnia y la verdad conjuradas. De nuevo el ambiente de Julio, el empeño de continuar como todos los días.

Julio Brutats ni siquiera dio las buenas noches. Se acomodaron todos alrededor de la mesa en espera de la sopa de ajo.

Desplegó él el periódico de la noche y leyó las noticias sorbiendo ruidosamente el líquido de su plato.

La hostilidad del gesto diluido en la hostilidad del periódico:

—Aquí aseguran que tendremos restricciones para rato...

Replicaban las cucharas al tropezar con la loza.

—Parece ser que la cosecha ha sido mala...

En torno a Julio Brutats, se abría intencionadamente la

119

cuenca del mundo ajeno; del mundo que reflejaba el papel impreso. Era socorrido recurrir al mundo ajeno cuando el propio pendía de un hilo.

Fue repitiendo lo que leía.

Le escuchaban sin comentarios.

La fotografía de la pared empezaba a envejecer.

El instrumento vence un poco el hombro de la chica. Los brazos parecen alargarse, las manos fingen arañas sobre las cuerdas.

—Vamos, niña...

—Sí, señorita Finita.

—Más brío.

—Sí, señorita Finita.

En el salón de música los párpados pesan. Es una habitación sin vida. Los acordes rebotan en los objetos pasivamente, sin provocar vibraciones. Nada se altera. El sonido del arpa podría ser un objeto más, como el tapete de malla, el florero con rosas artificiales, el velador de incrustaciones de bronce, las cortinas de damasco rojo.

—Te has equivocado, niña.

—Sí, señorita Finita.

Desde que han ganado a las quinielas, la trata de otro modo, casi severamente.

—Andando...

Finita se adormece. La penumbra rojiza excita su sueño. Los dedos de la discípula crean notas falsas, carraspeos repetidos y estridencias. El sueño de la maestra obliga a pasar por alto la mayoría de los errores. La niña aprovecha ese sueño, para pensar sin duda en sus cosas.

Casi siempre toca como podría caminar, sin preocuparse de si lo hace bien o mal. Mecánicamente. Convencida tal vez de que su destino es, a pesar de todo, tocar el arpa, como el destino de su padre es ganar dinero, y el de su madre visitar y recibir visitas.

Se presta a ello sin cansarse, sin luchar, sometida a los sonidos que ella misma provoca, confundiendo acaso la sensiblería ignorante de aquel que juzga «sublime» la educación

120

musical, con la sensibilidad auténtica. Pensando tal vez que interpretar mediocremente una partitura es lo mismo que interpretarla bien.

Al filo de la hora entran los padres. Son dos seres grises, adocenados, que en vez de nombre podrían tener número.

Se llaman Pérez.

—¿Cómo va eso, señorita Finita?

Aunque la saben viuda, la llaman «señorita». Ella nunca rectifica.

—Muy bien, señor Pérez.

—¿Progresa la niña?

—Ya lo creo, señora Pérez.

La niña sonríe. Es una sonrisa complicada de mujer introversa y cruel.

—Un día dará un concierto...

—A ver cuándo llega ese día.

Lo vienen diciendo desde que empezó. Era más bajita que ahora y sus trajes no llegaban a sus rodillas. Ahora ha engordado y las lleva tapadas.

—Debería estudiar más...

—Eso digo yo: para dar conciertos hay que estudiar mucho...

Antes de marcharse le preguntan por Genoveva.

—¿Su hija?

—Bien, gracias. Ya saben... soportando a la loca Moliana.

La señora Pérez conoce a los Moliana. Los vio un día en un té de beneficencia.

—Los pobres; qué desgracia...

De pie uno al lado del otro. La luz roja plasmada en sus mejillas. Tienen facciones indefinidas.

—Traer al mundo una hija demente...

Salen después y Finita recoge las partituras.

—A ver si mañana estudias —le dice a la discípula.

Al salir del trabajo lo ve, junto a la acera, montado en la moto.

—¿Suya?

121

Pablo asiente; el sol reverberando en sus facciones. Para no lagrimear desvía la mirada.

—¿Quiere dar un paseo?

Julita rehúye la proposición.

—¿Por qué?

Probablemente no lo sabe. A veces Julita parece amasada con negativas, con resistencias pasivas.

China y Rosa se alejan del portal haciendo comentarios en voz baja, pero dejando adivinar una alusión directa a Pablo. Ríen con los hombros levantados después de una ocurrencia que sólo ellas han oído. Caminan dando traspiés voluntariamente para llamar la atención.

Julita, en cambio, ha quedado como petrificada en la acera.

—No lo sé; me da miedo.

—¿Montó alguna vez en moto?

—Nunca.

—Pues ya es hora de que lo pruebe.

—A lo mejor, algún día...

—¿Por qué no ahora?

—Me esperan.

—¿Mañana?

—Mañana es domingo.

—Razón de más.

Medita. Los labios se mueven; murmuran algo que no se oye. Dice luego:

—Bueno, mañana.

Pablo sonríe:

—Temí que volviera a negarse.

Con la punta del pie aplasta una colilla que ya estaba aplastada. Luego la empuja hacia la alcantarilla.

—¿Es peligroso? —pregunta ella señalando el vehículo.

—En absoluto.

—Pero hace tanto ruido...

—No irá a tener miedo del ruido, como los niños...

Un chispazo de burla brinca en sus pupilas. Julita lo recoge con las suyas.

—A lo mejor...

Calma en los dos. Calma hasta en la prisa de la calle. Calma en el contorno de la cabalgadura y del jinete. El pie iz-

122

quierdo en tierra, el codo sobre el manillar, las manos enguantadas, yertas, cóncavas, como si esperasen algo.

El abrigo de Julita abierto. Su esbeltez apuntando entre la abertura. Hay algo de tallo quebradizo en el cuerpo de la muchacha. De pronto un respingo, un movimiento que lo trunca todo, que lo despierta todo.

—Adiós.

—¿Por qué tan pronto?

—Me esperan.

—Siempre la espera alguien...

Se nota que hablan por hablar, por justificar la entrevista, por darle continuidad.

La calle ahora es casi una avenida. No hay árboles, no hay lujo. Hay enamorados, hay sueños.

—Su calle... —dice él.

Julita la recorre con la vista, serenamente, sin disimular su orgullo.

—Dicen que todas las calles que llevan «título aristócrata», son calles interesantes.

—¿Monárquica?

Se encoge de hombros.

—No soy nada. ¿Y usted?

—Tampoco. Mientras me dejen vivir...

El sonido callejero se instala entre ambos, absorbe sus ideas.

—¿Se ha preguntado usted alguna vez para qué existe?

—Muchas veces.

—¿Y qué se ha respondido?

—Nada. No lo he sabido nunca.

—¿Es usted religiosa?

—¿Para qué?

—¿Cree en Dios?

—Tampoco lo sé. Mi hermano sí cree. Fue al catecismo.

—¿Y usted?

—No lo recuerdo.

En el campanario cercano suena una hora lejana.

—Adiós.

—Hasta mañana.

Un impulso en el pie. La cabalgadura mecánica ruge. El

123

tubo de escape lanza humo negro y olor a gasolina quemada.

—A las tres y media.

—Demasiado pronto.

—Esperaré.

Se aleja calle adentro sin volverse, agita el brazo izquierdo para decirle adiós. Julita entorna los párpados; se le forman arrugas jóvenes en los extremos de los ojos. La moto, cada vez más lejana, se vuelve pequeña, se escurre entre el tránsito, se esconde tras un carro lento y mazacote. El sonido disminuye. La calle deja de ser avenida para ser otra vez calle.

Al crujir el aire en las facciones de Julita, le obliga a parpadear. La melena se alza horizontal bajo el pañuelo moteado.

—Cuidado, menos rápido.

—Pero si vamos despacísimo...

La voz de Pablo llega a ella en sordina debido a la velocidad.

—¿Dónde vamos?

Cruzan la entrada de la Exposición, suben por la cuesta de Montjuich, tuercen luego a la derecha. Un grupo de coches con matrícula extranjera españoliza la entrada del Pueblo Español. La moto no se detiene. El cambio de marchas produce un sonido cascado, de vehículo veterano. La moto serpentea en los virajes.

—La última vez estaba mejor.

—¿Qué era lo que estaba mejor?

—La carretera.

—¿Viene a menudo por aquí?

—Poco.

—¿Siempre con chicas?

—Es la primera vez que traigo una.

El Estadio queda pronto atrás. Luego, la fuente seca, la vista de la ciudad a la izquierda, a pesar del sol, envuelta en bruma.

—¡Qué bonito!

—¿Ya no tiene miedo?

—Ya no.

La moto se detiene unos segundos. Julita alarga el brazo, señala los tejados de las casas, las chimeneas, los campanarios.

—No creí que fuera tan grande.

Un murmullo tímido de masa cívica viene prendido del aire. Sobre los perfiles de los edificios se vuelca una luz triste. Pero en los rostros de los muchachos hay claridad.

—Tras esa curva está el mar.

Otra vez la moto en marcha. Despacio se aproximan al acantilado. El restaurante Miramar a la derecha, a la izquierda el puerto. Frente a ellos, el mar.

Deja la moto al abrigo de la calzada. Julita se estira la falda, se sube el cuello de lana.

—Extraño... andar ahora...

Caminan indecisos uno al lado de otro. Poca gente en el paseo. Algún ocioso oteando el lugar sin excesivo interés.

—En cuanto llega el calor, esto se llena.

El letargo del invierno se percibe en el silencio de la plaza.

—Es curioso... Nos parece que la primavera está todavía lejos y cuando menos lo pensemos, todo se pondrá a oler distinto, y los jerseys estorbarán y lo verde se volverá flor...

—¿Le gusta a usted el verano?

—Qué sé yo... Parece que se vive más.

El camino recoge sus siluetas, las arropa con su trazo recto y ancho. La baranda tira de ellos.

En el lugar quedan aún rastros veraniegos: el quiosco de bebidas, cerrado, la mesa de patas de hierro arrinconada, cajas de sifones (repetidamente humedecidas por la lluvia y los relentes) agrupadas en una esquina, con la madera podrida y los letreros llorones.

Julita se sienta en la baranda.

—El puerto es distinto desde aquí.

Hay pocos barcos. El mar está quieto. Pablo vuelve a su rostro burlón.

—Confío en que no tendrá usted ganas de tomar otro baño...

Julita ríe casi con hostilidad, defensivamente.

—Todavía supone que lo hice adrede...

125

—Siempre sostuve lo contrario.

—Pero en el fondo lo creía...

El puerto apenas tiene movimiento. Los domingos invernales son siempre tranquilos junto al mar.

—Se nota que es fiesta...

—¿Qué suele hacer los domingos?

—Quedarme en casa... No me gustan los bailes... Además no tengo amigas.

—¿Y amigos?

—Menos.

Le sube un rubor tenue a las mejillas. Se le queda estancado en los pómulos como si tuviera fiebre.

—En las amistades siempre hay intereses rondando.

—No en todas. ¿A quién confía sus secretos?

—No tengo.

Ahora los pómulos de Julita parecen dos lunas llenas en miniatura.

—Tener amigos es incómodo... Exigen demasiado. Roban tiempo.

—A veces es agradable.

—Me gusta la soledad.

Lo dice con la niebla marina metida en la retina, el gris de los ojos confundido con el gris del cielo. Pablo finge reír y sus cejas se arquean. Las tiene gruesas y rebeldes.

—No es bueno estar solo; lo dice la Biblia.

—Es posible. Pero yo no conozco la soledad. Mi familia es numerosa. En casa no hay modo de estar solo. Tal vez por eso me gusta tanto la soledad.

—A nosotros nos ocurre lo contrario...

El paisaje se estabiliza. Un brisa ligera esparce claridad. El sesgo de la conversación se modifica. Parece como si el viento se empeñara en arrastrar las últimas palabras y el deseo de soledad.

—A veces se olvida uno de que en la ciudad hay mar. Parece extraño vivir tan cerca y no verlo nunca...

No hay un solo pedazo de agua que se parezca al otro. El viento disocia el líquido entre sí, lo irrita, le da disparidad. Cuando la brisa eriza un costado, el otro se contonea lánguido y adormecido. Cuando en él cae la calma, la corriente interna levanta en el otro una ampolla enorme que dura casi medio minuto.

—Hábleme de su familia.

Y Julita habla. Lleva mucho tiempo sin ser tan locuaz. Explica una familia nueva, inexistente, pero que recuerda a la suya por los nombres y el número. Con naturalidad, como si no inventase. Como si todo lo que dijera fuera cierto. Crea situaciones que acaso ha soñado, modifica caracteres que acaso hubiera querido conocer, finge escrúpulos que acaso hubiese deseado sentir.

Pablo la escucha complacido, la cabeza inclinada, el codo apoyado en la balaustrada, las manos unidas.

—Ha de ser magnífico tener una familia como la suya, tan numerosa y tan completa...

Julita sigue hablando. Su voz taladra ya toda duda, toda suposición adversa. Es una voz desconocida para ella; recia, como arrancada de un pozo. Se vuelca sobre el paisaje, le da un sentido. La mentira no puede caber en una voz semejante. Tal vez Julita acabará por creer lo que está diciendo. O tal vez se limite a pensar que un día u otro tenía que vivir su gran mentira...

El mar cambia. El cielo cambia. La tarde se vuelve noche. Los montes se pierden en la oscuridad demasiado de prisa. Los minutos empiezan a tener calidad de segundos. Acaso por eso, Julita intenta desesperadamente prolongar su momento.

Se detiene al fin, casi jadeante. Bromea:

—Parece que haya comido lengua...

Pablo cambia de posición, se aparta un poco de ella para verla mejor.

—Me gusta oírte hablar.

El tuteo no resulta extraño. Después de todo lo que ha contado Julita, el tuteo se hace imprescindible.

—En casa hablo poco.

A pesar del frío, todo en Julita es calor. Su mirada ya no es nostálgica ni gris. Los ojos le brillan, las mejillas ya no tienen dos lunas llenas. El pecho respira inquieto y sus latidos son casi visibles.

—¿Por qué pareces siempre tan triste?

Julita rehúye la pregunta. Señala las dragas inmóviles, los

127

raíles descuidados, vacíos, los edificios a medio construir, con los arbotantes y contrafuertes al desnudo.

—Anochece...

—No me has contestado. ¿Por qué estás siempre triste?

Se vuelve hacia él, muda, hermética. Pablo insiste:

—Todo en ti es contradicción. Si fueras religiosa creería...

—No lo soy; ya te lo dije.

—¿Vas a la iglesia?

—Nunca. En casa dicen que no es necesario. Que para ser bueno basta con portarse bien... Mi hermano es distinto... Tiene manías. El otro día me puso esto —extrae el escapulario de tela—. Dijo que era bueno llevarlo. Por no herir sus sentimientos me lo puse...

—Yo también llevo un escapulario —enseña una medalla.

—Es de oro.

—Me la pusieron al nacer.

—Debe de valer mucho...

—Vale más lo que supone.

—Harías buenas migas con Paco... Debéis de tener ideas parecidas.

El viento aumenta, la capa de agua se encabrita de un modo más uniforme. Parece una piel encrespada.

—Dijiste que no sabías por qué estábamos en este mundo...

—Me asusta pensarlo.

—¿Crees en el más allá?

—A veces... Preferiría que no hubiese nada... Paco me habla del más allá, como de algo terrible. Dice que todos vamos a condenarnos.

—Religión triste... Yo no puedo creer que una persona como tú se condene...

El frío arrecia; se mete en el cuerpo de ambos. Pablo señala el restaurante.

—Entremos ahí.

Apenas hay camareros. Es un local enorme y vacío. Perdió actualidad después de la guerra. Las mesas solitarias tienen algo de bostezo perenne, de sueño encefálico.

A pesar del frío, piden coca-cola. El camarero los mira entre agradecido y decepcionado. Pablo reanuda el coloquio:

—Si fueras religiosa no estarías triste.

128

—Hoy no lo estoy.

Sonríe silenciosamente. Sorbe coca-cola con fruición, como si sorbiera un licor. Le entra calor, se desabrocha el abrigo.

—Un día robaré esa tristeza tuya y ya no volverás a sentirla. Me gustaría hacerte feliz.

El escorzo de Julita se recata de los ojos del muchacho; la evasión le incita a seguir hablando:

—Me dijiste el otro día que odiabas el amor...

El mantel de la mesa es verde, está mal planchado. Julita pasa sus dedos por los pliegues.

—Quizá no supe expresarme... Lo que no me gusta es el amor tal como lo entienden algunos.

—No todos los amores son malos; toma ejemplo de tus padres...

Los dedos de Julita se detienen, se inmovilizan sobre el mantel. Se crispan luego sin que pueda evitarlo. En su mirada hay desconfianza.

—Conozco de ti más de lo que supones. Yo sé lo que te atormenta: tu tía. Eso no ha de preocuparte. Todo el mundo tiene alguna lacra en la familia. La sombra de tu tía te pone en guardia contra los hombres, ¿no es eso?

Lágrimas en los ojos de Julita. Intenta sofocarlas bebiendo. Se escucha un deglutir acusado, recio, forzado.

—No quise ofenderte... quería demostrarte... cuánto te admiro. Por favor, Julita...

Caen dos gotas sobre el mantel verde. Se extienden, llegan hasta los pliegues que antes acariciaba con los dedos.

—Me avergüenza...

Llora ya sin reparo, silenciosamente, echando fuera sin duda el escozor de sus mentiras, nivelando su verdad en cada lágrima.

Pablo roza su mano.

—Por favor, Julita...

—Después me llevó a la iglesia. Es religioso... Oímos misa. Yo no sabía que por las tardes se celebrase misa... Hacía calor... El cura habló de la caridad. Yo pensaba: «Así habla-

rá Paco cuando lleve sotana.» Me entraba risa al imaginarlo
en el púlpito diciendo cosas a las gentes. Ha sido una tarde
magnífica; distinta. Es alto, guapo; estudia medicina, tiene
moto... Parece uno de esos señoritos que salen fotografiados
en el *Hola* o en *Ondas*. Dice que yo no podré condenarme,
que las gentes como yo no se condenan. Vendrá a buscarme
el próximo domingo. Le he dicho que me espere abajo; no
quiero que suba. Tengo miedo de que conozca a la familia...
¡Le he contado tantas mentiras! De todos modos sabe ya lo
de la tía Juana, pero ignora lo de tu madre y mi padre...
Tampoco sabe lo de la abuela... ¡Era tan bonito inventar una
vida agradable! Fuimos a Miramar. El lugar más extraordi-
nario del mundo. Lo malo era el frío. Entramos en el restaurante; pedimos coca-cola...

—Estás enamorada.

—¿Es posible enamorarse de una persona que apenas se
conoce?

—Es precisamente el momento propicio...

—Pero entonces...

—El amor es una idiotez, de acuerdo. El mundo está lleno
de idioteces agradables...

—Es extraño... Hay momentos en que tengo la impresión
de haberlo conocido hace mucho tiempo...

—Y probablemente tus problemas ya no son problemas...
Probablemente la historia de tu padre y de mi madre ya no
te importa tanto...

—Así es.

—Porque el amor es egoísta.

—No es cierto... Nunca me he sentido tan generosa...

—Ya no piensas en tu madre...

—Pienso también en lo que habrá sufrido la tuya.

—Acuéstate, es ya muy tarde. Mañana habrá que levantarse temprano.

—¡Qué larga será la semana! ¿Podré dormir?

—Un día te reirás de haber perdido horas de sueño por
un hombre... Sobre todo si llegas a casarte con él. Suelen
ocurrir esas cosas. Una se enamora, pone al enamorado en
un pedestal, considera que sus mil detalles, estúpidos o inteligentes, son únicos... Faltan horas para hablar con él...

130

Y, de pronto, silencio. Las palabras se acaban. Una ya no sabe qué decir... Los detalles se esfuman. Y eso ocurre cuando menos se espera, sin que una pueda evitarlo.

—A mí no puede pasarme eso...

—Duerme.

Manuela Lorente se había quitado el vendaje, pero la sien, debido a la presión, le había quedado fruncida.

—Pasa, pasa, tienes visita.

Julita se detuvo en el umbral; en sus ojeras las huellas del insomnio, en su mirada las huellas de su alegría.

—¿Quién es?

Al entrar en el comedor se le truncó la sonrisa. De espaldas a la vidriera vio a un hombre envuelto en una gabardina.

—¡Por fin!

Le tendía las dos manos como si se tratase de un antiguo conocido. La espalda de Julita rozó la puerta que Manuela acababa de cerrar.

—¿Quién es usted?

El hombre continuaba con las manos extendidas, casi suplicantes, ligeramente teatral.

—¿De verdad no me conoces?

—No sé quién es usted.

De media edad; aladares plateados, arrugas sonrientes en las mejillas. Su voz tranquila. Olía a colonia cara. Continuaba estático, con la desilusión en el gesto.

—Julita...

Se dio una palmada en la frente.

—Ahora caigo; usted es el del biscuter.

—Vaya, mujer; nunca es tarde cuando llega.

Dio un paso adelante.

—¿Qué quiere de mí?

—No te asustes. No quiero nada especial. Tenía deseos de hablarte, oír tu voz, verte a solas... ¡Llevo tanto tiempo siguiéndote por la calle!

—No tengo la costumbre de tratar a desconocidos.

—Ya no lo soy.

Sacó una pitillera y le ofreció un cigarrillo. Ni siquiera dijo «no, gracias». El hombre encendió el suyo. Habló luego con palabras llenas de humo:

—Me llamo Enrique Fernández. ¿Puedo sentarme?

Miraba a Julita fijamente con el cuerpo ligeramente encorvado, para que los ojos quedaran más abiertos. Era una mirada estudiada, que sin duda le había valido éxitos entre las mujeres.

—No es mi casa. Haga lo que le parezca bien.

En la calle llovía con gotas gruesas y machaconas. De vez en cuando un trueno lejano precipitaba el insistente gotear de los cristales.

—No me negarás que se necesita humor para venir a verte con este tiempo y a estas horas...

Se sentó frente a ella. Le ofreció otra silla que Julita no quiso aceptar.

—En mis asuntos me gusta ir al grano —dijo.

Era uno de esos hombres que revelaban en todo momento una seguridad grande en sí mismos, aun cuando de hecho acaso no la tuvieran. Cruzó una pierna sobre otra, se acarició el zapato con los dedos que sostenían el cigarrillo, mostró una suela nueva, cosida a mano.

—¿Te han dicho alguna vez que eres la muchacha más bonita de la ciudad?

Se iluminó la estancia unos segundos con la luz amarilla de un rayo. Julita hizo ademán de marcharse. Se lo impidió el cuerpo del hombre al colocarse entre ella y la puerta.

—Apártese.

—Por favor; te he dicho antes que no voy a hacerte daño. Aún no he empezado a hablarte...

—Apártese. No me interesa.

Tiró el cigarrillo sin acordarse de pisarlo.

—Me gustas a pesar de tu enfado. —Se le volvía la voz gangosa—. A decir verdad, me tienes loco desde que te vi por primera vez... Si tú quisieras... si tú me permitieras demostrarte...

—O se aparta o le rompo la cara.

Forcejeó entre sus brazos para evitar su aliento a nicotina.

—Asqueroso bicho, asqueroso...

Se defendía ya con todo el cuerpo, se escurría, se volvía tensa. Consiguió golpear su pierna con la punta del pie. El hombre perdió equilibrio, cayó al suelo arrastrando la silla. Salió ella al pasillo aturdida, jadeante, su melena caída por el rostro. Corría hacia el fondo tropezando con los muebles, gritando palabras ininteligibles. Al llegar al taller, Rosa y China la miraron boquiabiertas, la ropa que cosían tendida sobre sus rodillas. Manuela Lorente aparentaba alarma.

—Julita, hija mía, ¿qué te pasa?

Iba hacia ella, tendía su mano para acariciarla, le apartaba el mechón de la frente.

—¿Qué te han hecho? ¿Qué tienes?

—¿No le da a usted vergüenza?

Cerró los ojos. Probablemente hubiera querido llorar, pero la indignación no la dejaba.

—¿Está usted satisfecha, Manuela?

Manuela adoptó una actitud beatífica, inocente.

—¿De qué estás hablando?

—No me pregunte lo que ya sabe.

—Por Dios, Julita, no vayas a pensar... Ha venido, ha preguntado: «¿Trabaja aquí Julita Brutats?» Le he dicho que sí y te ha esperado. Eso es todo.

—Cállese.

—Que me parta un rayo si no digo la verdad. Eres injusta...

El hombre continuaba en el pasillo. Llamó: «Manuela.»

Al salir la modista fue arrastrando un pedazo de satén que se había quedado prendido en su bata.

—Bruja, bruja —decía Julita.

La miraban sus compañeras, todavía silenciosas, todavía sorprendidas.

—Bruja, es una bruja.

Cogió su trabajo, se acercó al puesto de siempre. Empezó a coser.

—Una bruja asquerosa.

Apretó los dientes y sus palabras se deformaron.

Rosa dijo:

—En cuanto ha entrado el tío ese, me he olido a lo que venía.

133

—Un puerco —remataba China.

—Los hay con bemoles. ¡Atreverse a venir aquí!

—Le habrá untado lo suyo...

Hasta ellas llegaba el cuchicheo del pasillo. De vez en cuando Manuela levantaba la voz; pedía disculpas.

Julita clavó la aguja con ira en la tela.

—Si no fuera porque necesito trabajar... ahora mismo la plantaba.

Cuando volvió Manuela, ninguna de las tres chicas hablaba ya. Se sentó junto a ellas tarareando un aire conocido. Desde allí era fácil escuchar el motor del biscuter al ponerse en marcha. Luego el silencioso gotear. Había una calma demasiado grande para no ser ficticia. Parecía como si se fraguasen proyectos de venganza en ella. Era una calma que desgarraba propósitos sanos, secaba buenas intenciones, deshumanizaba...

Los dedos largos y pálidos de las muchachas trabajaban sin descanso.

Manuela dijo al fin:

—Ahora ya tiene su merecido.

Se sentó frente a la máquina de coser. Empezó a darle a los pedales.

—Menudo sinvergüenza... El caso es que se ha dado cuenta de su plancha. Ha dicho: «Yo no sabía que Julita Brutats fuera tan seria. Le enviaré unas flores para desagraviarla...»

—Que no se moleste; las tiraré a la alcantarilla.

—Eso no puedes hacerlo... El pobre muchacho...

—Ni es muchacho, ni es pobre.

Llovía tanto, que en los cristales se formaban cataratas casi ruidosas.

Los cuerpos de las cuatro mujeres provocaron un vapor denso tras las cataratas.

La habitación estaba en la penumbra. Para ver mejor, Rosa pasó su mano por el cristal. Quedó su palma roja y húmeda.

—Hace frío.

—Acaba de venir la luz —exclamó Manuela mientras daba el interruptor—. Vamos, China, pon la radio en marcha.

Era la hora de «El disco para el que trabaja». Se oyó en seguida un fragmento de *Campanera*. Manuela lo coreaba por lo bajo. En verano sólo se oían las canciones de *El último cuplé*, en invierno se oía casi siempre *Madame Buterfly*, al llegar la primavera, se oiría, sin duda, *El lago de los cisnes* o *Tcherezade*.

La luz duró poco. Llegó el mediodía y continuaban a oscuras. En la calle seguía lloviendo. Todos los barrios de la ciudad se confundían entre sí cuando llovía de aquel modo. Bajo el agua todo se parecía. Los ruidos eran iguales, las pisadas, precipitadas, el chapoteo, unítono. La gente decía: «Hay que ver cómo llueve.»

El taller de Manuela Lorente recuperaba su normalidad. Las chicas ya no se miraban con el rabillo del ojo, ya no se escuchaban suspiros entrecortados ni se oía decir a Julita: «Es una bruja.» El trabajo cundía en el silencio brumoso de la estancia. El recuerdo de la mañana se disolvía al paso de las horas. La uniformidad en la acción producía uniformidad en los movimientos. Torcían todas las cabeza cuando se trataba de enhebrar, cruzaban las piernas cuando se trataba de medir...

Y las horas transcurrían con la suavidad propia de los sueños.

El rencor se perdió en la costumbre.

Reunión social en la vivienda de los marqueses de Moliana. Mezcla de perfumes, de voces y de ideas. La conversación es un conjunto de monólogos egocéntricos. (Guiños, movimientos de manos, risas generales.) Luego un silencio grande. Un ambiente apacible. Un bienestar sin grietas ni equívocos.

De repente se ponen a hablar todos a la vez: París, coñac, criados que fuman, pintores abstractos, modas, infidelidades, muertes, bodas.

Después otro silencio. Un silencio distinto, desapacible, inesperado.

Las miradas de todos coinciden en un punto determinado. Está en el centro del salón; es un cuerpo delgado, con melenas despeinadas, medias de algodón y zapatos sin tacón. Dos ojos negros destacan en el rostro pálido y demacrado.

—¡Clarita!

Está ahí. Ha surgido de pronto. Las piernas separadas, las manos abiertas.

Tras ella llega Genoveva, jadeante; la toca ladeada. Se disculpa. Se acerca a Clarita. Recibe un manotazo y cae al suelo. El padre grita:

—¡Dios mío!

Tiene la botella de coñac en la mano. Se aferra a ella como si fuera un asidero único.

La situación no estaba prevista. Todo pierde sentido; las sortijas de las señoras, los tules de los sombreros, las corbatas de nudos prietos y meditados...

Sin duda nadie piensa en lo que va a ocurrir. Ocurre.

Ocurre en el preciso momento en que Genoveva intenta levantarse del suelo y en que el padre de Clarita decide que su hija no puede continuar en el salón. Pero el asunto ya no tiene remedio.

Clarita dice:

—He venido a hacer esto.

Señala el suelo. Una mancha amarilla se extiende en la alfombra bajo sus piernas. Un grito ahogado en todas las gargantas. La condesa de Sotera mira a unos y a otros:

—Qué graciosa —dice—, qué graciosa...

El jefe de empresa tose. El almirante ayuda a Genoveva a levantarse. La marquesa de Moliana ha caído sobre un sillón. Genoveva se disculpa. Probablemente no sabe lo que dice ni nadie la entiende. Pero es indudable que se disculpa.

Alguien decreta:

—Que limpien la alfombra inmediatamente.

Los criados llegan sin que se les avise. Vienen con un cubo y una bayeta. Hay una gran dignidad en ellos mientras limpian o intentan limpiar lo que Clarita ha ensuciado.

Genoveva, ayudada por el marqués, logra llevarse a Clarita.

La madre se vuelve hacia sus invitados, reacciona, se levanta.

—Perdonen ustedes.

La tarde declina. El sol se vuelve naranja. Los invitados hablan más bajo, monologan menos, olvidan sus temas anteriores.

Dejan adivinar que si no hubiera ocurrido el pequeño incidente de Clarita, se hubieran marchado antes.

El marqués regresa al salón. Supera las circunstancias y no habla de su hija. Los temas anteriores se recuperan. El director de empresa habla de París. El almirante de pintores abstractos. La condesa de Sotera del servicio doméstico. El joven intelectual de los premios franceses. La mujer del almirante (acaso porque no tiene una hija como Clarita), se muestra menos recelosa con el marido porque en su juventud iba al Excelsior. La marquesa de Moliana sigue ofreciendo coñac y café.

Clarita, recostada en el diván de su cuarto, empieza a dormirse bajo los efectos del narcótico que Genoveva le ha suministrado.

Genoveva, las manos unidas, la toca bien puesta, se limita a mirar tras los cristales, el pedazo de jardín habitual. Los árboles han crecido un poco desde que los vio por primera vez. Lo demás no ha cambiado. Solamente el cielo...

Enriqueta ya no protestaba cuando su hermana atacaba a Julio. La escuchaba, sometida a la agresión de Finita, aceptando de antemano la fuerza de las circunstancias.

—... además, ya no trabaja en la editorial. Llamé esta mañana y me dijeron: «Si quiere hablar con el señor Brutats, abstiéngase de llamar a este número. El señor Brutats ya no trabaja aquí.»

Genoveva, de espaldas a la fotografía, recogía las protestas de su madre. La veía nerviosa, irritada, por primera vez desligada de su complicidad habitual, buscando desesperadamente una forma de arrastrar a los demás hacia su propia hostilidad.

Pilar y Enriqueta la dejaban hablar sin decantarse hacia un lado o hacia otro. Genoveva dijo de pronto:

—No le perdonas que sea feliz.

Finita se volvió hacia su hija. La miraba como si no la conociera, como si acabara de nacer.

—¿Te has vuelto loca?

—Déjale en paz. Ya es hora de que haga lo que él quiera...

—¡Y esperar la ruina!

—¡Como si no estuviéramos ya arruinados! ¡Como si no fuéramos una ruina incluso antes de nacer...! El mundo entero es una gran ruina. ¿No os dais cuenta? Y cuando alguien protesta contra eso... a tacharlo de loco. ¡Si supierais lo que he presenciado hoy! Nunca Clarita me ha parecido tan cuerda... Tenía ganas de protestar contra su destino, contra su impotencia, contra los convencionalismos establecidos... No se le ha ocurrido nada mejor que hacer pipí en el salón de su casa. En plena reunión social. Por primera vez Clarita me ha parecido cuerda...

—No veo la relación que pueda haber entre eso y tu tío...

Se le ponía la cara híspida; un malestar evidente en sus labios.

—Sencillamente, también él ha querido hacer pipí sobre lo establecido. Se ha cansado de todos nosotros. Eso es todo. La gente tiene derecho a cansarse de las cosas...

La ventana cerrada, el canario silencioso, la fotografía en la penumbra.

—¿Qué demonios te ha ocurrido para hablar así? No olvides que tu tío está en la edad peligrosa...

Genoveva se encogió de hombros.

—También tú estás en la edad peligrosa.

—¡Genoveva!

—Pero, lo tuyo es tuyo; los demás que se pudran.

Enriqueta intervino:

—Genoveva; estás hablando con tu madre...

Nadie escuchó lo que decía. Finita se dejó caer en una silla, los ojos muy abiertos, la boca entrecerrada.

—Tienes miedo de que se gaste el dinero... Al fin y al cabo es suyo. Tiene derecho a patearlo...

—Hay que vivir decentemente.

—Decentemente —dejó escapar una risa menuda y seca—. Me gustaría saber qué entiendes tú por «decencia». —Abrió los brazos y trazó un círculo en el aire—. Todo aquí huele mal... ¿Dónde está la decencia? Con o sin dinero, somos unos miserables. Unos desgraciados... ¿Vergüenza? No hay respuesta. Sólo malestar. Tal vez la vergüenza esté en cada segundo

138

de nuestra vida, pero la olvidamos... Si tuviéramos verdaderamente vergüenza empezaríamos por odiar nuestra mediocridad, nuestro adocenamiento...

Se detuvo de pronto. La miraban todos con alarma en los ojos.

—Deberías tomar tila —dijo Pilar.

Genoveva irguió el busto. Continuó plano, duro, viril.

—Tienes razón; tomaré tila.

Las bromas de Julio resultan trasnochadas, burdas. Caminan de lado por el paseo de Gracia. Leila opulenta, alta, cimbreando el cuerpo, irguiendo la figura para fastidiar sin duda a su acompañante. Julio se mira los pies. Acaban de lustrarle los zapatos en el bar, pero a fuerza de andar se le han vuelto mates.

—Ese maldito polvo... A ver qué día arranca a llover...

En los escaparates, los primeros anuncios de una Navidad próxima. De vez en cuando la pareja se detiene. Ven los objetos confundidos con el reflejo de sus siluetas. Ven el frío en el vapor que dejan en el cristal.

—¡Menudo aburrimiento! —dice Leila.

Cuando están juntos y de pie, si quiere mirarla a la cara, se ve obligado a levantar el mentón. El ademán provoca súplica en sus ojos y abulta el pliegue de su cogote.

—Leila...

El frío les obliga a seguir caminando.

—Si por lo menos no hiciera viento...

—Tú quisiste salir...

—Me horroriza vivir encerrada.

El cuello del abrigo alzado deja al descubierto la nariz y los ojos de Julio. La frente se confunde con el pavimento. Es una frente echada hacia atrás, grisácea. Tras ella pocos transeúntes.

—¿No te habrás cansado de mí?

Leila se detiene. Ensaya una expresión melancólica:

—El único que se ha cansado eres tú.

Julio Brutats apenas puede dar crédito a lo que está oyendo. Inicia protestas con las manos:

—¿Cómo puedes decir eso? ¿Cansarme yo de ti? ¿Yo?

—Si me quisieras obrarías de otro modo...

El aire tiene ahora un latido extraño. A lo lejos gime estridente el pito de un guardia. Se vuelven a mirarlo. Una vieja atraviesa por el lugar prohibido. El guardia la obliga a retroceder; la vieja protesta, vacila, amenaza.

—Has dicho que si te quisiera obraría de otro modo...

Algún transeúnte se detiene ante Leila, le hace gestos provocativos, señala a Julio con evidente burla.

—Eso es; y no rectifico.

—Por el amor de Dios, Leila, explícate.

Le roza el codo; no lo esquiva.

—Vámonos a tu casa. Aquí no es posible hablar.

Se meten en un taxi. El trayecto es breve. Lo alargan no obstante las constantes detenciones del tránsito. El taxista se queja:

—A ver qué día se ponen de acuerdo luces y guardias...

Suben al cuarto. Leila deja su abrigo colgado del biombo. Se sienta luego en la cama.

—Bueno; creo que ha llegado la hora de hablar claro.

La tarde declina y la estancia se ha vuelto casi invisible. Leila enciende la lamparita que pende del techo. Tiene una pantalla amarilla que aviva el color de su piel y da brillo a su pelo.

—Lo siento, Julio, pero no podemos continuar así.

Julio Brutats tiene la frente fruncida, los pies vueltos hacia dentro, los codos apoyados en los muslos.

—¿A qué te refieres?

—Hay que definirse.

—No te entiendo.

Los hombros de Leila son anchos, pero el escote ovalado los achica, los vuelve femeninos. Julio pone su mirada en ellos, sin parpadear.

Leila habla; se define: «Necesito vivir.» Brotan sus palabras apelotonadas, agresivas, recias y suaves a un tiempo. «Una mujer como yo, no puede permitirse el lujo de ser sentimental.» Recita refranes truncados: «No sólo de amor vive el hombre.» Ataca entre provocativa y ñoña, dispuesta a jugárselo todo, convencida acaso de que no puede perder.

140

Julio deja de contemplar sus hombros.

—Tienes razón, tienes razón... —murmura.

Ya no la escucha. Repite una y otra vez que tiene razón, que ha sido un egoísta. Se acerca a ella. Acaricia sus hombros.

—No te olvides de que yo estoy sola, sola... que no tengo una familia como tú...

—De ahora en adelante ya no podrás decir eso...

Los brazos escasos y fofos de Julio Brutats rodean la cintura esbelta y dura de Leila.

—Pídeme lo que quieras, lo que quieras...

Lo dice entre besos. La voz cascada, la emoción latiendo en sus palabras.

La noche cruje en los ventanales.

—Lo que quieras...

—Pasa un día y otro; nada se cumple en casa. Todo queda siempre pendiente. Los deseos mueren de viejos, sin posibilidad de saciarlos. Confiaba en mi hijo. Pensaba a menudo: «Algún día Paco hará lo que tú no has hecho.» Imposible. Paco renuncia. Un padre no puede sentirse realmente padre hasta que el hijo ha tenido hijos. ¿Lo comprendes? ¿De qué me sirve haber sido padre, si todo acaba en Paco? Confiaba en mi paz matrimonial... Pero Enriqueta sólo sabe escuchar seriales y hacer sopa de ajo... Finita... Durante años creí que era el amor de mi vida. No sabía por qué. Quizá por costumbre. En realidad es tan mediocre como su hermana. Decía que le gustaba la música. Su arpa duerme muerta de asco en el pasillo. Lo único que le distrae es leer el periódico. «A ver quién ha muerto hoy», dice con la misma alegría con que podría decir: «A ver qué regalo me has traído.» Mi hija... ¡Que me aspen si alguna vez ha estado amable conmigo! Todo en mi casa es reproche: «Julio, ¿de dónde vienes? Julio, ¿por qué no te quedas los domingos en casa? Vamos, Julio, dinos cómo sigue el señor Bermúdez...» Parecen pulpos. Me acosan, me acucian... Tú, en cambio... Jamás preguntas, jamás reprochas... ¡Si fuera posible vivir contigo! ¿Cómo he podido respirar antes de conocerte?

Tras la puerta escuchó los pasos de Enriqueta precipitándose hacia la cocina. La voz de Finita decía:

—Ya viene, ya viene...

Metió la llave en la cerradura y entró en el vestíbulo.

La mesa del comedor tenía aún los platos intactos. En torno a ella, la familia esperándole.

—Buenas noches.

Respondieron todos a la vez. Finita le salió al encuentro:

—Vamos a tu cuarto; necesito hablarte.

Se encerraron en él. Desde el comedor se podía oír la discusión. Genoveva y Julita cuchicheaban:

—Ahí tienes: el gran amor... ¡Para eso me trajeron al mundo! ¡Para eso se casó con tu madre!

Julita se defendía:

—No todo el mundo es así...

La palidez de Julita se extendía hasta sus manos. Miraba a su madre; repetía: «La sopa va a enfriarse...» Pilar, junto al canario, fingía hablar con él para no contestar a su nuera. Paco, echado en su diván cama, procuraba vencer su terror, leyendo la vida de un santo...

La discusión continuaba, crecía, lo abarcaba todo.

La habitación pareció encogerse. Era inútil apelar a la indiferencia. Julita rozó el oído de Genoveva:

—Se matarán —dijo.

—O acabarán haciendo el amor...

—Asquerosos; te digo que son asquerosos...

Señalaba à su madre:

—Y ella tan ajena...

—A lo mejor lo sabe todo.

—No es posible.

—La vida tiene cosas tan extrañas...

—Si lo supiera se rebelaría.

—A lo mejor le gusta.

Julita sacudió los hombros de Enriqueta:

—Haz el favor de interrumpirles —gritó—. La esposa eres tú; tienes derecho a saber lo que está pasando en la habitación de papá...

Se apoyó en la pared cuando su hija le obligó a perder el equilibrio.

—Vamos, Julita... ¿Qué quieres que pase? Tu pobre tía me está defendiendo. Lo malo es que la sopa se enfría...

Tras los cristales, la terraza: es un principal. Al fondo, la caseta lavadero. A los lados, las jardineras de azulejos formando dibujos «modernistas». En el pavimento, claraboyas destinadas a iluminar los bajos.

La mesa de Paco está orientada hacia esa terraza gaudiniana, de verjas retorcidas y pavimento irregular. La estancia está llena de libros y despide un hedor especial a polvo y perfume.

Paco escribe. De vez en cuando mira el fragmento de cielo que distingue desde la mesa. El de ahora es gris, como su mirada.

Su trabajo cobra forma. Los intereses de doña Leocadia han pasado al archivo gracias a Paco. Más de una vez le ha dicho: «Muy bien, Paco, muy bien; adelante.»

Día a día ha ido taladrando dificultades, allanando caminos, sorteando problemas.

A veces al escribir se atasca, duda. Esa ortografía... Cuando no encuentra la solución, busca un sinónimo. Casi siempre responde él a la correspondencia de su ama. «Esa familia que no hace más que explotarme...» Constantemente recibe misivas apelando a «su buen corazón», y poniéndola en guardia contra «oscuras acechanzas». «La toman a una por el pito del sereno.»

Al entrar donde Paco trabaja, lo hace siempre sin ruido, como ahora. Es algo obesa y su voz, pastosa, recuerda el sonido de un saxofón en sordina:

—Hola, Paquillo.

Se vuelve éste asustado, como si lo hubieran pillado en falta:

—Jesús.

—¿De qué te asustas?

143

Viste de oscuro y resta luz al alumbrado. Están frente a frente. La penumbra, lejos de alisar el rostro de la mujer, lo llena de surcos, de manchas, de impurezas.

—Perdón; no la oí entrar. Ni siquiera sabía que estuviera en casa.

Se afloja el cuello con el índice, aprieta el nudo de la corbata, se alisa el pelo con la otra mano.

—Camina usted de un modo tan silencioso...

—A decir verdad quería sorprenderte.

Paco, como siempre que habla con su ama, agacha la cabeza y adopta una actitud modesta.

—Estaba repasando los inquilinatos.

—Déjate de inquilinatos. He venido a invitarte a tomar una copa. ¿Sabías que hoy es mi cumpleaños?

Paco esboza la sonrisa que Félix plasmó en la fotografía de las quinielas.

—Muchas felicidades.

—No me preguntes cuántos cumplo; te reirías de mí.

Lo coge por el codo, lo empuja ligeramente hasta el salón de estar. Es un cuarto muy «doña Leocadia», saturado de conversaciones sociales (Leocadia Trueba conoce a todo el mundo y cita a los aristócratas por sus nombres de pila). Los muebles son modernistas (época del gas). Tiene diván, vitrina con abanicos y estatuillas de biscuit en mesas portátiles.

Junto al diván se alza un velador con dos vasos de Bacará y una botella de moscatel.

Escancia el vino despacio. Al agacharse, el perfume dulzón se intensifica. Los collares quedan colgando.

—Póngame muy poco.

—Has de acostumbrarte a beber. Un hombre no es hombre hasta que se hace al alcohol.

Habla como si ella ya hubiera bebido, nerviosamente, desmedidamente alegre. Pero su vaso está todavía lleno. Lo alza. Brinda:

—Por tus deseos.

—Gracias; por los suyos.

Beben mirándose. Él se atraganta.

—Mal empiezas —dice ella.

Tras la ventana, un sol débil intenta romper el gris del

cielo, antes de esconderse definitivamente. Dura sólo un instante. La estancia vuelve a su matiz color de plomo.

—Otra copita.

Paco rehúsa. Frunce la nariz súbitamente roja y brillante.
Esgrime unos dedos largos protestando:

—No, no, muchas gracias.

Pero Leocadia Trueba no hace caso. Llena nuevamente
su vaso.

—Antes has brindado por mis deseos. ¿Los conoces?

Algo ajeno a él responde. Es acaso un ademán de «otro»
impuesto a él por el alcohol. Sus pupilas se vuelven familia-
res. De pronto se le escapa una risa desenfrenada por entre
los dientes. Primero brota despacio, a grumos, luego de un
modo seguido.

—¿Cómo voy a conocerlos?

Ella también ríe. Sus dientes son blancos; parecen postizos. Si existiese la certeza de que lo son, tal vez pareciesen
naturales. En todo caso, resultan atrayentes. Sus labios ma-
quillados con método, podrían pertenecer a una mujer joven.

—Voy a decírtelos...

Lo arrastra hasta el diván, le obliga a sentarse en él, se
acomoda a su lado con la cadera pegada a la suya.

El vaso de Paco se ladea; el moscatel se derrama sobre
el traje negro.

—Perdón...

Leocadia unta sus dedos con el líquido, los frota luego
contra la nuca del chico.

—Trae suerte.

En los ojos de Paco ya no hay obstáculos, ni miedo, ni
curiosidad...

—Buena falta me hace...

—¿Tan desesperado vives?

La estancia pierde consistencia. Todo se vuelve lejano y
al mismo tiempo asequible. Todo se vuelve tul y lana. A través de las palabras y de los movimientos, se precipita un ritmo nuevo. Las explicaciones brotan rápidas. Las intimidades
se ciñen a la distancia de años, a la distancia de clases. Podría decirse que es una distancia sin fórmula ni memoria.

—Inadaptado.

Lo ha dicho él. Se asombra de su propia frase.

—¿He dicho inadaptado?

—Será que nadie te comprende...

Paco reacciona. Deja el vaso en la mesa.

—Nadie puede saber eso mejor que yo.

—¿Usted?

—Llevo observándote durante diez días.

—¿Qué ha descubierto?

—Que tienes unos enormes deseos de vivir y que te están partiendo por el eje.

—¿Quién?

—Los curas.

Paco busca a tientas el interruptor de la luz.

Cuando la estancia se clarea, Paco se pone en pie. Los muebles parecen despegarse del suelo. Todo baila en torno a él. La atmósfera se ha vuelto súbitamente irrespirable. Un silencio grande aumenta el efecto del alcohol.

—Nadie me parte por el eje, ni nadie me obliga a nada.

Intenta andar con aires marciales hacia el vestíbulo. Pero cada paso está impregnado de moscatel. Leocadia lanza protestas: «Vamos, Paquillo... no seas tonto.» Abre la puerta antes de que se lo impidan. Sale al rellano. La escalera, aunque en pendiente, parece una cuesta.

—Vamos, Paquillo, serás borrico...

Los escalones son enormes. Es necesario agarrarse a la barandilla.

—El abrigo, te olvidas el abrigo...

Juana Brutats, en su casa, parecía más esbelta, más personal. Casi siempre vestía un kimono rosa que reducía sus curvas y estilizaba su figura.

Mientras hablaban, se oía asordinado *El vals de las olas.*

—Tú eres la única que me comprende... Por eso he venido.

Paco, sentado en un extremo del sofá, aparentaba dibujar algo en la alfombra con la punta del zapato. Hablaba como si gimiera, con palabras estremecidas, blandas y dudosas. Se le hacía un nudo en el hilo de las ideas.

—Estoy hecho un lío y necesito que me aclares...

Juana, de espaldas a la luz, parecía una santa nimbada. Un plumerito rojo en la mano, un pañuelo blanco en la cabeza.

—Disculpa el desorden. Por las mañanas hago limpieza.

Se excusaba el chico por haberla interrumpido.

—Vamos, dime ya de qué se trata.

—¿Crees que un muchacho como yo puede ganar tres mil pesetas al mes sin que se espere de él algo más que su trabajo?...

Juana dejó caer el plumero, se quitó el pañuelo de la cabeza y dijo:

—No hables más... Lo estoy viendo venir. La cursi esa te habrá hecho proposiciones... ¡Será guarra!

Se le amontonaba la ira en las mejillas.

—Seguro que se trata de eso... De Manuela tenía que venirnos la tal cliente. De modo que te ha hecho proposiciones... A ti. Atreverse a eso...

Paco se dejó caer en el sofá e inclinó la cabeza de un lado a otro.

—No, no... No ha habido proposiciones... ¿Cómo explicarlo? En realidad...

—Conozco a la tal Leocadia. Una cursi de tomo y lomo. Una de esas marisabidillas que habla de todo el mundo sin conocer a nadie. Abono en la ópera (tercer piso) para decir que se codea con los del primero. Limosna diaria a los pobres que puedan ponerla al corriente de los chismes de la ciudad. Memoria fabulosa para lo que compromete a los demás. Celestina con golpes de pecho y mantilla planchada. Misa dominguera y novela pornográfica. Ésta es Leocadia Trueba. Debí sospechar antes lo que iba a ocurrir. Debí advertirte a lo que te exponías...

Se daba golpes en la frente como castigándose por su negligencia.

—A chamusquina me olía a mí el tal arreglo. Atreverse contigo... ¡Bendito de Dios! La muy puerca...

—No es eso, no es eso...

—Tú dirás lo que quieras, pero ésa no te suelta. ¡Si la conoceré yo!

—¡A su edad!

—Para esos menesteres todo el mundo es joven... Ya lo irás viendo, hijo...

Se santiguaba Paco, acaso por el conato de pecado que había en aquella frase.

—Cuanto más viejas y más podridas... Dirás que desconfío... No, hijo, olfateo. Eso es. Cejas delgadas y repasadas con lápiz: a prevenirse. Ricitos caoba en la frente: a prevenirse. Corsé y ballenas: a prevenirse. —Hablaba sola, dándose razones particulares. Se volvió de pronto hacia su sobrino. Aplastaba su cara con las dos manos—. Vamos, explícate, ¿qué te ha dicho?

—Me invitó a tomar una copa porque decía que era su cumpleaños, y me dijo que los curas me estaban partiendo por el eje.

Juana Brutats dejó caer las manos a lo largo del cuerpo.

—¿Sólo eso?

—Sólo eso.

—Hombre, entonces no hay para tanto. ¿Y tú qué hiciste?

—Me fui. Tal vez estuve brusco, tal vez...

—¿La has vuelto a ver?

—Todavía no. Esperaba tu consejo.

Meditaba Juana con la mano en la frente. Se le veía un brazo lechoso entre la manga.

—La verdad, chico, es que resultas un poco complicado...

—Entonces...

—Bien mirado, tres mil pesetas son tres mil pesetas.

—Pero ¿crees que mi trabajo vale eso?

Juana se volvía casi importante.

—Hay muy pocas cosas que valgan tres mil pesetas.

El vals de las olas continuaba sonando.

—En tu lugar, yo tantearía otra vez el terreno... No se pierde nada.

Palmeó su espalda. Besó sus mejillas.

—Y ya lo sabes; cuando estés en un apuro, a recurrir a tu tía...

—Iba vestido de verdugo y en la mano sostenía un plumero. Con él debía dar muerte a la abuela. La vi en el fondo del paisaje: era un punto gris que, a medida que se acercaba, adquiría volumen... Repetía entre dientes: «Por fin, por fin, por fin...» A veces no era ella; se confundía con doña Leocadia. Las dos tienen las cejas depiladas y repasadas con lápiz... La abuela me decía: «Aunque lleves la cara tapada, sé muy bien quién eres...» No llegaba a pronunciar mi nombre. Empecé a sacudirla con el plumero. (Un sueño horrible. Un sueño monstruoso.) El horizonte se llenaba de abuelas. Todas iguales. Todas convertidas en Leocadias y Pilares. Yo no era más que un pobre diablo a merced de todas ellas. Me quitaban el plumero, me saqueaban. A lo lejos se escuchaba un tambor. Era igual que si todas las abuelas se pusieran a golpear el wáter con la tapadera. Y la voz de Pilar Poma cantando... Me vi precisado a pedir socorro. Nadie me oía. Gritaba: «Dios mío, Dios mío.» Pero el eco iba de abuela en abuela, sin llegar nunca hasta Dios. Entonces el cielo se abrió. Dios estaba allí, en el centro, sonriendo. Me dirigí a Él. Fui a rozarle con la mano... Dios se apartó: «Con ese vestido no puedes entrar en el Reino de los Cielos.» Me vi otra vez solo naufragando en abuelas. Empecé a insultarlas: «¿Lo estáis viendo? Por vuestra culpa...» Me preguntaron: «¿Quieres el plumero?» Les contesté: «Sí, quiero el plumero.» Pero no me lo dieron. Sólo el mango: «Tómalo; no es un plumero: es un cetro.» Y Julita me repetía al oído: «Acéptalo, tonto... es un cetro...» Entonces golpeé a Julita con el mango del plumero para que no volviera a decir que se trataba de un cetro. Desperté en seguida.

El pequinés de Leocadia Trueba dormía plácido sobre el halda de su ama. Manuela, sentada frente a ella, escuchaba aparentemente interesada lo que le decía:

—Hay que andar con mucho tiento. Por llevar la contraria sería capaz de cualquier cosa...

149

El pequinés era un animalito gruñón, que solía meterse entre las piernas de todo aquel que llegaba a la casa, probablemente para tener una razón de queja. Manuela Lorente acababa de sufrir sus increpaciones y sin duda le complacía verlo adormecido entre los muslos de doña Leocadia.

—Tal vez me precipité... Afortunadamente el yerro está salvado. Al día siguiente volvió muy compungido. Dijo: «Buenas tardes» y se dirigió a la biblioteca, como si no hubiera ocurrido nada. Luego me pidió excusas. Aseguró que no estaba acostumbrado a beber y que el alcohol se le había subido a la cabeza. Para tranquilizarle le dije que, en realidad, yo le había puesto en un brete para probar su vocación.

Manuela asentía servilmente, reforzando su gesto con un «Muy bien» lleno de convicción.

—La verdad es que el chico es una alhaja... Cuando no está en casa se le echa de menos. —Señaló el pequinés—. *Pirula*, ni siquiera le ladra cuando lo ve comparecer... Todos aquí lo queremos...

Había una nostalgia grande en el rostro de Leocadia Trueba. Se le había puesto una expresión maternal, llena de ternura.

—Hay pocos chicos como él —decía Manuela—. Muy pocos. ¡Y pensar que quiere enterrar sus encantos en un seminario!

—Sería criminal...

Leocadia se llevó la mano a la cabeza y retocó el rizo de su frente.

—Es como recuperar mi pasado... Se lo aseguro, Manuela. La verdad es que muchas veces he pensado que la edad tiene poca importancia cuando se tiene un corazón joven. ¿No le parece a usted?

—Y con un aspecto como el suyo...

—De hecho, lo que realmente envejece, es la soledad... Estoy convencida de eso... Estoy segura de que los años «sin soledad» no dejan huellas. —Estiró el cuello, levantó el mentón y le quedó la papada lisa con un hoyo largo en el centro—. Pero la soledad es inevitable... Se nos mete dentro, se adueña de nosotros, retuerce todas nuestras ilusiones...

Manuela Lorente asintió sin apartar su vista del pequinés. Los ojos de Leocadia se inyectaron de soledad.

—La verdad es que no se puede asegurar «de esa agua no beberé». ¿Quién tenía que decirme que tarde o temprano iba a acabar como mi amiga, la duquesa de Leica, o como Titina, la marquesa de Perlaes?

—Todo fuera tan fácil de remediar...

—¿Entonces?

—Cuente conmigo.

—¿Los papelitos...?

—Manuela Lorente es previsora —sonrió con benevolencia—. Para usted hay reserva.

Hablaba con el pequinés; acariciando sus orejas:

—¿Ves tú, *Pirula*? Todavía hay ángeles por el mundo. ¡Como vuelvas a ladrar a Manuela...!

—El animalito me ha visto poco...

—Entonces, ¿dice usted que tendré los papelitos?

—Cuente con ellos. Lo malo es el precio. Esos marchantes son unos ventajistas. Especulan con la carestía...

—Se comprende, se comprende.

Cuando se aproximaba Navidad, las calles de la ciudad se remozaban. Incluso las voces del tránsito adquirían una cadencia distinta, activa, armónica. Las ilusiones obligadas lo absorbían todo. Se apuraban las ideas para superar la celebración de las fiestas; nadie vivía al margen de ellas. Se prolongaban las luces en los escaparates de las tiendas lujosas, se renovaba la semilla de todos los años en cualquier rincón propicio. A pesar de las restricciones energéticas se multiplicaban los letreros luminosos, y pese al frío, se intensificaba el interés por los espectáculos.

Tres noches a la semana, las Ramblas arrastraban coches y tranvías hasta el Liceo. Los guardias vestidos de gala imponían un orden difícil. Los botones abrían y cerraban portezuelas esperando una propina que casi nadie prodigaba. Los pies de las señoras pisaban colas, y las colas arrastraban su-

151

ciedades. Las sedas crujían al unísono en el obligado ir y venir. Olía a gasolina y a perfumes. Dos horas de silencio expectante en la calle. Pasaba la noche. Pasaba el silencio.

Después el volcán del teatro expelía su lava humana. En el pórtico se agrupaban los escotes, las alhajas y las pecheras. Se hablaba alto, se tarareaban las arias recién oídas.

Frente a la masa elegante, los otros.

Eran los oscuros. Los que vivían ignorados. De vez en cuando una dama atravesaba la barrera de esos ignorados. Dejaba una estela de brillo y perfume que hipnotizaba unos segundos a la masa.

Era el lugar de cita de muchos novios, o el punto de partida de algún ratero, o el palco teatral de algún solitario.

Casi ninguno estaba allí por casualidad. Iba allí a «ver» de verdad a los que veía siempre en revistas o periódicos.

Pablo y Julita habían dejado la moto para deambular mejor por las calles. Llegaron junto a «los oscuros» en el preciso momento en que salía la gente del teatro.

—¿Nos quedamos?

—Bueno.

Se unieron a los que miraban, sin preocuparse demasiado de mirar. Envueltos por una costumbre vaga.

—Es la primera vez que me detengo aquí —dijo Julita con cierto orgullo.

—Hay quien viene por sistema. Es su distracción.

—Es bonito.

—Es tonto.

—Hay muchas cosas bonitas y tontas.

El público salía con expresión aturdida y el frío apuntando en la nariz. Buscaban «su coche». Decían «adiós». Se citaban «para luego».

—Esa del traje gris y del abrigo de piel es la marquesa de Moliana... La madre de Clarita...

—¿Donde trabaja Genoveva?

La marquesa sonreía con los dientes muy juntos. Era una sonrisa plácida. Como si no tuviera una hija loca, como si su vida fuera simple y feliz.

—Parece contenta.

—Ya se ha acostumbrado.

Julita señaló a una mujer estridente que saludaba a todo el mundo.

—Ésa es doña Leocadia; la jefa de Paco.

—Extraña.

—Dicen que tiene manías de grandeza.

—¿Te gustaría a ti llevar esos trajes?

—¡Qué sé yo!

Pasaron unos barrenderos calzados con botas de hule. Llevaban los escobones al hombro. Andaban por el centro de las Ramblas, sin prestar atención a lo que les rodeaba, arrastrando los pies y cantando *Nena.*

—Va siendo hora de ir a casa —dijo Julita—. Si tardo se extrañarán...

—El día ha pasado en un soplo —dijo él.

Reemprendieron su camino. El paseo continuaba bullicioso. Faltaba un buen rato para la hora de las flores. Andaban uno al lado de otro, silenciosos, pendientes sin duda de la separación.

—Mañana, domingo —dijo Pablo.

Caían gotas tibias. Podía ser lluvia, pero sólo era relente.

—¿Podré verte?

Julita se ciñó el abrigo. Dijo:

—Bueno.

—Te llevaré a Montjuich, como el domingo pasado. ¿Te hace?

—Bueno.

Se detuvieron a la vez, como si un resorte tácito les obligase a ello. Julita llevaba la cabeza despeinada. Tenía el pelo lacio y suave.

—No me gustaría verte vestida como «aquéllos».

—No es fácil que me veas.

—Tú eres sencilla. Y a mí me gustas así.

—En realidad soy «nadie».

—No es cierto.

—Muchas veces lo he pensado. ¿Cuando muera y me entierren, quién se acordará de mí?

—Yo me acordaré.

—¿Y si mueres tú primero?

A pesar de todo, en las Ramblas olía a flores.

Preguntó él:

—¿No has querido nunca a nadie?

—Nunca.

—¿Podrás quererme a mí, Julita?

—Te quiero ya.

Lo dijo sencillamente, como si estuviera acostumbrada a decir aquello a todo el mundo.

Pablo rozó su brazo. Sin soltarlo ya continuaron andando noche adentro.

—Me quiere, Genoveva, me quiere. Al despedirse ha besado mi frente y me ha dicho: «Hasta mañana, Julita; que Dios te bendiga.» Y luego: «No olvides que eres mi novia.» ¿Lo has oído, Genoveva? Su novia...

—¿Le has hablado de nosotros? ¿Sabe ya cómo somos?

—Todavía no.

—Tú le describiste una familia que no existía...

—¿Qué importa la familia? Nadie se casa con la familia. Se arreglará todo, Genoveva. Estoy segura.

Acordes

En el altar, flores blancas y cirios encendidos. En lo alto, arañas iluminadas. En los pies, frío.

Julita, desde que ha penetrado en la iglesia, no hace más que volverse hacia la puerta de entrada. Paco, a su lado, finge no enterarse de su impaciencia.

Pablo y sus padres no tardan en llegar. Los ve a los tres, nimbados por la luz de unos candelabros situados en el fondo; la madre disminuida entre el esposo y el hijo, rostro empolvado, mantilla engomada.

—Están ahí.

Lo ha dicho pellizcando el codo de su hermano. Paco levanta la cabeza distraídamente. Se sumerge pronto en sus rezos.

—Ya me ha visto —continúa diciendo ella.

Los Junqueras se instalan en un banco vacío, tres filas más hacia delante.

—Fíjate en sus hombros; son anchos.

—Cállate; en la iglesia no hay que pensar en esas cosas.

Paco sigue rezando; probablemente está dando gracias a Dios por el nuevo sesgo que se ha producido en la vida de su hermana.

Julita llevaba muchos años sin asistir a la Misa del Gallo. En el altar contiguo han colocado a un Niño Jesús rosado (labios muy rojos, cejas pintadas de castaño) sobre una cuna llena de virutas y una cruz de rama en la cabecera. A los lados, dos cirios largos de llamas oscilantes y humosas, esparcen un violento olor a cera quemada, cuando alguien pasa ante el altar.

La iglesia rebosa gente resfriada. Se escucha una constante sonata de carraspeos y toses. El órgano sofoca pronto el ruido humano.

157

Cuando los sacerdotes y los monaguillos aparecen, las luces se intensifican.

Julita ya no se fija en los hombros de Pablo. La Virgen del centro, engalanada y rutilante, súbitamente iluminada por focos imprevistos, se apodera por completo de su atención.

Tiene los brazos extendidos hacia ella, suplicantes, acogedores.

Es una Virgen joven, relamida y atrayente. Julita la contempla como si fuera de carne y hueso.

Algo en ella la obliga a rezar. No utiliza palabras. Reza sin fórmulas, con la mirada, con el deseo, atenta a los brazos de esa Virgen que parece humana.

El tiempo avanza. Pero los brazos continúan en la misma posición. Julita teme que, al dejar de rezar, los brazos de la imagen caigan a lo largo del cuerpo.

Cuando su hermano le dice: «Espérate aquí», apenas se da cuenta de lo que ocurre. Vagamente lo ve dirigirse al comulgatorio, adherido a la cola de gente.

Tras él avanzan Pablo y sus padres.

Julita sigue rezando; acaso avergonzada por no formar parte de la cola, acaso triste de sentirse excluida.

Al empezar la segunda misa ya no hay frío en los pies.

El día de San Esteban trajo sol. Parecía hecho de neón de puro blanco. La ciudad se veía lívida bajo aquel sol posnavideño.

—Apuesto a que vas a encontrarte con aquel muchacho.

No dijo ni que sí ni que no. Continuó alisándose la melena.

—¿Qué día aprenderás a confiarte a tu madre?

Enriqueta, frente a su hija, se recogió el delantal (todavía con las huellas del pavo muerto y comido), sus manos hinchadas y torpes.

—El serial, mamá, es la hora de tu serial...

—Eso es, a despistarme, a echarme de tus dominios... ¡Ay, la vida!

Lo decía con el sonsonete de siempre, sin excesiva convicción.

—¿Qué día vas a traerlo a casa?

—A lo mejor nunca.

Debía de saber que aquella frase iba a exasperarla, porque inmediatamente inició un ademán cariñoso con el peine que sostenía en la derecha.

—Vamos, vamos... Bromeaba...

Acarició la mejilla de su madre con el borde del adminículo.

—¿Te ha dicho algo?

—Quiere casarse conmigo.

—¡Casarse!

Era un vocablo tan grato como el número 14 de las quinielas.

—Hija mía...

—Pero ni una palabra a nadie...

Le puso la mano en la boca.

—Prometido... prometido...

—Confío en ti.

La besó en la frente y salió de su casa.

Para evitar comentarios entre los vecinos se había citado con Pablo en la esquina de Marqués del Duero.

Andaba ligera; el mirar despejado. Pasaba por delante de los antiguos prostíbulos (acaso, por primera vez, ajena a ellos) sin alterar su expresión, sin esbozar el menor síntoma de malestar. La miraban pasar algunas prostitutas que, ociosas y asqueadas, esperaban una clientela difícil, con envidia en sus pupilas y una falsa arrogancia en el ademán.

Algún borracho la obligó a desviarse. Algún vendedor ambulante la saludó: «Adiós, Julita.» Algún mechero silbaba con retintín.

En la calle abundaban los vendedores ambulantes; vendían cocaína disfrazada de cordones para zapatos y navajitas de filigrana.

Pasó ante el cine. Leyó el letrero de «no apto» y observó a tres chiquillos que, fumando colillas, discutían el sistema para burlar aquella prohibición.

La tarde era plácida. Llevaba a lomos un descanso grande. Era una de esas tardes propicias para asentar alegrías y desarrollar ilusiones.

Lo vio en seguida frente al cine Arnau. Su canadiense destacando entre los abrigos. Su moto arrimada a la calzada.

Le llamó desde la otra acera con voz vibrante y agrietada. Pablo no pudo oírla hasta que estuvo cerca, debido a la reiteración del tránsito. Pero la estuvo mirando mientras sorteaba, cimbreante, los vehículos.

Se dieron la mano con la misma unción que si se besaran. Montó ella a horcajadas en su moto. Sonó el tubo de escape con violencia, rompiendo la placidez del ambiente. Bordearon el mar; contemplaron el montículo del cementerio, llegaron a lo alto de Montjuich.

Allí arreciaba un viento helado que obligaba a caminar dificultosamente. Estaban solos gracias a aquel viento. Corrían papeles y desperdicios por el pavimento hurtándose y buscándose a la vez. En la esquina, todavía se alzaban las cajas de sifones de madera humedecida. Un poco más viejas, un poco más abandonadas. Las rendijas del quiosco cerrado producían sonidos de viento tamizado, quejicoso y agudo.

Llegaron a la baranda. El mar disparó espuma.

—No podré volver ya a este sitio sin recordarte.

Los cuerpos firmes hacia el mar embravecido, las manos unidas, el rostro aplastado contra el viento.

En aquellos momentos nada en Julita y en Pablo era insignificante, nada adocenado. Las afirmaciones y las negaciones de los demás, dejaban de tener sentido. Todo estaba a sus órdenes, todo se había hecho para ellos. La vida no podía concebirse sin duda entre ambos, más que como una fuerza que brotara de sí mismos, como un punto de partida innato, propio, común a los dos.

—¿Por qué no viniste antes, Pablo?

Apoyó la cabeza en su brazo, probablemente sin deseo, probablemente por voluntad de un halo imperceptible, puramente metafísico.

—Si pudiéramos detener el tiempo. Si pudiéramos hacer que este momento durase siempre...

—Tendremos otros...

—¿Estás seguro?

—Serán todavía mejores...

—Nunca hay nada mejor...

160

—No hables así —le puso la mano en la boca y dejó que ella la besase—. ¡Daría un mundo para curar esa melancolía tuya! ¿Quién te la ha dado, Julita?

—No lo sé; el miedo, quizá.

—¿De qué?

—De todo. Me asusta ver lo fácilmente que mueren las cosas.

—Cuando seas mi esposa, no hablarás así...

Un trueno lejano daba ronquera al soplido del viento.

—Nunca hay nada mejor —volvió a decir Julita—. Nunca las cosas vuelven a ser como antes. Habría que detener este momento, Pablo, hacerlo durar indefinidamente, llevárnoslo; cuidarlo para que no se destruya...

Miraba en torno, angustiosamente, como si alguien aguardase la ocasión de robarle «su momento».

Pablo la atrajo suavemente hacia él. Cogió su cara entre las manos. Besó sus labios despacio.

Dijo ella:

—Ya lo has destruido... Pero no importa; bésame otra vez.

Entraron en el cine. Las manos de ambos se unían ávidamente, ansiosas de caricias mutuas. La pantalla reflejaba una historia gris, sin relieve. Indiferentes vieron reír, gesticular, correr. Hombres, mujeres y niños se movían de un lado a otro, obsesionados, fascinados, preocupados. Pablo y Julita lo miraban todo desligados del espectáculo. Con la atención acumulada únicamente en los dedos.

Salieron luego a la noche; las palabras no dichas brotando en sus miradas. Montaron en la moto y siguieron callejeando. Se detuvieron en la farmacia. Subieron al piso todavía cogidos de la mano.

La madre los recibió sonriente; murmuraba disculpas por la ausencia del marido, ofrecía galletas, jarabe de almendras, borregos...

Julita apenas habló. Se la veía cohibida, acaso presa del recuerdo del remojón.

—Dijo Pablo que estuviste en la Misa del Gallo... ¿Por qué no te acercaste a nosotros?

—Me daba vergüenza...

Pablo, en su casa, parecía otro. Se permitía libertades con la madre, le gastaba bromas que ella aceptaba con visible agrado, y fingía tratarla como si fuera una chiquilla.

—A las madres hay que enseñarlas a vivir, ¿verdad, Julita? Seguro que a ti te ocurre lo mismo con la tuya... ¡Analfabetas de la vida! Eso es lo que son las madres hoy día.

—Presuntuoso...

La vivienda tenía aún los sonidos del accidente, el aire enrarecido del accidente.

—Es ya muy tarde... En casa estarán inquietos...

La acompañó Pablo sin moto ya. Andaban Ramblas arriba, con los brazos entrelazados. Se detuvieron en la esquina de su calle.

—Será mejor que nos despidamos aquí...

Mientras se iba, lo miraba.

Parecía como si quisiera fijar aquella silueta en su retina.

Vino Reyes y hubo regalos. Enriqueta comentaba:

—¡Lo que son las malas lenguas! Decían que ya no trabajaba en la editorial... Pues, para que lo sepáis, me trajo la paga doble y sin retraso.

Finita no le contestó. Sentada ante la mesa del comedor, intentaba poner en orden sus cuentas. Con la punta de la lengua remojaba el lápiz, miraba el techo, volvía luego a sus garabatos.

—No me salen.

Pero Enriqueta había cogido la carrerilla de Julio y seguía hablando de él.

—Me ha asegurado que su novela está ya muy adelantada, que no la trae a casa para no caer en la tentación de leérnosla antes de acabarla. Dice que las obras se estropean si se leen antes de terminarse...

Pilar, en el retrete, cantaba el último acto de *Aida*. Hacía de tenor y de soprano. Se preguntaba y se contestaba.

Julita llegó con un paquete que dejó sobre la mesa del comedor.

—Mirad, mirad, el regalo de Pablo...

Eran libros: *Los nadales.*

—Le dije que me gustaba leer...

Los enseñaba con fruición, los acariciaba como si fueran humanos, los miraba por el canto, leía los títulos en voz alta...

—Debe de ser un muchacho culto —comentaba Enriqueta.

Genoveva no llegó hasta la noche. Traía un bolso de becerro, regalo de la marquesa. Dentro le habían puesto un billete de quinientas pesetas.

—Y eso que estaba molesta por lo del pipí de Clarita...

Lo enseñó casi alegremente.

—Ahora podré comprarme los zapatos...

Juana trajo provisiones, como todos los años. Latas de aceite, arroz, azúcar y chocolate.

Lo dejó todo en la cocina.

—Como estoy libre me quedaré a cenar con vosotros.

La esperaban ya. Era la costumbre. Don Alfredo era padre de dos hijas y no podía faltar en su casa aquella noche.

—¿Y a ti qué te traerán los Reyes? —preguntaba Pilar a su hija.

La contemplaba como si se mirara al espejo, satisfecha de ser su madre.

—Mañana lo sabré. Éste no me falla... Acordaos de lo que me dio el año pasado...

Fue el orgullo del barrio. Nadie lo había olvidado aún. Un abrigo de ocelot que se ponía únicamente en las grandes ocasiones.

Paco trajo también un obsequio de doña Leocadia: una cartera de piel auténtica con sus iniciales en la esquina.

—Demasiado buena para mí —repetía.

Pilar la escudriñaba de cerca, cejijunta y nerviosa.

—¿Serás simple? Nunca habrá nada bastante bueno para ti... Señal de que está contenta con tu trabajo...

El canario cantaba radiante. Pilar, impulsada por el animalito, iniciaba una rumba pasándose por las caderas el pañuelo de nylon que acababa de regalarle su hija.

—Vamos, pimpollo, animarse... Hoy es una noche alegre...

Ponía los ojos en blanco mientras se contoneaba a impulsos de sus propios cantos.

Paco se dejó caer en el catre. Se frotó las manos una contra la otra mientras Juana y Enriqueta jaleaban a Pilar:

—Así, así, muy bien...

Julita se sentó junto a Paco.

—Déjalos; no te preocupes... No les hagas caso.

Finita continuaba haciendo cuentas, aparentemente desligada de los demás. Juana se acercó a sus sobrinos:

—¡Seréis vejestorios! ¡Aprended de nosotros! ¡A bailar, a bailar!

La abuela seguía moviéndose frotando el pañuelo de nylon contra sus caderas, derrochando ridiculez y energías, vendiendo por la miseria de un goce establecido, el espectáculo de su propia ruina y añadiendo malestar a su artritismo.

Corrió Paco hacia el retrete, como si le acuciara una necesidad.

Juana preguntó:

—¿Está malo?

—No; se ha ido para no veros... —contestó Julita.

Al llegar Julio, la escena quedó truncada. Venía con regalos para su mujer, para sus hijos y para su madre. Por primera vez, en muchos años, decidió olvidarse de Finita y de Genoveva.

Con ademán nervioso extendió los objetos en la mesa y apartó los papeles de su cuñada como si le estorbaran.

Aquella noche Finita no cenó. Genoveva sonreía.

Cuando Pilar quedó a solas con su hijo, le dijo:

—No debiste hacer ese desprecio a Finita; no lo merece.

—Hago lo que me parece. Finita me está hartando...

Pilar se encogió de hombros.

—Allá tú. Ya eres mayor de edad...

Se fue hacia su cuarto arrastrando los pies.

Paco dormía en el catre del comedor. Tenía una expresión apacible, de hombre sereno. Julio contempló a su hijo casi con ternura. Chupó el estómago, ladeó un hombro y se fue a la cama.

—Tan boba como su hermano... ¡Desperdiciar al señor Fernández por el tipo ese que estudia medicina! Todo porque parece ser que la trata con respeto y le habla de bodas. ¿Cuándo se dará cuenta esa boba de que las mujeres como ella no se casan? Y suponiendo que cometiese la estupidez de casarse... ¿Qué ganaría con ello? Un cuarto estrecho en casa de unos suegros roñosos, un niño cada año con sarampiones, tosferina, ganglios y diarrea... Respirar para ahogarse y ahogarse para renegar de la mañana a la noche de su pretendido amor. ¡Amor! ¡Amor! ¡Mierda! Todo para acabar pidiendo ayuda a sus padres... El pan nuestro de cada día: «La vida está tan cara... La vida ha subido tanto...» ¡Como si el matrimonio fuera «jauja»!

—A veces se acierta.

—¿Y lo dices tú, tú, como si el matrimonio tuyo fuera un premio?

—Lo ha sido, Finita, lo ha sido.

—Grotesca... ¿Qué te ha dado Julio? Malestar, enfados, manotazos, desprecio...

—Me ha dado también dos hijos.

—¡Bah! Eso los da cualquiera.

—Pero no como los míos.

—No irás a decirme que te compensan... ¿Qué has sido tú, para Julio, vamos a ver? El último mono...

—Antes no decías eso. ¿Por qué quieres ponerme a mal con mi marido?

—No merece tu respeto. Tiene una querida.

—Es la edad.

—¿Y te parece bien, así, por las buenas?

—Lo perdono. Si no lo quisiera, tal vez no lo perdonaría.

El agua se escurre por el rostro de Leila, cae directa al lavabo. A tientas busca la toalla. Lleva el pelo recogido en la coronilla y va desnuda de cintura para arriba. Al abrir el tapón del fondo, la tubería se queja con sonido gutural, como de persona ahogándose.

La cara tapada por la toalla, el busto al aire, dice:

—Esta maldita agua apesta más que nunca.

A pesar del jabón, el olor a cloro predomina.

Julio, sentado frente al lavabo, pregunta con sonrisa tímida:

—¿De modo que hoy no quieres...?

Leila, los brazos en alto, la toalla agitada, contesta apresuradamente:

—Te has retrasado y no tengo tiempo.

—No ha sido culpa mía... —se excusa con evidente desencanto en su acento—. Te expliqué los motivos: en mi casa los asuntos ya no funcionan como antes... Me he visto precisado a buscar una solución.

—Supongo que del mismo modo que les mientes a ellos, puedes mentirme a mí.

Lo dice agresiva, mientras se coloca las prendas de vestir. Cuanto más se cubre, más se acentúa su desnudez.

—Leila, por favor, atiéndeme...

Le coge las manos, la obliga a sentarse en la cama.

—Te doy cinco minutos.

Julio Brutats se lleva el índice y el pulgar a los ojos. Los frota. Parece como si fuera a hacerlos saltar. La frente queda llena de pliegues tristes y caducos.

—Te he dicho mil veces que en mi casa me atosigan... Todavía creen que trabajo en la editorial; exigen la paga... He tenido que pedir prestado a un amigo.

Leila ha cruzado las piernas. La mano en su barbilla.

—Te doy cinco minutos; ni uno más ni uno menos.

La pierna colgante se balancea como si fuera un péndulo. El zapato despegado del talón. Solamente prendido de la punta del pie.

—Por Dios vivo, ten paciencia... Ese amigo me ha dicho que era la última vez que me prestaba dinero...

—¿Y tu novela?

—Sabes muy bien que no puedo escribirla... Me trastornas demasiado para andar escribiendo novelas...

—A lo mejor no sirves.

Leila se ha puesto en pie. Su cabeza en alto, su busto turgente y audaz, apuntando el cuello de Julio, las manos apoyadas en las caderas, el moño deshecho.

—Es horrible, horrible...

Lo ve encogido, dándose golpes en las sienes con los puños.

—Me estoy desmoronando y no sé de quién es la culpa.

—Eres un pobre hombre, Julio.

Lo dice con rabia. Como si llevara la frase demasiado tiempo prensada en sí misma. Nerviosamente se ciñe ahora el vestido. Cimbrea la cintura para abrochárselo.

Julio contempla su cuerpo, casi desesperadamente:

—He sido un imbécil, un imbécil...

—Has tardado en darte cuenta de eso...

Coge las muñecas de Leila, la obliga a prestarle atención.

—Entonces tú... nunca me has querido...

—Te dije que las mujeres como yo no podían permitirse el lujo de enamorarse...

—Sin embargo antes... era todo tan distinto...

Julio jadea, Leila sacude sus manos; empieza a cepillar su pelo.

—¿Qué has hecho del dinero, Leila?

—Guardado para la tienda.

—La historia de la tienda me preocupa... ¿Para quién va a ser la tienda?

—¿Para quién quieres que sea? Una tiene que vivir. ¿No te parece?

Inclina él la cabeza asintiendo, sometido de antemano a sus mentiras, aceptando cualquier solución con tal de que sea verosímil.

—Entonces no hay remedio...

—¿De qué estás hablando?

La melena de Leila es vaporosa y rubia. La cepilla cuidadosamente, acaso para irritar a Julio.

—Finita lo sabe todo. A mi mujer la he engañado, es fácil engañar a Enriqueta, pero Finita es más lista...

—Lo malo tuyo es que no sabes prescindir de los demás. En el fondo tienes miedo...

—¿Qué quieres que haga?

—Te lo dije ya hace mucho tiempo: definirte. Deberías

comprender que una no puede ir nadando siempre entre dos corrientes. Yo no soy ni como Enriqueta ni como Finita.

—Entonces...

Se pone el abrigo. Hay algo en Leila ahora que recuerda a la mujer que conoció en el bar Simona.

—Llegará un momento en que no tendrás más remedio que elegir entre ellas o yo.

Los ojos de Julio se abren, las órbitas lagrimean.

—Leila, por favor; no me provoques...

Hermética, se pone los guantes. Son negros y tienen las puntas algo gastadas. Mientras los alisa, pregunta:

—¿A quién elegirías?

—¿Puedes dudarlo?

Se deja arrastrar por los brazos de Julio, se deja besar en la nuca.

—Perdóname, Leila, perdóname...

Hace ademán de marcharse, pero Julio la retiene por la manga.

—Escucha; estoy en un apuro. Necesito dinero. ¿Podrías ayudarme?

—Te quedaba algo en el banco.

—En casa lo necesitaban. Contaban con mi sueldo, luego llegó Navidad, llegó Reyes... Tuve que gastar lo que quedaba.

—¡Serás borrico!

Repite él:

—Es horrible, horrible.

—Siempre existe el recurso de volver a la editorial.

—Imposible; mis compañeros se reirían de mí.

Se encoge de hombros. Pone la mano en el picaporte:

—Reírse de ti... ¿Qué más da? Si sólo fuera por eso... Todo el mundo se ríe de todo el mundo —mira el reloj—. ¡Pasaron los cinco minutos!

—¡Leila!

—¡Adiós, escritor!; procura no cansarte demasiado.

Cierra la puerta tras ella. La voz de Julio rebota contra la madera:

—Leila, Leila.

Sale a la escalera. Insiste:

—Leila, Leila...

La voz se pierde por el hueco del ascensor. Julio se apoya unos instantes en la baranda y mira los cables embadurnados de grasa. Tienen color de rata. Oye la voz del portero despidiéndose de alguien. ¿Leila? Se escucha luego la puerta corredera. El ascensor se pone en marcha con sonido parecido al de una arcada estomacal. Despacio va subiendo de rellano a rellano.

La ciudad está impregnada de desolación. Cada calle un desierto, cada pared un témpano. Los pasos de Julio parecen exclusivos, como si estuviera solo en la tierra, como si cada uno de esos pasos absorbiese los pasos de los restantes seres humanos.

Avanza en ese mundo de soledad, acaso desprendido de toda conciencia, ajeno tal vez a sí mismo; ni bueno ni malo, ni sano ni enfermo, ni viejo ni joven. Diluido. Despojado de su razón de ser.

Cruza la plaza de Cataluña. Se detiene ante las estatuas. Se fija en los niños que juegan, habla con las palomas, ensucia sus zapatos.

No obstante el desierto que lo rodea está lleno de tránsito. Cada vez más activo y frenético. Se cruza con una caravana de hombres anuncio. Llevan los rostros impávidos, como si también anunciaran algo.

Una vez en la Rambla, encuentra otra caravana. Son iguales que los primeros; parecen casi muertos. Nadie se fija en ellos. Sólo miran el cartel. Alguno se acerca para leerlo mejor. Son hombres que no pueden aspirar más que a eso, a ser leídos. Nadie jamás mirará sus facciones, o sus movimientos, o sus sonrisas.

Pudiera ser que Julio se creyera también un hombre anuncio, porque al percibirlos, aparta la vista. Hay algo en ellos que le duele visiblemente.

Un racimo de mujeres fáciles cruza la acera. Los hombres las piropean, las miran codiciosamente, pero no se detienen. Es una hora difícil para las mujeres fáciles.

Julio está cerca de ellas. Las conoce. Viven en su calle.

169

Casi todas llevan el pelo grasiento y una permanente barata. Casi todas son gruesas y caderosas. Casi todas tienen la voz chillona.

Antes de llegar a su calle, tuerce a la derecha. A los lados, escaparates de libros. Es la calle de los distribuidores.

Julio «domina» esa calle, la conoce bien no sólo porque la suya está cerca, sino porque varias veces ha tenido que frecuentarla por orden del señor Bermúdez.

Abre una puerta, suena el timbre. Desde el fondo del local se escucha una voz al tiempo que Julio entra en él.

—Ya voy.

Aparece un hombrecillo menudo de aspecto inhóspito y gorra calada. Tiene los dientes escasos y la nariz obstruida. Cuando habla parece como si fuera a salirle algo de sus fosas nasales.

—¿Tú?

—Ya lo ves: aquí me tienes otra vez.

Finge desenvoltura, tranquilidad de espíritu.

—¿Qué pasa?

—Nada, hombre, nada... No te alarmes...

Ríe con sonido de «o», como si estuviera en su casa, como si fuera, en efecto, un hombre digno de reírse así.

El hombrecillo hace sonar su nariz soplando y aspirando. La mucosidad sube y baja en su prisión nasal.

—Convendrás en que tengo que estar alerta... Cada vez que has venido últimamente, ha sido para sacarme dinero.

—Hombre; si me dieras algo, no me vendría mal...

—Te dije que yo ya no te prestaba. ¿Por qué no se lo pides a Bermúdez?

Julio Brutats coge un libro. Lo hojea, lo escudriña.

—No puedo.

—Entonces, ¿es verdad que ya no trabajas en la editorial?

—¿Quién te ha dicho eso?

—Se rumorea.

—La gente, la gente... ¡Serán cafres! No es exacto, no es exacto. No voy por allí porque llevo un trabajo entre manos. Volveré cuando lo termine.

—También se chunguea mucho sobre eso de la novela.

—No veo por qué.

—Hombre; cuesta imaginarte novelista.

—Al fin y al cabo, nadie más adecuado que un corrector para escribir...

El hombrecillo hace como si se sonara. Le queda todo en el mismo sitio.

—Además, la otra historia...

—¿Qué historia?

—La de la mujer que te ha sorbido el seso.

—¡A mí nadie me sorbe nada!

Levanta la mano en señal de despreocupación, la sacude de arriba abajo como si espantara insectos.

—Pues por ahí dicen que se ha tragado todos tus cuartos.

—Malas lenguas, malas lenguas...

El hombrecillo se rasca una oreja, la gorra se ladea ligeramente.

—¿Y se puede saber qué demonios has hecho con el dinero de las quinielas?

Brutats frunce los labios, encoge el mentón, esboza una mueca despreciativa como si dijera: «Qué me importan a mí esas cosas» y dice luego con voz desequilibrada:

—¡Como si hubiera ganado millones! ¡Ni que fuera un Rothschild! Mi familia es numerosa... Se entusiasmaron... Ya sabes lo que pasa... Todo se fue en regalos de poca monta. Que si unos zapatos, que si un vestido, que si patatín, patatán...

El hombrecillo hace sonar su nariz, se sube los pantalones, los deja bajar y dice:

—Pues conmigo ya no cuentes.

Brutats se desmorona. Es como si los pies se le despegasen del suelo, como si todo oscilase. Se apoya en el mostrador:

—Escucha: es más serio de lo que parece.

El hombrecillo retrocede. No le debe de gustar ver el desmoronamiento de Julio. Mira hacia atrás, pretexta algo indefinido. Busca argumentos para que se vaya.

—Ahora no puedo atenderte... Tengo prisa... No puedo, de verdad.

Le habla como si estuviera apestado y temiera contaminarse.

171

—No puedo, vete, vete.

Pero Julio se anticipa a su retirada. Le corta el paso, le agarra de la americana, le lanza vahos de pescado frito:

—Por favor; déjame que te explique.

Su primitivo desparpajo se ha disuelto. Nada en él refleja sosiego o estabilidad. Ni siquiera refleja alarma. Sólo terror.

—Estoy desesperado. ¿Me oyes? ¡Desesperado!

—Otro día; ahora no puedo.

Pero Brutats no se aparta de allí. Le entra la prisa por hablar y habla. Vuelca palabras, confunde miserias, esgrime recuerdos...

—Por favor.

El hombrecillo tose. Tiene una tos parecida a la de Julio. Es débil; de niño tuberculoso, producida tal vez por la mucosidad permanente de sus fosas nasales.

—¿Por quién me has tomado? ¿Crees que soy el único mortal sobre la tierra?

El terror al sablazo preside ahora el menor de sus movimientos defensivos. Diga cuanto diga Julio, será completamente inútil. Nada podrá ablandar al hombrecillo.

—Tienes a tu hermana. Pídele socorro a ella. Al fin y al cabo su amigo es rico. Él puede ayudarte...

—Juana no sabe lo que me pasa.

—Pero ¿qué te pasa?

—Estoy vencido —confiesa—. Soy un desgraciado. Me han desplumado.

Sus brazos son largos. Demasiado largos para la brevedad de su cuerpo. Podrían ser los brazos de un simio. Le caen desolados sobre el pantalón. Un calcetín blanco asoma entre el borde del zapato y la vuelta de la tela.

—Vete a verla... Al fin y al cabo es tu hermana... Todos podemos tener un mal momento.

—Juana es egoísta. Mientras no se le pida nada, todo irá bien... Pero en cuanto se le da a entender que ha de ayudar...

—Inténtalo.

Julio Brutats asiente, levanta el hombro, encoge el estómago.

—Adiós.

Sale de la tienda achicado, con el andar oblicuo, la espal-

172

da encorvada. La americana le respinga un poco por detrás.

Tuerce a la izquierda. Las calles adyacentes a la suya, suelen tener ropa tendida en los balcones. De baranda a baranda, las prendas bailotean con ritmo de fantasma.

En la calle nunca se ve ropa tendida. Eso debe de ser propio de las vías secundarias.

—No hay día que no me pregunte: «¿Cómo va lo de la tienda, Leila?» ¿Qué puedo contestarle? «Bien, hombre, bien: pero aún no he encontrado local.» Como es natural no me cree. Llevamos varios días muy tirantes. Dentro de poco estallará la bomba. Le he puesto ya en el dilema de «o ellos o yo».

—Corres el riesgo de que te elija a ti.

—Imposible. Lo conozco bien. No podría vivir sin sus Finitas ni sus Enriquetas. Se ha acostumbrado a que lo traten como a un dios.

—Los hombres se cansan de ser tratados como dioses.

—Buena experiencia tendrás tú de eso,.. El peor día vuelves a dejarme... Me quedaré como antes, como siempre: la conciencia un poco más sucia.

—Esta vez ya no me voy... Sólo la muerte...

—¡Cállate! No hables de muertos... A veces pienso, que el mundo es sólo una gran parodia, que en realidad todos estamos muertos... Por eso necesitamos mendigar, siempre mendigar; para convencernos de que estamos vivos, para tener un motivo que nos haga latir... Mira la calle: caminan, ríen, hablan. Pero están muertos. Todos estamos muertos. Sólo algunos privilegiados...

—Por favor, Leila: no te pongas sentimental.

Enfila hacia Marqués del Duero. Los letreros perpendiculares a las fachadas, empiezan a iluminarse. La Perfección (habitaciones), La Exquisita (pensión), El Buen Reposo (por horas). Se cruza con los vendedores ambulantes. El mutilado

173

está ahí, junto a la esquina. Nunca lo ha saludado. Pasa de largo sin mirarlo siquiera.

Hasta él llega el taconeo reiterado de una clase de baile: «A ver otra vez: Uno, dos, uno, dos...»

Es la hora del relevo. Aunque la calle nunca se cansa, tiene relevos. La corriente que empieza ahora es más vital, más activa. La calle tiene siempre un argumento, siempre un motivo. Es como un sueño que no acaba de recordarse, o como una pesadilla que está a punto de ser sueño. Cambia y no cambia. Depende de las horas.

En la esquina de Marqués del Duero siempre hay gente. Sobre todo cuando llega la flota extranjera. El bar de la Bella Dorita, todavía llama la atención del turista.

Un borracho tropieza con Julio Brutats. Grita:

—Viva la gente honrada y elegante.

El desgarro de su voz impide que se burlen de él. Un transeúnte le pregunta:

—¿Por qué los honrados han de ser forzosamente elegantes?

Julio no escucha la respuesta. Antes de cruzar Marqués del Duero, se mete en el urinario. Está solo. Sus pies (zapatos sin lustre, enharinados, de suelas viciadas por el andar) se instalan entre dos charcos húmedos. Desde fuera se ven pequeños, impotentes y llenos de vergüenza.

Si el urinario hubiera estado lleno, los pies de Julio hubieran cobrado la importancia de la colectividad. Pero, en estos momentos, son únicamente dos detritus, dos residuos abandonados a su propia miseria.

Cuando sale, produce la impresión de que los pies continúan en el sitio de antes, junto a los charcos.

Le resulta difícil andar sin pies. De vez en cuando se vuelve para mirarlos; probablemente los ve allí, en el urinario, tristes, decaídos.

Levanta una ceja como para darse ánimos, chupa el estómago. El muñón de carne prominente, las manos caídas.

Se detiene unos segundos ante la parada de tranvías. Hace ya mucho tiempo que no sube al 62 para ir a la editorial. Hace mucho tiempo que no repite a su compañero de viaje: «La hora de siempre. La hora vacía.»

Desde ahí, puede verse la casa de Juana (su pisito florido, sus balcones alegres). Suspira. Se mete la mano en el bolsillo del pantalón (ademán socorrido y desenvuelto), atraviesa la avenida, se mete en el portal. La casa es moderna y tiene portero. Aunque va sin uniforme, lleva gorra.

—Buenas tardes, don Julio. Tanto bueno por aquí.

—¿Está mi hermana?

—Acaba de llegar.

—¿Sola?

—Sola.

Levanta la mano, saluda a modo falangista, se mete en el ascensor. El portero lo acompaña y pulsa el timbre.

Juana misma le abre la puerta.

—Menuda sorpresa.

Nerviosa, indecisa, le advierte:

—Don Alfredo está al caer.

—Es sólo un momento... Necesito hablarte.

Juana va acicalada. Se nota que se ha arreglado para provocar el desarreglo. Pero la visita de Julio sin duda amenaza el próximo desarreglo.

Le invita a pasar al salón. Le dice:

—Bueno, desembucha ya.

Julio se pellizca lo alto de la nariz, como hacen los miopes al quitarse las gafas:

—Estoy en un apuro, Juana: necesito dinero urgentemente.

Juana cambia de posición:

—Pero... ¿Y lo de las quinielas?

Julio intenta explicar. Se pierde en una total falta de argumentos.

—Entonces ella...

—No pienses mal, por favor... Ha invertido el dinero en un negocio... Pero mientras tanto...

—¿Lo sabe la familia?

—No tengo costumbre de dar cuenta a nadie de mis negocios...

Juana se encara con su hermano. Le amenaza con el índice:

—Julio, a mí no me engañas. Le has dado el dinero a esa mujer.

175

—No se lo he dado. Se lo he prestado. Iremos a medias en el negocio.

—Te digo que a mí no me engañas... —se detiene en medio de la habitación, las manos en la cintura—. Se lo has dado a ella, a ella, a ella.

—Entre dos que bien se quieren...

—¿Serás idiota? ¿Te has mirado al espejo?

Julio tensa las mandíbulas. Se le ven turgentes tras la transparencia de la piel.

—¡Si conoceré yo a las compañeras de oficio! ¿Por qué no le pides el dinero a Bermúdez?

—Por algo eres mi hermana... digo yo...

—Julio, a mí no me engañas. Si no le pides el dinero a Bermúdez es porque ya no trabajas con él.

Se escucha un frenazo violento seguido de un golpe. La habitación parece sacudirse, balancearse y luego perder gravedad. Llegan voces de la calle en sordina pero frenéticas.

—Reconoce que ya no trabajas con Bermúdez.

Julio renuncia a la mentira. Agacha la cabeza:

—Estoy vencido, Juana, vencido...

—¿Cuánto necesitas?

—Lo que tú quieras darme. Es para ir tirando hasta que encuentre otra colocación...

—¿Te hace dos mil pesetas?

—Bueno.

La ve perderse en la habitación trasera, la oye hurgar cajones. Al volver le entrega un sobre.

—Y ahora vete. Don Alfredo está al caer. Ya sabes que no le gusta encontraros en casa...

El sonido callejero mengua. Se oye un ruido metálico al despegarse los vehículos accidentados.

—Y sobre todo: ni una palabra a Finita.

—La primera vez en su vida que me ha pedido dinero. Al fin y al cabo dos mil pesetas no es ningún capital... Pero cuando una ha luchado tanto para conseguirlas... Bueno, no me refiero a lo nuestro. Tú sabes que lo de ahora no es lucha. No me mires así, Alfredo; no soy tan tacaña como tú dices. ¿De cuándo acá me hubiera desprendido de esa cantidad si fuera tacaña? Lo importante es que encuentre trabajo. Tú conoces a Bermúdez... Podrías hablarle. Pedirle que...

El peregrinaje hacia la primavera, prolongaba el día y clareaba las viviendas. En la terraza de doña Leocadia, el limonero amarilleaba rápidamente. Ni siquiera las ventiscas de febrero lo secaban. Sus frutos cuajaban agraces, y las ramas, cada vez más crecidas, golpeaban el ventanal persistentemente.

Paco trabajaba silencioso, ajeno ya al incidente pasado, sometido nuevamente al conformismo de un contrato establecido entre su «jefa» y él.

Antes de entrar ella en la biblioteca, entró *Pirula*. Llegó el pequinés, haciendo sonar sus menudas pisadas por el pasillo furtivamente, como si esquivase algo. Se metió entre las piernas de Paco. Luego llegó su ama.

—¿Te he asustado, hijo?

Se puso de pie y se arregló el nudo de la corbata:

—No, no señora...

Apoyada en el escritorio, doña Leocadia miró el trabajo del chico, sus ojos cercados de negro, sus brazos fofos y tembleabantes, proyectados hacia la mesa, su escote lechoso y blanco ligeramente sobresaltado.

—Tengo la impresión de que, desde el día de mi cumpleaños, ya no soy la misma para ti...

—Por Dios, no diga usted eso...

Se esforzaba en parecer natural...

—¡Si fuera posible hacerte comprender que todo lo dije para probar tu vocación!

Señaló la mesa, con la palma vuelta hacia arriba, como si la vocación de Paco estuviese allí, sobre la tabla, entre los papeles, el tintero y la pluma.

—Algún día lo comprenderás.

Se fue dejando en el aire una impresión neblinosa, algo que probablemente Paco no llegaba a dilucidar. Cuando se

177

cercioró de que estaba solo en la casa, se arrodilló cara al ventanal y mientras el limonero golpeaba el cristal, él golpeaba su pecho. Repitió: «*Mea culpa, mea culpa...*»

Caía la noche cuando Leocadia entró súbitamente en la estancia y lo sorprendió rezando:

—¿Usted?

Tenía aún los brazos en cruz, el rostro escarlata, la expresión casi airada.

—¿Cómo puede estar aquí si la he oído salir con el perro?

—Era la muchacha.

Le costaba ponerse en pie. Su cuerpo oscilaba.

—¿Qué te ocurre?

—No lo sé... La impresión, el susto... Todo parece dar vueltas.

Se apoyó contra el escritorio.

—Demasiado trabajo... ¿Has tomado el café con leche?

Tenía la taza a medio vaciar, con una capa de nata en la superficie.

—Acábatelo; te sentará bien. Estarás débil.

Lo sorbió sin ganas. Se dejó caer luego en la butaca.

—No sé lo que me ocurre... Lo veo todo turbio...

—¿Te encuentras mal?

—No sé...

Leocadia pasó su brazo por el sobaco del chico:

—Vamos, levántate, te llevaré a mi cama...

Paco se dejó conducir sosegadamente. De vez en cuando se palpaba la cabeza:

—Todo me da vueltas —decía—, todo...

Empezó a hablar sin tino, como un borracho. Contestó ella como si dialogara con un niño:

—El nene está cansado y quiere echarse, el nene quiere dormir...

Paco reía sin agresión, dócilmente, de vez en cuando decía:

—Es curioso... Estoy igual que si hubiera bebido... Y eso que no he probado...

A veces tropezaba. Respiraba hondo, como si se despeñara de una cumbre alta a una sima muy honda. Su voz se volvía femenina, mimosa:

—Qué extraño... qué extraño...

Braceaba como un demente y abrió los ojos probablemente sin ver.

—Qué extra...

Leocadia lo dejó caer en la cama.

—¡Ay, niño!; menuda la hemos hecho...

Quedó en el lecho, despachurrado, confuso, las piernas separadas, los brazos caídos por los bordes.

Leocadia respiraba con dificultad. Se le veían los latidos en lo alto del escote, junto al hoyo del cuello.

Estiró su falda, cruzó los brazos:

—Menuda la hemos hecho... —repitió.

Paco empezó a roncar. De vez en cuando tragaba saliva, como un hemipléjico. Pronunciaba dos o tres palabras extrañas y volvía a los ronquidos.

Despertó cuando quebraba la madrugada.

Vio las tres frentes inclinadas hacia él, arrugadas, congestionadas y húmedas.

—Parece que se recobra.

—Menudo susto.

Enriqueta unía y separaba las manos repetidamente provocando palmas descompasadas, y desvaídas.

. —¿Pero qué habrá tomado ese hijo mío para ponerse tan malo?

Leocadia y Manuela se miraron a hurtadillas.

—Vaya usted a saber... Esta juventud de ahora...

—A lo mejor la merienda no estaba en condiciones.

El cuarto de Leocadia Trueba iba clareando a través de la cortina corrida. Paco, vestido aún, sobre la colcha, la corbata ladeada, las piernas separadas, tardaba en comprender la situación.

Le explicaron las tres a la vez:

—Te pusiste malo, vinimos por eso, no había forma de despertarte... Un poco más y llamamos al médico.

Dijo únicamente:

—Me duele la cabeza.

Le pusieron trapos húmedos con vinagre en la frente:

179

—Si no llega a ser por la bondad de doña Leocadia —decía Enriqueta—. No sé lo que hubiera ocurrido...

—Eso digo yo, eso digo yo —afirmaba Manuela Lorente.

—Tal vez un poco de café...

Reaccionó Paco en seguida:

—No, por Dios: no habléis de café...

—Sales de fruta...

—Algo para la cabeza.

Cuando pudo levantarse, era ya de día. Salieron madre e hijo dejando a Manuela con doña Leocadia.

Dijo ésta:

—Apreté demasiado... La dosis era excesiva... Debió advertirme...

—Una no cuenta con naturalezas tan poco acostumbradas... El muchacho es joven...

—Total: todo perdido.

La criada era sorda y no se había enterado de nada. Se levantó como todas las mañanas, a las ocho, cogió la llave y se fue a la compra. *Pirula* se fue con ella.

El médico de La Mutua diagnosticó: «Indigestión; ataque de hígado» y le recetó unos polvos que lo aliviaron.

Enriqueta insistía:

—Suerte que doña Leocadia...

Finita no preguntaba. Paco, en realidad, había quedado relegado ya a segundo término.

Entró en la cocina cuando Julio aún no había llegado:

—Estoy segura de que le están dando mico.

Enriqueta la miró sin comprenderla:

—¿De qué hablas?

—De Julio. Habrá caído en desgracia con la otra...

Finita sólo podía hablar de Julio; especialmente desde la noche de Reyes.

—A lo mejor está arrepentido.

No hizo el menor movimiento. Dijo solamente:

—¡Serás incauta!

Enriqueta no se inmutó. Dio vueltas al guiso con movimiento airoso, casi inteligente.

180

—Julio se está hundiendo —dijo nuevamente Finita.

La mano de Enriqueta quedó suspendida sobre el burbujeo de la cazuela:

—Es fácil verlo... Julio se está hundiendo: antes gritaba, se enfadaba con todos, armaba jaleo por la menor tontería, ahora en cambio parece que no haya hombre en casa...

—Tienes razón.

Se volvió hacia su hermana, los ojos llenos de alarma, el pecho inquieto.

—Hay que hacer algo... Hay que obligarle a que vuelva a gritar y a quejarse...

Finita, pálida, desencajada, se agarraba aún a su rencor:

—El muy imbécil —decía—, el muy imbécil...

—Hay que hacer algo —repetía Enriqueta—. No podemos dejar que se hunda. Hay que salvarlo.

—Un imbécil, un muñeco, un desgraciado que nos empeñamos en calificar de hombre.

—¡Cállate!

—Un donnadie exigiendo, mandando, fastidiando a todos...

—Estás loca, no sabes lo que dices...

Se dejó caer en la banqueta, como si no pudiera soportar la rebeldía de su hermana, como si le doliera su propia infidelidad.

Nada en ella recordaba a la Finita de antes, decidida, segura de sí misma, alegre. De pronto pareció flotar en el vacío, ni triste, ni resignada, solamente envuelta en ira y en odio.

—¡El ídolo de la casa! ¡Menudo ídolo!

—Hay que salvarlo...

—Para que vuelva a esclavizarnos... No, gracias. ¿Se ha hartado de nosotras? Pues que apechugue con las consecuencias...

—Yo no me sentía esclava...

—Pero lo eras. Has nacido para eso.

El guiso empezaba a agarrarse. Enriqueta ni siquiera lo olía:

—No es cierto. Cuando se hacen las cosas con gusto, no hay esclavitud... Yo quiero a Julio. Daría mi vida por él.

—Darías tu vida por él... Por un desgraciado... ¿Te das cuenta? ¿Quién es Julio? ¿Lo has pensado alguna vez? Uno más entre el inmenso desfile de estúpidos que pasan por el mundo creyéndose «algo» sin ser más que unos pobres mierdas. También tú eres una mierda, y yo, y todos los de esta casa... A veces nos hacemos la ilusión de que alguien nos destaca... Cualquier tontería puede parecer una montaña... Pero no es cierto. Todo es humo. Hagamos lo que hagamos, no pasaremos nunca de ser «esos infelices de los que todo el mundo huye, a los que nadie toma en serio».

Enriqueta se levantó despacio, cogió la cuchara de madera. El guiso se sirvió quemado.

Paco, todavía pálido, todavía ojeroso procuraba vencer su timidez desmenuzando un pedazo de papel que llevaba en el bolsillo.

—Conque ya estás bueno.

Asintió con una inclinación de cabeza y una sonrisa forzada.

Leocadia Trueba dejó a *Pirula* cuidadosamente sobre una butaca. Paco preguntó:

—Me parece imprudente que te pongas a trabajar en plena convalecencia. ¿Te has mirado al espejo?

Lo arrastró por el brazo hasta la repisa del comedor.

—Fíjate; pareces más muerto que vivo. No puedo tolerar que trabajes.

Se miraba ella también, algo retirada del cristal, entornando los ojos para verse mejor, poniendo cara de fotografía.

—Le aseguro que...

—No hay argumentos que valgan...

Resueltamente lo condujo hasta el diván y le obligó a sentarse en él.

—Hoy tu trabajo consistirá en darme conversación. Es una orden. ¿Estamos?

Se colocó a su lado, el vestido desbocado por el escote, el cigarrillo encendido en una mano.

Negligentemente apoyada en él, absorbía el humo y lo expelía sin aspirarlo. Adoptaba actitudes lánguidas, cerraba los ojos, y recostaba la cabeza en un almohadón:

—Hay varios puntos que necesito aclarar contigo. No te alarmes —dijo luego, al ver que el chico se ponía en guardia—. Nada grave...

La mano de Paco, de falanges prominentes, se crispó un poco sobre el sofá. Leocadia empezó a acariciarla con la uña de su índice, larga y roja.

—No sabes los malos ratos que he pasado mientras estabas enfermo... Esta casa se ha acostumbrado a ti, y cuando no estás, todo se vuelve triste.

Trascendía el perfume violento, agresivo y dulzón.

Leocadia encogió la cintura, avanzó el busto y levantó el mentón para disimular su papada.

—Te digo, niño, que he hecho un mal negocio.

Paco se volvió a mirarla. Vio el escote, vio los latidos del cuello, vio el temblor de sus labios.

—¿Cree usted que no sirvo...?

También él temblaba.

—Tranquilízate. No es por ahí... Tu trabajo es acertado... Inteligente... Pero...

—Entonces. —Tenía la frente húmeda, el mechón pegado a ella.

Leocadia aplastó su cigarrillo en el cenicero. Al moverse quedó un fragmento de su muslo al descubierto. Era enorme, lechoso, blando.

—Dime, Paco. ¿Conoces la historia de Brunilda? No, seguramente no la conoces. Era la amante de Sigfrido... Sin embargo le llevaba treinta años. A decir verdad: era su tía. Lo importante es que... vivió durmiendo hasta que lo conoció.

—¿Por qué?

—Estaba escrito que debía ocurrir así. En realidad todo el mundo duerme hasta que encuentra a su amor.

—¿Se casaron?

—Se quisieron.

El miedo de Paco volvía. Era fácil percibirlo. Podía ser un personaje más, sentado entre ambos.

Paco se rebulló en su asiento, como si quisiera dejar un hueco entre el miedo y él. Al cruzar los brazos, quedaron sus mangas encogidas; dos muñecas, huesudas y endebles, asomaban en los bordes.

El índice de Leocadia señaló la raya del pantalón. Estaba mal planchada y se perdía en la rodilla.

—En tu casa no te atienden como es debido...

—Tiene poca importancia.

—¿Sabes, Paco? ¡También yo he despertado cuando llegaste tú...!

Tenía la mano sobre la rodilla del chico. Cinco uñas estridentes, apretando los huesos, evitando que se levantara.

—Escucha, Paco... Déjame que te explique lo que me pasa.

El cuerpo de la mujer se inclinó hacia él. Le impidió moverse.

—Atiéndeme... es necesario que te explique...

La colisión de sus palabras despertó al chico; todo en él era alarma, angustia y desasosiego.

—Llevo demasiado tiempo...

Empezó una lucha sorda, con sonidos de muelles, huesos crujientes y ropas tronchadas. Paco se defendía mal de aquel inesperado ataque. Sus manos, torpes y débiles, buscaban ansiosamente una liberación sin encontrarla. Anhelaba el vacío, pero quedaban llenas de carne blanca y cálida:

—Por favor, por favor...

El lastre de su enfermedad le restaba fuerzas. Leocadia era fuerte. Su sangre hervía. Su nostalgia lo arrollaba todo.

—No hay nada malo... nada malo...

Tenía el rostro pegado al de Paco, los labios entreabiertos.

—¿Me oyes? No hay nada malo... Si fueras razonable...

Los ojos de Paco más que horror reflejaban extrañeza. Jadeaba tanto que no podía hablar.

—Te quiero, Paco, te quiero...

Las lágrimas de Leocadia caían frías sobre sus párpados.

—¿Lo comprendes? Te quiero, te quiero...

Lo decía como si fuera joven, como si no hubiera en ella la rémora de sus años. Un desgarro en cada sílaba.

Paco dejó de defenderse y los labios de Leocadia chocaron contra los suyos, postrados, fofos y violentos.

Hubo un instante de inmovilidad, un instante suspendido en la sorpresa. *Pirula* empezó a ladrar y el instante se desmoronó.

Las manos de Paco estaban ya en el cuello de Leocadia.

Todavía con los labios unidos, clavaba sus dedos, allá donde se veían los latidos. Las uñas hincadas en la carne, dejaban huellas rojas, redondas y finas.

—¿Qué haces?

El rostro congestionado se apartó del suyo. El cuello tenía un círculo morado en torno; parecía un collar.

Paco, pálido aún, se miró las manos. Las contemplaba como si fueran de otro.

Leocadia se frotó las mejillas:

—¿Qué has querido hacerme?

Tenía la cabeza despeinada, la pintura de labios corrida, los ojos exorbitados. *Pirula* se subió a su falda, le lamió la cara, gimió y movió la cola.

—¿Qué has querido hacerme?

Paco no debía de saberlo. Continuaba mirándose las manos sin comprender por qué estaban allí.

—Has querido estrangularme.

—No.

Leocadia se tapó los ojos:

—Dios mío, Dios mío, has querido estrangularme...

Reaccionó de pronto. Le tendió un pañuelo.

—Toma. Límpiate los labios.

Paco se acercó mecánicamente al espejo. Se vio despeinado, grotesco, la mirada vidriosa, las facciones afiladas. Junto a las comisuras dos trazos rojos.

—No es posible...

Se llevó el pañuelo a la boca y escupió. Luego empezó a limpiarse la cara.

Leocadia, aterrada aún, continuaba a su lado:

—¿Por qué lo has hecho?

Se volvió hacia ella. Le devolvió el pañuelo:

—Me da usted horror.

—Has querido matarme.

Paco no contestó. Probablemente no lo sabía. Había en él una enorme desolación, una vaguedad desesperada que sin duda le impedía razonar.

—Me da usted horror —volvió a decir.

Era como si hubiera envejecido en unos instantes. Nada en Paco era ya joven.

185

—Pero te has dejado besar.

—Tal vez por eso me da usted horror.

—Luego reconocerás que te ha gustado.

—Me da usted horror.

—¿Y dices que vas a renunciar a la vida? ¡Serás tonto!

—Si la vida es «eso» prefiero morir.

Leocadia se acercó a él nuevamente. Ceñido el cuerpo al suyo, cercó su cintura con los brazos:

—No importa que hayas querido matarme. ¿Lo oyes? No importa nada. Me basta saber que «has sentido»... Me basta eso...

Bruscamente la empujó hacia el diván. Quedó echada, su escote ladeado, la marca roja del tirante del sostén acentuada por la violencia.

—Además de horror, me da usted asco.

Lo dijo como si escupiera, orgullosamente inhumano.

Corrió luego hasta la puerta. Leocadia lo llamó histéricamente:

—Paco, ¿qué haces? ¿Dónde vas?

Respondían únicamente los pasos de él, cada vez más lejanos, firmes, exentos ya de toda timidez.

—Vuelve, Paco, vuelve...

Pirula ladrando, corrió tras su ama.

Quedó nuevamente sola, rodeada de muebles, de figurillas de biscuit, de cuadros románticos.

Había una gran inmovilidad en el piso; como si todo hubiera muerto repentinamente. La tarde languidecía en sombras y la vida se volvía cada vez más lejana, más extranjera. Un silencio grande la zambullía.

Parecía imposible, que, tras las paredes de aquella casa, pudiera existir un mundo agitado donde fuera lógico correr, reír, hablar o hacer el amor.

Leocadia llenó un vaso de vino y lo sorbió de un trago.

Volvió a mirarse al espejo. Las marcas del cuello habían desaparecido casi totalmente. Pasó sus dedos suavemente por la zona dañada. Gemía muy bajito, como si temiera asustarse a sí misma.

Pirula la coreaba aullando.

186

Enriqueta no lo ha oído entrar. De pronto lo ve junto a ella, fantasmal, oscuro y demacrado.

—¿A estas horas?...

Sin duda intuye que ha ocurrido algo, pero no se atreve a preguntar. Paco se aparta el mechón de la frente y se deja caer en su cama.

—¿Te ha despedido?

—No.

Lo dice rápidamente, sin mirarla.

—La he dejado yo. Se acabó doña Leocadia.

—¡No es posible!

Se le ve cansado, al borde mismo de sus límites.

La voz de Pilar, brota diáfana como siempre que canta en el retrete.

—Ella lo sabía —dice Paco señalando el pasillo.

—¿Sabía qué?

Enriqueta nunca ha visto a su hijo tan frío, ni tan solitario, ni tan desesperado.

—Lo de la vieja... Lo supo desde el principio... Por eso me preguntaba si «estaba en forma».

—¿De qué estás hablando?

La puerta del retrete se abre. Es un sonido conocido que se repite con gran frecuencia en la casa.

Los pasos de Pilar se escuchan luego animosos y torpes.

Al verlo se pone mimosa, tuerce la cabeza, avanza hasta él andando de puntillas:

—¿Pero qué hará mi nietecillo a estas horas en casa?

Paco no la deja acercarse. De un salto se pone en pie:

—¡Apártate!

—Pero, ¿qué te ocurre?

Queda con los brazos extendidos, la piel colgante en lo alto del brazo. Enriqueta contempla la escena, asustada. Dice:

—Desde que ha venido está así... Algo le habrá pasado.

—He dejado el empleo.

—¿Estás loco?

—Es una mujer repugnante —remacha—, repugnante, viciosa...

187

—¡Ay, nietecito mío! ¡Qué manera de tentar la vida! Dejar de ganar tres mil pesetas por un capricho.

—¡No es capricho! —se defiende—. Es una cuestión de dignidad.

—Pero vamos a ver, ¿qué te ha ocurrido con doña Leocadia?

Paco se vuelve de espaldas. Podría decirse que en realidad son sus espaldas las que contestan por él:

—Ha intentado seducirme.

—¡Acabáramos! ¿Y eso te parece mal? Otro, en tu lugar, estaría orgulloso.

—Abuela.

—¡Qué abuela ni qué niño muerto! Insisto: orgulloso. Lo demás es una «mariconería» como otra cualquiera. ¿Que no te gusta? Bien está. Pero de eso a dejar el empleo porque te tira la mariconería... ¡Pues sí que empiezas bien la vida!

Paco intenta refugiarse en la madre. Tiende hacia ella una súplica muda. Enriqueta chaquetea, se esconde tras su delantal, siempre sucio, siempre zurcido.

—Mamá, por favor... Háblale tú —se desasosiega. Repite—. ¿Dónde dejas la dignidad, abuela?

—Y dale con la dignidad. Mal podrás conservar la dignidad sin medios para vivir.

—Encontraré otro empleo.

—Como si fuera tan fácil. Pero vamos a ver, Parsifal: ¿qué te has creído? ¿Suponías de verdad que te daban tres mil pesetas sólo por tu talento? Y luego predicas contra la vanidad... Y nos metes a todos en las narices el sonsonete de la humildad... ¿A qué le llamarás tú humildad? ¡Crees de verdad que te daban el dinero solamente por garrapatear en un papel!... ¡Serás borrico! ¡A los dieciocho años!

El letrero del hotel Iberia no funciona aún porque todavía es de día. Paco se vuelve a mirarlo para que no adviertan que tiene los ojos llenos de lágrimas. Pilar sigue perorando:

—¡Dejar un empleo así! Precisamente ahora que las cosas empiezan a flaquear en casa... Porque has de saber, «casto José», que lo de las quinielas ha pasado a mejor vida, y que lo que tu padre nos trae, no llega ni para el ajo de la sopa.

188

Así que ya verás lo que haces... Pocos lujos podemos permitirnos...

Los puños prietos contra el cristal. Los hombros encogidos. La mano de Enriqueta se posa en uno de sus brazos.

—Hijo.

Como no contesta, la madre insiste:

—Paco.

Tiene la voz llorosa. Tal vez porque Paco no la rehúye.

—No te preocupes; si no quieres volver a casa de doña Leocadia, no vuelvas. Todo se arreglará.

Pilar no se apea. Sigue reprochando, sigue argumentando.

—Eso merece una buena tunda. A ver si de ese modo entras en razón. Deja que pille yo a esos curas. ¡Verás lo que les suelto! ¿A quién habrás salido, me pregunto yo? ¡Como no sea a tu madre!...

Enriqueta continúa acariciando el brazo del chico:

—Vamos, hijito: no llores, no llores.

—Eso es; ahora mímalo. Verás cuando Julio se entere... Entre los curas y tú, vais a convertirlo en una rata de sacristía...

—Lo mío es peor que el odio. No tengo perdón, padre, no lo tengo. ¡He intentado matar a la vieja! Ha ocurrido así, de pronto, sin saber cómo. La tenía agarrada por el cuello; comprendía que se ahogaba, pero yo insistía, insistía... No pensaba en Dios. Lo he olvidado por completo. Dios no estaba en mí, padre. Estaba el demonio. Me parecía que si la mataba, iba a acabar también con la abuela... con todas las abuelas del mundo... ¡Si por lo menos me hubiera arrepentido! No podía arrepentirme. Algo dentro de mí me hacía comprender que si la vieja me atacaba de nuevo, volvería a intentar estrangularla. Casi lo estaba deseando... ¡Dios, qué difícil es vivir, padre! Estaba cansado, cansadísimo, pero la hubiera matado. ¿Será una prueba? Tenía los labios entreabiertos, la muy sucia. Eran enormes, babosos... Los ojos, de pestañas pegadas y tiesas, parecían púas... Y su aliento, cada vez más cerca, cada vez más cerca... No sé lo que me ha ocurrido...

Era algo horrible, padre, horrible. ¡Si yo pudiera explicarme! ¡Ayúdeme, por favor! Usted sabrá mejor que yo... La cuestión es que de pronto, se ha borrado todo, absolutamente todo. Ni siquiera la he visto. Ni siquiera me acordaba de quién era o de cómo era. Podría decir, que, en definitiva, no era ella; desaparecía... Todo ha quedado suspendido, olvidado... Todo, excepto mi piel, mis sentidos, mi propia vida... No era amor, padre. El amor debe de ser distinto, estoy seguro. Era otra cosa... ¿Cómo explicarlo? Yo no puedo creer que los enamorados sientan lo mismo que yo sentí en el momento en que la vieja se echó sobre mí... Lo cierto es... que me gustaba, sí, padre, sí, me gustaba... Por eso intenté matarla, nada más que por eso. No podía soportar que me gustara...

Un sol enorme y rojo se desliza suave por el cielo sin nubes. Algún desocupado contempla obsesivamente las lanchas de alquiler, amarradas al puerto.

En torno al monumento de Colón, entre león y león, los fotógrafos ambulantes, pregonan su mercancía con voz modosa y a la vez estridente.

A pesar de estar en marzo, una ráfaga de calor veraniego cae sobre la ciudad. Los agentes del puerto intentan conquistar a los turistas.

—Cuatro pesetas al rompeolas.

—Alquile una lanchita por 50 pesetas.

—¿Quiere usted visitar la flota americana?

El portaaviones, demasiado grande para el puerto, ha quedado en alta mar, a las puertas mismas de la ciudad. Rosa y China, excitadas y alegres avanzan hacia la taquilla.

—A mí eso de navegar me da no sé qué...

—Mira, mira... ¿qué será eso?

Señalan la reproducción de la *Santa María*. El agente del puerto les aclara:

—Con eso se fue Colón a las Américas.

—¡Jesús Santo!

—Y ya verán con qué han vuelto los americanos...

—Apresúrense, que se llena la lancha.

—Ése: ¡cabe en un camarote del portaaviones!

China pregunta a Julita:

—¿Tú no vienes?

Niega, mientras las ve alejarse fundidas entre los pasajeros. Les agita el brazo:

—Que no caigas al agua...

Una vez sentadas en la embarcación, desaparecen. Se escucha el ruido del motor. Un pof-pof lento y seguro que al principio molesta y luego ni se oye.

Julita se vuelve hacia el monumento de Colón. Una mano pesada cae sobre su hombro:

—Hola.

Así, a pleno día, y con un sol exagerado, Enrique Fernández, parece menos insignificante.

—¿Usted?

—El cielo la pone en mi camino.

Una nube ligera desvanece la luz de la tarde. Dura unos segundos. En seguida se evapora.

—O el infierno —dice ella.

—Siempre tan arisca.

—Con usted todas las medidas son insuficientes.

—¿Tan mal recuerdo le he dejado?

—Peor que malo.

—Ha llovido mucho desde que nos vimos en casa de Manuela.

—No lo bastante para que se me haya despintado.

—Eso es bueno: lo grave sería que me hubiese olvidado.

Tiene el sombrero ladeado a modo de señorito chulón, los ojos burlones, los labios ligeramente entreabiertos.

—En todo caso puedo jurarle que no me ha quitado el sueño.

—Cuando una mujer confiesa eso...

—Si he de serle franca, lo único que me gusta de usted es su biscúter.

—Por algo se empieza.

—La verdad es que, como no se corrija usted, se va a llevar cada chasco...

—Por ahora, gusto tal como soy.

191

Tiene el acento castellano y remacha mucho las consonantes.

—Pues que sea enhorabuena.

Julita se impacienta. Mira de un lado a otro.

—¿Espera usted a su... novio?

—En efecto.

—Pues voy a quedarme hasta que venga.

—Como guste.

Cruzan sombras de gaviotas sobre la superficie. Son notas amorfas a veces grandes, a veces pequeñas.

—...Por ver la cara que pone cuando llegue.

—Pondrá la que tiene: ¡mientras no modifique la suya de un guantazo!...

—Por usted lo sufriría gustoso...

Julita continúa oteando, avanza, retrocede.

—La verdad es que es usted guapa como para parar un tren.

La vulgaridad la deja impasible.

—Y dicen que es usted virgen. ¡Menuda pérdida de tiempo!

Pablo cruza la plaza. Julita corre hacia él. Llega a su lado jadeante.

—¡Por fin! ¡Gracias a Dios! —se cuelga de su brazo—. El pelmazo del biscuter estaba dándome la lata...

Se pierden entre el bullicio. Pablo lleva el rostro pálido, el mirar tétrico.

—A ti, te pasa algo...

—Ya te contaré...

Suben ahora por Marqués del Duero. Los torreones de la fábrica de gas, difuminan el contorno de Montjuich y de las barracas.

Pablo las señala con el brazo extendido:

—Aguardan el momento de ser engullidas...

Hay amargura en su acento:

—Todo en realidad, aguarda el momento de ser engullido.

Julita se apoya en él, se ciñe a su brazo:

—¿Qué te ocurre?

—Es curioso; en realidad parece como si las ciudades se alimentaran de suburbios... Algún día todo eso será un paseo marítimo...

—¿Y nosotros? ¿Qué será de nosotros?

—Nunca se sabe... La vida es difícil, muy difícil...

Caminan pegados entre sí, como si, al unirse, fuera menos arduo soportar esa dificultad.

—Hay momentos en que me entra un frenesí extraño... —dice él—. No sé por qué; pero hay que vivir de prisa, Julita, muy de prisa...

Avanzan por el camino favorito, el que conduce a Miramar. La tarde es apacible; por eso han dejado la moto.

—Malas noticias —dice Pablo.

Julita no se inmuta. Ni siquiera frunce el entrecejo. Parece habituada a esa frase.

—Se comenta que van a decretar una ley para los estudiantes de medicina... Una ley que va a partirnos por el eje.

—A lo mejor es una falsa alarma.

—Han añadido tres años a la carrera. ¿Te das cuenta de lo que eso supone? Es como si te quitaran tres años de vida...

—Entonces, tú...

—Si se confirma no podré sacar el título de médico hasta dentro de cinco años.

El silencio tiene ahora la dimensión de esos cinco años, largos, áridos y trabajosos.

—Cinco años —repite.

Caminan cuesta arriba, despacio, ligeramente inclinados.

—¿Y por qué harán eso?

—Dicen que hay demasiados médicos...

—Es horrible.

—Dicen que se entorpecen unos a otros.

Brota un burbujeo en las sienes de Pablo, se quita la americana. Su cuerpo joven y delgado tiene algo de estaca.

—Demasiados médicos, demasiado peso en la balanza... Fin de toda esperanza. ¿Quiere usted vivir? Empiece otra ilusión. La de ahora le costará cinco años... Hay que suprimir médicos. Vamos a ver: ¿Cuál ha quedado fuera? No importa. Tenemos médicos a patadas...

—Cinco años —repite Julita.

—¿Seres humanos? ¡De ningún modo! Los médicos son máquinas...

—Provocad una huelga.

7—LA SINFONÍA DE LAS MOSCAS

—Amenazan con suspendernos como provoquemos una huelga... —se lleva el pañuelo a la frente para secarse el sudor—. Es duro creer que se está llegando a la meta y de pronto descubrir, que todavía faltan tres años...

A medida que van subiendo la cuesta, la algarabía del puerto se pierde en el ruido del mar. Desde lo alto se ve la multitud dominguera moviéndose de un lado a otro, nerviosa, indecisa, como insectos que no supieran lo que buscan.

—Lo peor es no poder protestar, no tener derecho a dar razones...

La tarde es menos calurosa en lo alto de Montjuich. El mar cobra un tinte morado, como de úlcera.

—Cinco años... —repite Julita— cinco años...

—A no ser que deje la carrera.

—¡No!

Algo se ha interpuesto entre ambos. Algo que no existía ayer ni nunca.

—Habrá que esperar...

—Somos jóvenes...

Han llegado al tope habitual. Están ahora frente al mar, como el primer día. Julita repite:

—Eso es: somos jóvenes.

Lo dice mirando la enorme extensión de agua, como si también el mar fuese joven, como si no flotasen milenios sobre la superficie, con sus luchas, sus desengaños, sus inquietudes.

—Todo menos separarnos.

—¿Por qué hablas de separación?

—Bien está que tengas novia. Pero, ¿no te parece expuesto comprometerse para un plazo tan largo? Cinco años... Es mucho más que eso: Suponiendo que termines dentro de cinco años. ¿Cómo vas a ganarte la vida? Habrás de esperar a situarte... Dos años más nadie te los quita. De hecho son siete años. ¡Siete años en los que pueden ocurrir, mil cosas!

—Esperaré.

—¿Crees que merece la pena?

—Julita vale la espera.

—¿Conoces a su familia?

—No.

—Convendría que la conocieras. Tu madre y yo nos hemos informado. No son gentes recomendables. Dicen que el padre tiene un lío, y que la sobrina que vive con ellos es su hija... Luego la hermana: conocida por todos los del barrio por Juana *la Blanca*. En cuanto al hermano: mucho querer ser cura, pero trabaja a las órdenes de una señora, cuyas aficiones juveniles han dejado memoria en la ciudad... Deberías pensarlo bien antes de dar un paso en falso. No dudamos que la niña sea una santa..., pero el roce con esas personas no puede haber sido muy edificante para ella.

En la calle se oye hablar inglés. Brotan marineros americanos de todas las esquinas, de todos los portales. Se los ve ávidos de tierra y de estabilidad. Se detienen en los escaparates,. sonríen a las mujeres que pasan junto a ellos, deambulan.

Pablo ni siquiera repara en ellos. Se planta ante el portal de Manuela. Mira el reloj.

El cauce arrastra un río humano todavía escaso. Aumentará en seguida. En cuanto llegue la hora de ver a Julita en el portal. Es la hora de las modistillas, de los empleados, de los funcionarios oficiales.

La mayoría de los marineros van ya borrachos pese a la luz del día. Dicen que los emborracha el sol. Caminan algunos por el centro de la calle, cantando a varias voces, dejando una estela de curiosidad tras ellos.

Por fin la silueta de Julita asoma en lo oscuro del portal.

—Pablo.

Le tiende la mano de ese modo suyo, flexible y confiado.

—No te esperaba hasta la noche.

—Como hay huelga en la facultad...

La coge del brazo, la lleva casi a rastras.

—¿Dónde vamos?

—A cualquier parte.

Se meten en «La cueva de los leones». Piden coca-cola.

—¿Qué ocurre?

195

—No lo sé —dice él—. No sé lo que ocurre. He venido para que me ayudes a aclararlo.

—¿Lo de la facultad, no se arregla?

—No.

—¿Estarás preocupado por eso?

Julita habla con fatiga, como si intentase darse a sí misma unos ánimos que no puede sentir, como si algo la impulsara a pronunciar palabras inútiles.

—No lo sé, Julita... Todo es difícil.

—¿Te han... dicho algo? ¿Algo de mí?

—Nadie puede decir nada contra ti. No lo permitiría.

A pesar de todo se le ve dudar. Inconscientemente se limpia las uñas, se acaricia el muslo, se lleva la mano a la sien.

—La gente no perdona la felicidad... de los otros.

—No hay duda: te han dicho algo de mí.

—La gente no quiere que seamos felices...

—¿Por qué lo dices?

Pablo se vuelve hacia la puerta:

—Nadie quiere la felicidad ajena. Nadie. Éste, ése, el de más allá... Cualquiera. Nadie quiere que la felicidad dure...

—Pablo, por favor... ¿Qué te han dicho de mí?

—De ti, nada.

—Entonces...

Julita tiene los labios pálidos, acaso por el reflejo plateado de los embutidos. Son unos labios pobres, casi llorosos.

—Por favor...

Pablo reacciona. Sin duda le duele el dolor impotente de esos labios que apenas hablan. Le coge una mano:

—Estás fría.

—El tiempo ha cambiado de pronto; decían que iba a nevar. A lo mejor ha nevado en los Pirineos...

—Sin embargo, ayer hacía tanto calor...

El hombre del mostrador ha puesto en marcha la radio. Una música viscosa invade el lugar. Para completarla el hombre del mostrador sigue la tonadilla silbando.

—Julita; me gustaría conocer a tu familia.

Las cejas de Julita se arquean:

—Bueno.

—Si he de salir contigo... me parece mejor dar la cara.

—Conoces a mi hermano.

—No basta.

El silencio de ahora tiene grietas. Cada grieta parece sangrar, cada gota de sangre parece hervir.

—¿Sigue trabajando para doña Leocadia?

—No. Ha ocurrido algo desagradable y Paco ha abandonado el empleo. Doña Leocadia no era... lo que esperábamos. Por lo visto...

Pablo sonríe. Julita ha acertado. La aclaración le satisface plenamente. Suspira:

—¡Dios mío! ¡Qué peso me has quitado de encima!

—¿Por qué?

—Por nada... —Una alegría extraña cubre ahora el rostro de Pablo—. Por nada... No tiene importancia. Empezaban a murmurar...

—¿De Paco? ¿Por qué no me lo decías?

Se la ve luchar contra un sollozo indiscreto. Un sollozo hecho a fuerza de orgullo, despojado ya de toda contención.

—¿Quién lo criticaba?

—La gente... Nunca faltan malas lenguas...

—Paco es bueno, demasiado bueno.

Vuelve la cabeza para no mirar los ojos de Julita. Los tiene llenos de lágrimas.

—Vámonos.

Se levanta bruscamente. Paga la consumición. Salen a la calle. Julita se seca los ojos con el dorso de la mano. Pablo finge no reparar en el ademán.

Un portal los acoge. Han entrado en él impulsados por un acuerdo mutuo, sin palabras. Huele a humedad y a tiempo acumulado, como la mayoría de los portales de la calle. Pablo empuja a Julita tras la puerta, la coge en los brazos, la estruja contra él desesperadamente. Julita es como un cuerpo muerto en estos momentos. Un cuerpo que no conoce la resistencia.

—Perdóname, amor, perdóname.

Le susurra mil palabras nuevas al oído, como si con ellas quisiera despertarla de su desgana. Ella no se defiende contra esa voz cálida que poco a poco le devuelve vida. Tiene los ojos cerrados y secos.

—Olvídate de todo lo que te he dicho. Nada me importa lo que digan. Sólo cuentas tú, tú...

Los labios de Pablo recorren frenéticamente su cara:

—Nadie podrá separarme de ti. Nadie ni nada. Pase lo que pase estaremos juntos, cinco años, siete años, cien años... Te daré alegría, te daré felicidad: quiero hacerte millonaria de felicidad...

Los brazos de Julita rodean el cuello de Pablo. Se aferra a él, como si, después de ese abrazo, tuviera que perderlo..

Los labios se aproximan. Todo se pierde en el primer beso de amor.

La noche transcurre igual que un gran bostezo inacabado. En la habitación de Julita sólo hay insomnio.

—Tengo miedo, Genoveva, mucho miedo.

En el patio se escucha silbar un viento casi siniestro. El resto de la casa, duerme.

—Por primera vez me ha hablado de la familia...

—Si te quiere... ¿Qué importa la familia?

Se escucha también el corretear de los ratones por el pasillo desierto. Todas las noches emprenden la carrera por el piso.

—Empezó a quererme sin saber por qué... Puede dejar de quererme por el mismo motivo. Me he convencido de que el amor está siempre rodeado de peligros... Cualquier cosa puede destruirlo...

A veces el viento parece un gemido casi humano, una llamada angustiosa.

Julita, tendida en el lecho, se sube el embozo hasta los ojos.

—Le han hablado de Leocadia Trueba, por lo visto todo el mundo sabe lo que es. Quizá le han hablado también de papá, de tu madre, de la abuela...

—Pero tú no te pareces a ellos.

—¿Será bastante?

Las paredes del cuarto tienen manchas. Según se miran, parecen sombras. Julita bordea ahora una de esas manchas con las pinzas del pelo.

—A lo mejor mi familia le avergüenza. A lo mejor lo influye... Dicen que todos somos influibles... Dicen que no podemos escapar a eso...

Genoveva bosteza. Estira las piernas hasta dar con los pies en los barrotes.

—Apaga 'la luz.

—Tengo miedo —insiste Julita—. Tengo miedo.

El segundo bostezo de Genoveva se confunde con el viento.

—Quiere conocer a la familia.

—Tarde o temprano deberá de enfrentarse con ella.

—¿Crees que Dios existe?

Genoveva duerme y nadie contesta.

Julita apaga la luz.

Como era sábado y la flota americana continuaba en la ciudad, «La cueva de los leones» rebosaba gente. Era un local oscuro, sonoro y anegado en humo.

Leila y Miguel tomaron asiento junto al estrado.

—A lo mejor le da por venir...

La voz de Leila estaba impregnada de alcohol. Iba despeinada y llevaba los párpados caídos.

—Será divertido ver la cara de idiota que pone...

Leila movió la cabeza repetidamente. Su melena iba de un lado a otro, a la deriva.

—La perfecta guarra, diría. La perfecta ramera... Y tendría razón. —Reía a trompicones, como si llorara—. ¡Ojalá viniera! Acabaríamos de una vez.

—No tendremos esa suerte.

Leila tenía el alcohol agresivo e insistente.

—¿Y ahora, qué? A ser felices... A vivir...

De espaldas al público, el pianista tocaba sin cesar con evidente desgana. Los madroños del tapete que cubría la cima del mueble, vibraban a cada nota.

Un farol, situado a la izquierda, iluminaba escasamente la partitura. En la pared central, una hilera de retratos de celebridades musicales.

De vez en cuando un hombrecillo menudo de voz estridente y ademanes precisos, subía al estrado para anunciar los números:

—Y ahora, señoras y señores, la gran cantante Marita Romualda, va a obsequiarles a ustedes con un baile español temperamental.

Subió al estrado una mujer delgada con las caderas muy anchas, llevaba el pelo rizado y un mantón de Manila de seda artificial, de flecos enredados y desvaídos. Simuló un taconeo que levantaba griteríos, y mientras se contorneaba arrastraba «olés» burlones y sistemáticos. Se fue luego mayestática y satisfecha. En seguida se unió a sus compañeras en el fondo de la sala donde se alzaba el mostrador.

El hombrecillo volvió al poco rato:

—Y ahora tendrán ocasión de aplaudir a la sin par Rosarito, reina del cuplé español.

Era conocida por todos. Llevaba trabajando en aquel local toda su vida. Parsimoniosa, subió metiéndose con el público y dejando que el público se metiera con ella, guiñando al más joven, y dándose aires exagerados como lo hubiera hecho un hombre afeminado.

Un flequillo espeso y pegado cubría sus cejas mefistofélicas.

Le gritaban:

—Quítate el abrigo.

—Que se te vea el cuerpo.

—Fuera tongos.

Leila la miró fijamente con ojos vidriosos, las manos pegadas al vaso.

—Cualquier día acabo como ella.

—Vamos, no te pongas tétrica.

Rosarito se quitó el abrigo. Llevaba un traje de gasa negra que transparentaba sus enormes brazos y su jiba.

—¿Qué edad tendrá esa mujer?

—Los bastantes para enterrarla.

Sus párpados surgían prominentes bajo el embadurnado de una grasa oscura. Aplaudieron todos antes de que empezase a cantar.

El pianista, con su colilla en la boca, arremetió contra el

runruneo de la sala. La voz de Rosarito, o no se oía o se oía demasiado.

Era una voz sin medida, quebrada, viril a veces, atiplada otras.

Los americanos llegaron a grupos, acompañados de prostitutas. Al ver a Rosarito se extrañaron, preguntaron, no podían concebir que su demencia divirtiera a la gente.

Los americanos se cotizaban mucho los primeros de mes y también el día 15. Eran los días de paga y la prostitución se aprovechaba de ello.

Leila levantó los ojos y leyó uno de los letreros de la pared: «Seguid adelante y se confirmará vuestra fe.» Miró luego a Miguel. Veía su perfil impasible, ajeno a cuanto le rodeaba.

—Miguel.

—¿Qué te ocurre?

—Vámonos. No soporto este lugar.

—Tú te empeñaste en venir...

Había alguna mesa con personas elegantes. Iban allí saturados de tedio, buscando la forma de renovar sus noches.

—Julio me dijo que le habían propuesto a su madre cantar aquí.

—¿Cuándo dejarás de hablarme de ese desgraciado?

—¿Y el dinero? Al fin y al cabo sin él...

—¿Qué nos importa de dónde viene? Lo importante es tenerlo...

El público siseaba para hacerlos callar. Rosarito, furiosa, interrumpió su canción. Se plantó ante Leila:

—A ver si cierras el pico, preciosa.

Miguel apretó el brazo de Leila.

—O te callas o te arreo...

Al pasar junto a Leila, Rosarito dijo:

—Aquí lo que hace falta es educación.

El hombrecillo volvió a anunciar:

—Y ahora, la gran actriz cinematográfica, Sarita Frutales, cantará para ustedes en inglés y en francés.

Sarita Frutales era la culta del lugar. La eterna rival de Rosarito. Como decían todos: «La bien plantada.»

Alta y esbelta avanzaba entre las mesas, desafiando la voracidad del público. Su estilo era diferente al de Rosarito.

201

Más elegante y gazmoño. Más dado a lo elevado. Según ella, no gustaba de especular con su atractivo de mujer, como hacía la «indecente Rosarito».

Cantaba en francés y en inglés sin conocer los idiomas, imitando el sonido de las palabras, dando saltitos en los agudos (siempre breves, siempre insuficientes), permanecía de puntillas en los graves y miraba con ingenuidad como hubiera podido hacerlo una niña en una función organizada por monjas.

La efervescencia del público aumentaba cuando actuaba Sarita Frutales. Su «dignidad» enardecía a todos.

Rosarito, desde el fondo de la sala, le gritó:

—Menos hacerte la modosa; a zorra no hay quien te gane.

Sarita alzó el mentón, como si lo que acababa de oír le «resbalase», como si nada pudiera mancillarla. Terminó su número y se fue a una mesa. Siempre había alguien dispuesto a invitarla.

Pedía un bocadillo y cigarrillos. Se la veía hambrienta.

Leila cabeceó sobre el mármol de la mesa. Miguel la sacudió por los hombros.

—Mierda —repetía—, mierda...

—Te dije: vámonos. No has querido...

Gesticulaba, perdida en una borrachera ineludible, tenaz y violenta. Señalaba vagamente los ventiladores.

—Si por lo menos funcionaran...

—¿No te da vergüenza?

Intentó levantarla.

—Puedo andar sola. No necesito chulos como tú...

Se abría paso dando traspiés, apoyándose en el primero que encontraba. De un tirón arrancó uno de los mantones de papel que pendían del techo y provocando una humareda de polvo, lo colocó sobre sus hombros.

—Dispuesta para el numerito —decía—, miradme bien...

Salieron a la calle. Se enfrentaron con los transeúntes:

—Fijarse bien en mí... ¿Me estáis viendo? Soy Leila y he arruinado a un hombre...

—Estúpida.

Miguel la sostenía por el sobaco, la empujaba hacia las Ramblas. Detuvo un taxi. La metió dentro. Quedó arrebujada

202

en un rincón, los brazos entrelazados, las piernas muy juntas.

Miguel dijo de pronto:

—Despierta; ya hemos llegado.

El frío pareció despejarla. Subió en ascensor. Cayó vestida sobre la cama.

Había pasado antes por la peluquería y su aspecto se había remozado. Se detuvo ante la puerta sin atreverse a llamar. Golpeó la madera primero con precaución, luego más fuerte.

Leila, con el pelo en desorden y el rostro desmaquillado, lo miró, entre sorprendida y furiosa.

—¿Qué demonios haces aquí a estas horas?

Julio se esforzaba en aparecer jovial.

—Pues ya lo ves; he tomado una decisión y venía a comunicártela.

—No comprendo.

—Déjame entrar y te lo explicaré.

Se hizo a un lado, todavía oscilante, todavía pálida.

—Vamos, Leila; alégrate.

Volvió la cara hacia él, despacio, el mechón caído por la frente.

—¿Qué cuernos puede alegrarme?

Julio se sentó en la cama y la atrajo hacia él.

—Me dijiste: «O ellos o yo.» Bueno; aquí me tienes. Estoy dispuesto a todo con tal de no perderte. No pido que me quieras... Eso llegará con el tiempo.

—Imbécil.

Con un ademán brusco apartó a Julio de su lado. Leila quedó apoyada en la pared mirándolo horrorizada:

—Imbécil —repetía—, imbécil, imbécil...

—Leila, por lo que más quieras.

—Imbécil.

Se acercó a ella. Retrocedió al ver su actitud defensiva.

—Como me roces te dejo tieso.

—Leila, por el amor de Dios, dime...

Lo apartó otra vez y se dejó caer en la cama. Lloraba en convulsiones hondas y prolongadas.

203

—Leila, por Dios vivo... Dime qué te pasa... No estés triste. Haré lo que tú quieras... Te defenderé de todo... Te ayudaré.

Parecía como si se calmase. Dijo luego entre sollozos:

—Me irritan tus aires de mecenas.

Julio buscó algo que le diera estabilidad, que le permitiese mantener la situación. Empezó a jugar con sus gemelos.

—¿Quieres saber la verdad? Pues voy a decírtela. Estoy sin blanca. El dinero de la tienda... ¡Desaparecido! ¿Te enteras? —le sacudía, le metía las palabras en la nariz, lo zarandeaba como si fuera un muñeco—. Desaparecido para siempre... Al fin y al cabo los imbéciles sirven para eso; para regalar su dinero a los que no lo son.

Anduvo hacia el ventanal, las manos en la frente, el paso vacilante, los sollozos rompiendo el silencio. Quedó apoyada en el cristal, de espaldas a Julio.

—Ya lo sabes todo. ¡Bonita verdad! Ayer todavía estaba aquí, todavía se acostó conmigo, todavía me decía: «Leila, Leila, Leila.»

—Aquí... en esta cama...

—Y yo le insistía: «Durarás poco... No aguantarás mucho tiempo.»

—Aquí, en esta cama...

—Y él me decía... «Eres la única, la única...»

—¿Y el dinero?

Otra vez frente a él.

—¡Serás estúpido! ¿Qué importa el dinero? ¿Qué importa todo?

—Se lo has dado...

Allí plantado junto a la cama, en el centro de la habitación, parecía, en efecto, un estúpido.

—¿Qué querías que hiciese? Vivir sin él era imitar la vida, pero no vivirla. Vivir sin él era ser tan poca cosa como tú, tan miserable como tú... Hay cosas que no están hechas para la gente miserable. Y el dinero es una de ellas.

—¡Cállate!

—No me callaré. Diré lo que me parezca y como me parezca. No me das miedo, Julio. ¿Crees posible que puedas inspirarme miedo a mí, a mí?

Se daba golpes en el pecho, las comisuras llenas de espuma.

—¡Cállate!

—... Estoy hasta el moño de tus cosas. Me asqueas tú y todo lo tuyo: el maldito aliento que despides, la familia que me cuentas, los trajes que llevas...

—Basta.

Todo en Julio Brutats era peligroso. Llevaba las manos tiesas como si estuviera muerto.

—... que si Enriqueta, que si Finita, que si Paco... ¿No comprendes que cada vez que me hablabas de todos ellos me burlaba de ti? ¿Qué me importa a mí esa asquerosa familia tuya? ¿Qué me...?

La mano muerta cayó sobre su mejilla. Fue un golpe seco, lleno de ira. Flotaron lánguidos los pelos de Leila. Parecía un surtidor. Quedó unos instantes con el cuerpo torcido y Julio Brutats siguió pegándola hasta cansarse.

—Puta, puta...

La tenía asida por los hombros, arqueada hacia atrás, la melena esparcida por la cara.

—Déjame, salvaje, bruto...

Cada palabra era un golpe, cada descarga un gemido.

Cuando empezó a faltarle la respiración, la dejó en el suelo, hecha un ovillo, inmóvil, apenas consciente. Jadeante aún Julio dio dos pasos atrás. Al rozar con su espalda el espejo de la pared, su cogote se vio nítidamente reflejado en la luna, triste e hinchado. Sus cabellos levantados sobre el bulto, tiesos y engominados.

Leila se rebullía lentamente en el suelo. Sollozaba y gemía cada vez con mayor violencia. Repetía aún:

—Estúpido.

Julio se frotó los brazos. Probablemente le dolían de tanto golpear. Los dientes castañeantes, los ojos hundidos.

—Estúpido.

Parecía como si aquella palabra no pudiera tener fin.

Abrió la puerta. Dudó antes de salir. Anduvo luego por el pasillo. La palabra «estúpido» le seguía.

205

Ni frío ni calor; sin horas, inserto todo en un ritmo indefinido. Caminaba por la ciudad todavía despeinado, la americana caída hacia atrás, las manos rojas y crispadas, las bolsas de los ojos amoratadas.

Humo en los tejados, nubes y humedad en el ambiente. Andaba como un mendigo sin destino. Con la palabra «estúpido» a la zaga. Las suelas de los zapatos torcidas.

Sin estupor, sin coraje. La lacra de la soledad marcada en todo su cuerpo. Había un mundo de calles esperando engullir aquella soledad.

Caminaba por el centro de una de ellas, probablemente sin comprender dónde estaba. A los lados había puestos de vendedores ambulantes. Los miraba sin reparar en ellos.

—¿Quiere usted un palmón, caballero?

No contestó. Esbozó una sonrisa.

—Para su nietecito... No va a dejarlo sin palmón en Domingo de Ramos...

—Ramos...

Continuó andando, feria adentro, coreado por el siseo de las palmas impulsadas por el viento. Tenían sonido de batería en sordina.

Algunas personas hablaban alto (sobre todo las mujeres), regateaban, pedían, elegían, dudaban. A veces aquellos palmones que no veía rozaban su cara, pero él no se inmutaba.

Las conversaciones versaban sobre Sevilla, la procesión, el frío...

Julio siguió deambulando, sin explicarse por qué deambulaba, sin darse una razón concreta; probablemente, sin necesitarla.

Era como un pedazo de carne en movimiento, sin lucha, sin decepción, sin conciencia de su impotencia.

Era un peatón más acosado por algo que no sabía entender, ni concretar.

Así pasaron dos días.

Primeramente lo habían atendido en un dispensario cercano a la plaza de España. Luego la policía lo llevó a su casa en estado de semiconsciencia.

—Aquí lo tienen.

Lo sostenían por los sobacos, lo mantenían en pie dificultosamente.

Las tres mujeres gritaron, dieron palmadas y se santiguaron:

—Loado sea Dios —murmuró Finita.

—¡Bendito cielo! —exclamó Pilar.

Enriqueta repetía:

—¡Madre Santa, Madre Santa!

Se agitaban inquietas, afanándose en atenderlo, abrían el lecho para acostarlo, daban las gracias a los policías.

—Pobrecillo. ¡Hay que ver cómo viene!

—Pero, ¿qué te han hecho, hijo mío?

Iba sucio; la barba espesa.

Los policías decían:

—Ha quedado «chaveta».

—Tendrán que vigilarlo...

—Pero, ¿dónde ha estado? ¿Qué le ha ocurrido?

—Eso, Dios lo sabe.

—Lo han visto caminar errante con aires atrofiados durante dos días. Al fin quedó en la plaza de España, durmiendo como un bendito en el suelo...

—Válganos el cielo: ¡un hombre como él! ¡Tan pulcro! ¡Tan acicalado!

—Pero, ¿por qué? ¿Por qué?

—Les digo que anda chaveta.

Los vecinos acudían solícitos. Dispuestos todos a descubrir el misterio. Preguntaban con curiosidad morbosa, aceleradamente, sin dar tiempo a contestar.

El comedor se llenó de gente y de ruidos. Todos fingían solicitud, armonía, deseo de ayudar.

—Creíamos que ya no lo encontraban.

—¡Con las veces que «lo dieron» por radio!

—Daba un no sé qué oír su nombre entre los desaparecidos...

—Horrible, horrible... ¡Quién tenía que decirlo! —repetía Enriqueta.

Algunos se detenían ante la fotografía de las quinielas.

—¡Qué tiempos, qué tiempos!

Juana tardó en llegar. Vino acicalada, estridente, el «cancan» revoltoso, presto a arrastrar los objetos que encontraba al paso. Entró en el cuarto de su hermano.

—Vaya, hombre. Asustarnos de ese modo...

Julio apenas la miraba.

—¡Buena la has hecho! A quién se le ocurre faltar de casa dos días sin avisar... ¡Menuda juerga te habrás corrido!

Enriqueta, sentada en la penumbra, contemplaba a su cuñada entre admirada y despreciativa.

—...y aquí llevarnos a todos de cabeza... ¡Si hubieras visto la que armaste! Hasta el pobre don Alfredo anduvo preocupado. Paco haciendo promesas, Julita yendo de un lado a otro, preguntando... Finita encerrada; sin dar clases ni nada... Enriqueta más muerta que viva y más atontada que nunca. ¿Verdad, Enriqueta?

—Así es, así es...

—La pobre mamá yendo a la comisaría minuto sí y minuto no.

—Déjame en paz —dijo Julio.

Fue su primera frase concreta desde que había regresado.

—Lo que me quedaba por oír. Sufra usted para eso. Bueno; te lo perdono. Sé que estás bromeando.

Transcurrieron tres días largos y distintos. Las visitas disminuían. El dinero escaseaba y cada una de ellas era objeto de un sablazo.

—En cuanto se ponga bueno y trabaje, lo devolveremos...
—decían.

208

El médico llegaba al anochecer. Recomendaba descanso, pocas preocupaciones y alimentos ligeros.

—Lo que ha tenido es muy serio —repetía.

Se asustaban. Redoblaban los cuidados.

La casa volvió a cargarse de respeto hacia Julio, de silencio por Julio, de atenciones a Julio.

La amenaza de su muerte disolvía reproches y multiplicaba amabilidades.

Sin embargo, en todas las habitaciones reinaba una hostilidad extraña. Los sonidos emitían otros tonos y la plasticidad adquiría otro cariz.

Hasta las campanas de San Justo parecían tener otro sonido. Los pasos se volvieron silenciosos, ligeros y la abuela ya no cantaba en el retrete acompañándose con la tapadera.

Julita veía poco a Pablo. La facultad de medicina continuaba cerrada, pero sus horas libres constituían un lastre. El incidente de Julio había absorbido a la chica. Se citaron en el bar de La Cueva de los Leones para verse unos minutos. Julita apenas habló de lo ocurrido.

—Un ataque. Perdió el conocimiento...

Pablo no preguntaba.

—Habrá que cuidarlo.

Aquel día fueron al aeropuerto. Antes solían ir los domingos por la mañana. Era un lugar aireado, donde se podía descansar al sol.

Les debía de gustar ver, desde la terraza, la llegada y la salida de los aviones.

Cuando aterrizaba un aparato dejaban de beber su cocacola: la atención puesta en el aterrizaje.

—Parece imposible...

El horizonte era amplio, pero el mar no se veía. Se adivinaba más allá del límite.

Cuando la máquina cesaba de latir, volvían a sus bebidas.

—Parecen hormiguitas blancas —dijo señalando a los mecánicos que subían por el ala.

El camarero ya los conocía.

—Buen día tienen hoy.

Miraban a los viajeros con cierta envidia. Se burlaban de sus indumentarias, y cuando el ajetreo turístico se calmaba, volvían a su amor:

—Estás muy bonita...

Les parecía que el paisaje del aeropuerto compensaba su mal de ciudad.

—Aquí se respira tan bien.

Los interrumpía la destemplada voz del micrófono anunciando llegadas y salidas.

—A mí esa voz me da miedo —decía Julita.

Se iban unos y venían otros. Tenían todos un aire asustadizo, nervioso y desconcertado. Sólo ellos y la gente como ellos permanecían en tierra.

A veces los motores rugían más de lo previsto. Organizaban huracanes en miniatura y esparcían polvo escandalosamente. Cuando ocurría eso la silueta del avión se enturbiaba.

—¡Quién estuviera ahí dentro!

El aeropuerto continuaba en obras y los trajes se ensuciaban pronto. El camarero se quejaba:

—A ver qué día terminan.

Cuando salieron de allí, Pablo le anunció su decisión:

—Esta tarde iré a tu casa.

Era igual que si todos los aviones se hubiesen puesto a rugir a la vez. Julita no respondió. Continuó él:

—Es hora ya de que conozca a tu familia.

Montaron en la moto. La carretera tenía baches y mucho tránsito.

Estaba en el centro del comedor, las manos apoyadas en la mesa, como si pronunciase una conferencia.

—Lo único que os pido es que me ayudéis...

Finita dijo:

—Por ahora sólo has dicho impertinencias: que vayamos limpios, que tengamos paciencia, que tu abuela no cante en el retrete. ¡Ni que esperaras a un rey!

—No quería ofenderos...

210

Pilar esgrimió una espada imaginaria:

—Estocada y «zas»; atraparlo. ¿No es eso, nietecita?

El canario hablaba con Enriqueta. Era inútil que Julita buscara los ojos de su madre.

—Pues si no estamos hechos a su gusto, será mejor que lo comprenda ahora...

Juana puso la mano en el hombro de su sobrina:

—No te preocupes. Haremos lo que has dicho. Sonreiremos mucho, hablaremos poco, nos moveremos menos...

Pilar insistía:

—Ni siquiera con el príncipe tuve que andar con tanto miramiento...

Julita murmuró al oído de Juana:

—Si pudieras conseguir que se desmaquillase...

—No te preocupes; todo saldrá bien.

Julio continuaba en la cama. De vez en cuando llamaba:

—Enriqueta, Finita.

Corrían las dos atropelladamente.

Pilar volvía a la carga:

—Como si no hubiera otros problemas en qué pensar. Como si tu pobre padre no estuviera enfermo...

Le apuntaba un índice amenazador.

—Una muchacha con tu planta desaprovechar la ocasión de salvarlo... Una desagradecida. Eso es lo que eres, una desagradecida.

—Yo no les pedí que me trajeran al mundo...

—Hablar así a tu abuela; a tu abuela...

Extendió los brazos y abarcó con ellos lo ancho del dintel. Tenía la jiba encogida, casi rozándole el cogote, la dentadura postiza mal colocada. Tragó saliva y la colocó en su sitio.

—Vergüenza, vergüenza... Desdeñar una ocasión tan buena...

Las palabras de Julio salen pegadas entre sí, gangosas y secas.

—Os he arruinado —dice—. Os he estropeado la vida. No tengo perdón.

211

Salvo Genoveva, todos rodean su cama. Las mejillas están pálidas. El ambiente, decaído. Se oyen murmullos entrecortados: «No te preocupes.» «No hables.» «Quién se acuerda de eso…»

—He perdido mi empleo. He perdido el dinero. Soy un fracasado.

Le caen lágrimas por la cara, se estancan en la almohada.

—¿Y ahora, qué?

El dilema crece. Se esparce. Todas las caras de la habitación reflejan ahora el dilema.

—Debí pegarme un tiro y acabar de una vez.

En sus muecas plañideras hay algo infantil.

—Soy un cobarde, un estúpido.

Suspira haciendo pucheros.

—No merezco vuestro afecto. Deberíais dejarme morir como un perro. Eso es lo que soy: un perro sarnoso.

Las protestas ahogan sus confesiones. Hasta Finita se ablanda.

—Antes moriríamos todos… —dice llorando también.

Pilar decreta:

—Un mal momento, hijo…

Juana opina:

—En cuanto te repongas se solucionará todo… Te pones a jugar a las quinielas otra vez y seguro que ganas. Don Alfredo me ha prometido hablar con Bermúdez… Si Paco quisiera volver con doña Leocadia.

Los ojos de Paco se abren alarmados.

Pilar interviene:

—A buen sitio vas… Ése es más terco que una mula.

—Deberías pensar en tu familia —apostilla Finita—, en tu pobre padre.

Paco se tapa la cara con las manos. Las voces parecen resultarle insoportables. Julita le coge por el codo, lo aleja de la habitación. En el comedor todo es silencio y soledad.

—No es posible… —dice Paco.

La tarde es cada vez más densa.

—¿Quién tendrá razón?

No contesta. Los dos hermanos están sentados en el catre, prendidos de algo que no pueden descifrar.

212

—Nos dan la culpa...

—¿Y Dios?

Julita se encoge de hombros.

—Cuando Él lo permite...

—No blasfemes.

—¿Qué piensas hacer?

—Seguir. ¿Y tú?

—Marcharme; pedir socorro a un convento.

—Eso es una cobardía.

Los pasos de Pablo crujen definidos en el rellano.

—Ha llegado —dice Julita—. ¡Ayúdame, Paco! Hay que producirle buena impresión. No puedo dejar que adivine... Hay que fingir...

Los tendones sobresalen tensos bajo la piel de su cuello.

—Un poco más —dice—, un poco más...

—Haré lo que pueda.

Julita corre a la puerta antes de que el timbre suene. Lo invita a entrar con ademán urgente.

—Has tardado mucho.

—Daba vueltas por abajo sin atreverme a subir.

—Bueno; ahora ya estás en casa.

Paco y Pablo se encuentran en el comedor. Se dan la mano. El canario se pone a cantar y las voces aumentan.

Pablo lo mira todo entre curioso y cohibido. Señala la fotografía de las quinielas.

—¿Tu familia?

—Salieron todos muy mal.

Hay una tensión grande entre los tres. Es como si nunca se hubieran visto, como si todo en ellos fuera nuevo.

—¿Tu padre?

—Mejor.

—¿Los demás?

—Están con él.

De pronto un barullo extraño. En Jueves Santo todo es quietud y silencio. Por eso resulta extraño. Viene de la calle envuelto en alarma. Julita se excusa:

—Encuentras la casa sucia porque en Jueves Santo tenemos la costumbre de no barrer. Dicen que luego brotan hormigas...

213

—Creí que tu familia no era religiosa.

—Pero eso lo seguimos a rajatabla.

La sonrisa de Pablo disuelve la cortedad reinante:

—Eso de las hormigas es una superstición —dice.

—¿Entonces vosotros no lo tenéis en cuenta?

—No.

Un rubor inesperado sube por el rostro de Julita al tiempo que el rumor de la calle se intensifica.

—¿Qué estará ocurriendo?

Paco abre el ventanal. El canario se encrespa, se agita y picotea el alpiste furiosamente.

Al abrir el balcón entra un olor desagradable que arruga narices y cosquillea los ojos.

Grupos de gente en la acera. Hablan alto, se permiten familiaridades con los transeúntes. Paco pregunta a voz en grito:

—¿Qué ocurre?

Al principio no le contestan. Luego hablan varios a la vez. No se entiende lo que dicen.

—Pero, ¿qué pasa?

El olor acre se esparce por toda la casa. El rubor de Julita se ha vuelto blanco. No se atreve a preguntar. Intuye algo que no puede explicarse. Algo definitivo y espantoso. Paco deja el balcón abierto y corre escalera abajo.

—No se puede respirar —comenta Julita.

Pablo olfatea haciendo muecas.

—Cada vez es peor.

—¿Dónde habrá ido Paco?

En el cuarto de Julio hay un revuelo de gente.

Julita llega a la cocina. También en la cocina hay olor. El desagüe del fregadero burbujea. Lanza soplidos casi humanos y escupe agua sucia y viscosa.

—Viene de ahí —dice Julita señalando el fregadero.

Pablo sugiere desde el umbral:

—Abre el grifo del agua caliente.

Le obedece. Es peor. En un instante se llena el recipiente de agua aceitosa y negra.

—Está obstruido.

El hedor no está solamente en la cocina. Cualquier rincón de la casa lo recoge.

En el cuarto de Julio ya no hay mujeres. Corren de un lado a otro por toda la casa. Se meten en el lavadero, en el retrete, en los cuartos. Van alocadas sin reparar en Julita ni en Pablo. Gritan:

—Estamos invadidos...

—Nos han pringado...

Tropiezan, chocan entre ellas, lanzan exclamaciones.

Por la escalera suben y bajan. Entran en el piso. Hablan nerviosamente.

—Por favor, no se os ocurra abrir los grifos. Desastre. Desastre.

Julita no comprende aún.

—Pero, ¿qué desastre?

Pilar ha salido al rellano. Habla con los vecinos.

—Lo de entonces... Ha vuelto lo de entonces.

—El pozo...

—Es inútil. Cuando ocurre eso hay que esperar a que vengan los poceros...

Paco sube cabizbajo. Lleva las manos en los bolsillos.

—La casa entera está infestada —explica a Julita—. Se ha llenado el pozo aséptico. Ha llegado al tope.

Pilar interviene:

—Lo peor es que vamos a tener que pagar una multa. Está prohibido tener pozos... Os digo que las desgracias nunca llegan solas...

Distingue de pronto a Pablo, pálido, alto, cohibido.

—Perdone, joven. No le había visto. Usted será el novio de la niña.

Se acerca a él. Lo mira como si lo estuviera oliendo, como si el hedor fuera culpa suya.

—En efecto, señora.

—Pues en buen momento ha venido usted. Ya lo ve: invadidos de mierda.

Cierra la puerta de la calle. Enfila hacia el comedor.

—Las corrientes de aire son peores... Pero no se quede ahí pasmado, hombre. Entre usted. Es decir, si no tiene usted reparo en oler esa porquería...

Finita y Enriqueta continúan entrando y saliendo de las habitaciones, gritando, buscando un remedio que no pueden encontrar.

—Serán tercas... —dice Pilar—. No es posible hacer nada. Hay que esperar a que vengan a vaciar el pozo. Siempre es así. Lo malo es que esas cosas ocurren en días festivos. La otra vez pasó lo mismo.

—Pero ante una cosa así —insinúa Pablo.

—Primero hay que buscar al administrador de la casa. Vaya usted a encontrar administradores en tal día como hoy. Luego dar parte al ayuntamiento, y luego esperar a que vengan...

El olor aumenta. No hay forma de acostumbrarse a él. Es como si cada cuerpo quisiera dar a su residuo un matiz propio.

Pilar pone los ojos en blanco.

—Ahí tiene; cuando uno piensa lo que somos... ¡Una gran porquería! ¿No le parece a usted, joven?

La palidez de Pablo sólo puede compararse a la de Julita. No se miran. Un pudor extraño media ahora entre ellos. Es como si el olor formase una barrera que los separase.

Pilar, sentada en una silla, intenta darse aire con una hoja de papel. Con la otra mano se levanta el flequillo. Quedan sus dos cejas pintadas al descubierto, definidas y agresivas.

—A lo dicho, joven: por mucho que nos empeñemos en parecer algo, no pasamos de ser un simple detritus. Una miseria. Ahí lo tiene: mucho elegantizarnos, mucho hablar de amor y, en el fondo, en cuanto uno se descuida, todo se va al cuerno. Y el pobre Julio sin moverse de la cama. ¿Cómo caray vamos a arreglárnoslo para... en fin, para los menesteres de siempre? Porque el apaño de todo eso, no hay que esperarlo hasta el martes. Suponiendo que mañana encuentren al administrador... En fin, que tenemos mierda para rato.

El barullo de Enriqueta y de Finita se amortigua, los pasos se hacen menos frecuentes.

En la calle el alboroto se extiende. Los vecinos salen al balcón, señalan la vivienda. Algunos ríen.

Pablo y Julita siguen en pie, estáticos, mirando a Pilar entre aterrados y descorazonados.

El olor cada vez más pegado a ellos, cada vez más cruel.

Pilar continúa hablando. Monologa:

—A alguna parte tendrá que ir a parar lo de estos días, digo yo. Al fin y al cabo cuerpos santos no somos... Ahí tiene usted la prueba. ¡Pensar que todo eso nos pertenecía! Y luego; sin poder abrir los grifos... Peor que las restricciones. Se lo digo yo que he vivido mucho. Peor que las restricciones.

Suspira. Dos, tres veces. Cada suspiro aumenta la tensión, y renueva el aroma.

Julita se vuelve hacia Pablo. Abre los labios. Tiene las comisuras pegadas y rígidas. Quiere hablar pero probablemente no sabe qué decir. Acaso teme romper el silencio que reina entre ambos.

—Vete.

Pablo continúa impávido, detenido en la respiración del cuarto.

Toda la casa parece ahora detenida. Es como un enorme pulmón paralizado por el aire podrido.

Paco los mira entristecido casi desesperado.

—Vente conmigo —dice—. Iremos a buscar al administrador.

Pilar recomienda:

—Explícate bien. Dile que avise a los del Camionaje Industrial de Letrinas... ¡Pensar que hasta la porquería puede industrializarse!

Julita insiste:

—Vete.

Su lasitud es pura derrota, puro fracaso. Los ojos secos, los labios secos, las manos secas. Pablo se dirige a Pilar:

—Si puedo ayudarlos en algo...

—Gracias, joven. No hay más solución que esperar. Hay práctica. A menos que se ofrezca usted a vaciarlo... —ríe bajito—. Al fin y al cabo Julita también tiene parte en eso... ¿Verdad, Julita?

Cualquier sonido, cualquier silabeo puede ahora provocar el aumento del hedor. Es como si también los ruidos tuviesen olor propio.

Pablo se dirige a la puerta. La escalera todavía está llena de gente. Pasan algunos vecinos con repicientes tapados.

217

—Lo que decía... ahí lo tiene. No hay cuerpos santos.

—Adiós, Pablo.

Julita habla como si cada palabra tuviera espinas, como si más que decir, pensara.

—Adiós, Julita; te veré mañana.

—Sí, Pablo.

—A las cinco en punto, ante el portal de Manuela.

Reprime la respiración mientras lo ve desaparecer por el hueco de la escalera.

Al cerrar la puerta corre hacia el balcón. Se asoma a mirar. Ve la silueta de Pablo fundiéndose entre las gentes. En la calle existe un ambiente nuevo, algo subterráneo y maquiavélico. Como si la ciudad tuviese un alma negra y hubiera elegido la calle para instalar su negrura. Hay algo de duelo en la hostilidad de los vecinos.

El cogote de Pablo se pierde entre un número crecido de cogotes. Julita, tenso el cuerpo y la actitud, contempla a Pablo con horror.

—Pablo.

Los ojos cada vez más brillantes, parecen suplicar una tregua, una ayuda.

—Pablo.

Le caen lágrimas por la cara. No las detiene. Pablo se aleja, se difumina.

—Pablo.

Cuando lo pierde de vista vuelve al comedor. Las luces del hotel Iberia dan ahora en su pelo y en su vestido.

Pilar se incorpora.

—¿Por qué me miras así? ¡Cualquiera diría que tengo yo la culpa de lo que ha pasado!

—La tienes —dice fríamente.

Pilar levanta los brazos, los agita nerviosamente:

—¡Vivir para ver! ¡Vivir para ver!

Julita se lleva las manos a la boca.

—¿Qué te pasa? No irás a... Acuérdate de que en casa no se puede soltar nada. Si tienes ganas de vomitar, vete a la calle. Aquí ya tenemos bastante...

No es una arcada. Es un sollozo.

Cuando llega Genoveva, la casa está tranquila. Sólo el olor continúa reinando.

Genoveva sube la escalera con la nariz fruncida. No comprende. Se alarma. Al entrar en el piso, Pilar y Enriqueta se precipitan a explicarle lo ocurrido.

—... y nada de abrir grifos...

—¡Una desgracia, una verdadera desgracia!

—Si pudiéramos comer fuera... pero el maldito dinero...

—... ya nadie quiere prestarnos un céntimo...

—La gente es un pozo. Se llena de porquería y a fastidiar.

Se quejan de Paco, de Julita.

—Si fueran más razonables...

Finita le pregunta:

—¿Le hablaste a la marquesa?

—Sí...

—¿Qué te contestó?

La ansiedad está en los ojos de todos.

—Que lo pensaría. Dice que no tiene por costumbre adelantar el sueldo a nadie... Además, desde lo de Clarita, está furiosa conmigo.

La puerta del cuarto de Julio ha quedado entornada. Enriqueta insinúa:

—Hablad bajo, que no se entere. Hay que evitarle disgustos.

Julita está ya en la cama. Al ver entrar a su prima se incorpora.

—No alumbres —dice—, me duelen los ojos.

Tiene la voz tomada, saturada de llanto.

—Ha venido —explica—. Ha venido precisamente cuando el pozo se ha llenado.

Genoveva empieza a desnudarse. Despacio deja la ropa en la silla de siempre.

—Lo peor es que cuando me recuerde, recordará también ese olor.

—Huele a Clarita recién salida de la cama.

—No, huele a la abuela.

—Huele a todos nosotros.

219

En el silencio repentino hay como una descarga de reproches añejos que nadie hubiera dicho aún.

—¡Pensar que hace medio año vivíamos tan tranquilos! La tranquilidad vuelve locos a los hombres... ¿Sabes lo que me han dicho? Que te hable, que te convenza de...

—Lo sé; quieren que me prostituya.

—Por lo visto están sin blanca y con deudas...

Julita se sienta en la cama, se adivina su postura por la escasa luz del cuarto.

—La calle estaba triste —comenta Genoveva—; han prohibido la circulación de coches... Es curioso; no me acordaba de que hoy es Jueves Santo. La verdad es que con Clarita al lado se olvida una de todo lo que pasa en la vida.

Se mete en la cama sin hacer ruido. El silencio de ahora lleva una intriga extraña.

—¿Crees que papá habrá empezado su novela?

—Vete a saber.

—Si la hubiera empezado podría pedir un anticipo a la editorial.

—¿Qué editorial?

El patio se apaga poco a poco.

—¿Estamos ya en primavera?

—Me parece que sí. Cuando me despierto oigo cantar algún pájaro. En invierno no suelen oírse.

—Será el canario...

—No; los pájaros de jaula cantan de otro modo.

Finita y Enriqueta susurran tras la puerta del cuarto. Julita y Genoveva las escuchan atentamente; jamás han hablado con tanto sosiego entre ellas.

—Tu madre y la mía empiezan a ponerse de acuerdo.

—Las adversidades unen mucho a las personas.

Julita suspira; tiene aún la voz tomada.

—¡Si Pablo no hubiera venido!

—No pienses... Todo se arreglará.

—Paco no ha vuelto.

—Volverá. ¿Dónde quieres que se meta ese desgraciado?

Se escucha ahora el llavín en la cerradura de la entrada. El chirrido de los goznes, el golpe sordo de la puerta al cerrarse.

—¿No te lo decía yo? Aquí está Paco.

—A dormir. Mañana será otro día.

—Y empezaremos otra vez...

—¿A vivir?

—Eso es; a vivir.

—Si Pablo me abandona ya no habrá vida para mí.

—¿Por qué ha de abandonarte?

Al filo de la oscuridad se oye un suspiro prolongado y hondo.

—¿Crees que Juana querrá ayudarnos? Si ella quisiera...

—Juana no ayuda ni a su sombra.

—Mañana le hablaré. A lo mejor se ablanda.

Empiezan a corretear los ratones.

—Ese olor...

—Parece que amortigua.

—Te habrás acostumbrado.

Sinfonía

PILAR se levantó temprano, se puso el abrigo, se retocó el maquillaje y se alisó el flequillo.

La portera, a pesar de la hora, estaba ya en el portal.

—Parece que la cosa va a arreglarse mañana... El administrador llegará esta noche... Con eso de que el Sábado de Gloria no es ya fiesta. ¡Lo que cambian los tiempos! Antes todo era liarse a tocar matracas, ¿recuerda? Ahora en cambio...

—Así es, así es...

Platicaban bajo la ninfa, al filo del día.

Había en ellas el letargo de la noche. Hablaban bostezando. Se separaron luego, recaídas cada cual en su murria.

Pilar salió a la calle. El Viernes Santo se olfateaba en cualquier rincón. Un sol triste y débil envolvía la ciudad. La gente andaba cansina, con los rostros apagados, espejeando ideas luctuosas. Las calles continuaban vacías, sin carruajes, sin ánimos y sin pronósticos. El latir de todos los días se había esfumado. El prenuncio de la primavera únicamente podía verse en el ineludible brotar de los árboles, en el trino prematuro de algún gorrión y en las toses de los transeúntes.

Pilar se daba aires; la gente la miraba insistentemente. La humedad aguzaba su artritismo y la brisa del mar matutina era un cuchillo para sus miembros.

Andaba renqueando, la cabeza alta, el flequillo despegado de la frente por el viento, cejijunta y pálida.

Se detuvo ante el portal de los Junquera. La farmacia estaba aún cerrada. En lo alto del zaguán, se veía una escalera estrecha y oscura.

Se miró en la vitrina para peinar su flequillo. Ensayó una sonrisa difícil y la dentadura quedó fuera de sitio. Volvió a colocarla bien.

Se arriesgó luego a subir la escalera. Un amago de ahogo

la obligó a detenerse. Entre suspiros prolongados y exclamaciones incongruentes, llegó al rellano.

Pulsó el timbre.

Le abrió la puerta el propio Pablo. Iba en mangas de camisa.

—Hola, joven.

Salió una voz del fondo del piso:

—¿Quién es, Pablo?

—Nada, nada...

Pilar se coló en la casa. Era pequeña y estaba en perfecto orden. En casi todas las mesas podía verse un tapete de organdí con volantes encañonados.

Salita y comedor. Los muebles, añejos sin ser antiguos, tenían lustres de muebles recién hechos.

Pablo, todavía silencioso, acompañó a Pilar al saloncito de estar. Se le veía perplejo y temeroso.

Un fuerte aroma a café invadía la estancia.

—¡Eso sí que es café! —decía Pilar—. Lo habrán encontrado a peso de oro. En casa hace ya mucho tiempo que no lo probamos...

Cuando cerró la puerta, el aroma quedó cercenado.

Trabajosamente Pilar tomó asiento en una butaca alta. Se lanzó luego a hablar:

—Seguramente le extrañará esta visita mía a unas horas tan intempestivas. Dirá usted: «Tan temprano y sin avisar...»

Pablo se esforzó en ser amable:

—Está usted en su casa —dijo.

—Ese café... La verdad es que con el jaleo de los desagües no ha habido tiempo de pensar en comidas.

—¿Han podido solucionar el problema?

—Todavía no. Ahora dicen que «mañana». El administrador llegará hoy a la ciudad. Un fastidio, un verdadero fastidio...

—¿Y Julita?

—Tristona. Dice que en mal momento le dio a usted por ir a casa.

Pilar carraspeó e hizo sonar su dentadura:

—Me ha pedido que la excusara por no acompañarme... Le daba vergüenza presentarse aquí a estas horas.

Pablo contestó algo ambiguo. Algo que probablemente ni él sabía qué era.

—A lo que íbamos —unió las manos y acentuó una mueca que tenía insinuada—. La cosa no es fácil de exponer...

Pablo esbozó un ademán animándola a que siguiera.

—Lo cierto es que estamos en un apuro muy grande. Peor aún, un apuro «grandísimo». Mi pobre hijo, enfermo, sin poder trabajar... Mi nieto... ha tenido que dejar el empleo. Los gastos han sido enormes. Finita gana poquísimo... Julita... En fin: un mal aire. Se lo rubrico, joven: un mal aire.

Y al decir «aire» quebró su voz como hacía en el último acto de *La Bohême*.

—Si he de serle franca, la idea ha sido de Julita. Ha dicho: «Mira, abuela, lo mejor que puedes hacer es ir a ver a Pablo y explicarle lo que pasa. Él nos ayudará.»

—¿Julita ha dicho eso?

—Como me llamo Pilar Poma —extendió la mano igual que si jurase.

—¿Y por qué no ha venido ella?

—Ya se lo he dicho antes: le daba vergüenza.

Pablo se levantó de la silla y comenzó a pasear por el cuarto.

—No me explico ese reparo, no me lo explico.

Pilar continuó sentada, las piernas separadas, las manos sobre los muslos.

—Pues así es, joven —golpeó sus piernas levemente, provocando un sonido hueco y húmedo—. Y la verdad es que, como no nos eche usted una mano, no sé dónde iremos a parar. Desde lo del pobre Julio... todo ha cambiado...

Pablo apenas se atrevía a hablar:

—¿Y... las quinielas?

—¡Ángel mío! ¿Dónde andarán ya las quinielas? ¡Volaron, jovencito! ¡Volaron, así: puf, puf!

Hizo sonar los dedos (medio contra pulgar), acompañando el sonido con los labios.

Pablo quedó frente a la pared, las manos en los bolsillos.

—¿Y dice usted que Julita la envía...?

—No irá usted a desconfiar de su abuela... ¿Cómo iba yo a mentirle? ¿Con qué finalidad?

—Me cuesta creerlo... Ella es tan recatada, tan...

—A la fuerza ahorcan, joven. Cuando no hay donde agarrarse...

El aroma a café aunque uno no quisiera se colaba por las rendijas de la puerta y se metía en el olfato.

—Dígame, joven: ¿usted está enamorado de mi nieta?

Se volvió bruscamente, como si lo hubieran pinchado.

—Sí.

—Ella confía en mí. En el fondo somos igualitas. Por eso me ha enviado.

—No se parecen —dijo Pablo fríamente.

Pilar, olisqueando, frunció la nariz.

—La verdad es que el aroma ese... la pone a una en trance de ogresa...

Dejó escapar una carcajada voluminosa.

La puerta se abrió y la madre dijo a Pablo:

—Te esperamos para el desayuno.

Pilar se puso en pie y le tendió la mano:

—Soy Pilar Poma —dijo—, la abuela de Julita.

Se saludaron con un punto de angustia en cada una. Sorprendidas tal vez de su propia sorpresa.

—Mucho gusto.

—He venido para hablar con el muchacho de algo privado...

—Me retiro...

Pablo la retuvo por el brazo:

—No te vayas —dijo a su madre—, prefiero que asistas a lo que voy a decirle.

Algo violento creció dentro de Pablo. Se notaba en el rictus amargo de sus labios y en la acritud del gesto.

—Esta señora ha venido, según dice ella, enviada por Julita. Están en un apuro y me ha pedido dinero.

La madre repitió:

—Dinero.

Parecía como si quisiera convencerse de lo que acababa de oír.

Pilar se estiró el jersey y despegó su abrigo de los hombros.

—Eso es, señora; dinero.

—Pero... ¿cuánto?

—Lo que gusten. Algo para ir tirando... En cuanto Julio se ponga bueno le devolveremos hasta el último céntimo.

—¿Lo has oído, mamá?

—Ya sé que no es fácil prestar dinero... Pero la niña se ponía tan terca. Insistía: «Te digo que Pablo dará lo que le pidas; para algo es mi novio.»

—Basta.

Lo miraron las dos mujeres asombradas.

Dijo él:

—Salga de esta casa.

—Joven.

—He dicho que salga de esta casa.

La madre, ante el tono del hijo, le abrió la puerta.

—¡Bonita manera de atender a la abuela de la novia!

—O sale usted en seguida o la echo escalera abajo.

Lo decía ya gritando.

—Fuera. Salga. Salga.

Pilar, en la precipitación, chocó con los muebles...

—Menudo jovenzuelo, menudo jovenzuelo... Ya lo decía yo. Un gallito cabrón, eso es, un gallit...

No la dejó terminar. Después de empujarla al rellano, cerró la puerta. En el fondo del pasillo se veían las siluetas de los padres, bien dibujadas por la luz de un sol que empezaba a ser diáfano.

El ligero murmullo que venía de afuera resonaba inmenso entre aquellas paredes. Pasó un instante que pareció un siglo.

El padre se acercó a Pablo. Venía despacio por el pasillo, con el andar implacable.

—Te dije que eran unos indeseables.

Pablo cerró los ojos y se esforzó en reatrapar algo que huía de él sin remedio.

—Ella es distinta —repetía—, ella es distinta.

—Hay un refrán que dice: «De tal palo, tal astilla.»

—Julita es distinta —repetía.

—En todo caso su ética deja bastante que desear... Acuérdate del día que la trajeron aquí...

—No fue suicidio; cayó al mar.

—Te ha engañado.

Pablo se desmoronaba, se le veía abatido, incapaz ya de defenderse. La madre dijo:

—Déjalo, Benito.

Pero el padre empezó a soliviantarse:

—Las cosas claras —decía—. Cuando alguien intenta suicidarse es por algún motivo gordo... Pero también porque falta lo fundamental: conciencia cristiana. Con una abuela como esa señora, mal puede existir la conciencia cristiana.

—Conozco bien a Julita... ella es distinta.

—Pero te mintió. Te explicó una familia que no tenía.

—Vosotros la alucinabais... Quería imitaros...

El café ya no aromaba. Perdía su momento poco a poco por el pitorro de la cafetera.

—O atraparte.

—¡Papá!

El padre empezó a desbocarse.

—Eres un incauto, como todos los de tu generación. Te dejas engañar. Te toman el pelo...

Pablo fue a hablar, pero se contuvo.

Aquel día no tomaron café.

Manuela Lorente llevaba puestos aún los torcidos de papel cuando Julita entró en su casa.

—Ya sé que no son horas de venir —se disculpaba.

El taller tenía la ventana cerrada y el hueco de la habitación contigua negreaba. Sobre el velador de la entrada había seis rosas artificiales, cubiertas de polvo, en un jarrón de plástico.

—No pensarás trabajar en Viernes Santo.

—Vengo a pedirle un favor.

—Aquí estoy para servir a los amigos.

—Se habrá enterado de lo del pozo... No podemos usar los grifos. Si me dejara usted lavar aquí...

Traía una pastilla de jabón envuelta en una toalla.

—Claro, mujer, claro que te dejo. —Le señalaba el retrete y la cocina—. ¿Querrás calentarte agua? Aquí no hay comodidades, ya lo sabes. Pero el que es limpio...

Del taller venía un vaho intenso a cuerpos acumulados.

—Acabo de despertarme —se excusaba—. Un día es un día...

En realidad se levantaba siempre tarde.

El lavabo era estrecho y el grifo de lento manar. Manuela, desde el umbral, asistía al aseo de Julita.

—Y pensar que con ese cuerpo... ¡Ganas de perder la vida! ¡Ganas de desperdiciar ocasiones!

Julita fingía no oírla escudándose en el ruido del agua.

—Enrique Fernández volvió el otro día a verme. El pobre muchacho sigue loco por ti...

Julita se enjabonaba las orejas.

—Me dijo que si estabas en un apuro que contases con él.

—Ése lo que busca...

—Te equivocas. Es un pobre muchacho que se ha enamorado de ti y que, por suerte, tiene dinero.

El agua se deslizaba por el caño, salpicaba las paredes y dejaba la piel de Julita reluciente y roja.

—A fresco no hay quien lo gane.

—Así que te emperras en seguir viendo a ese pelanas.

—No es un pelanas.

—Mediquillo de tres cuartos. Veremos dónde vais a parar con vuestro enamoramiento.

—A la iglesia.

—De aquí allá pueden cambiar las tornas.

—Nos queremos.

—¡Querer, querer! Lo de siempre. ¡Si tanto te quisiera, sacaría las castañas del fuego y ayudaría a tu familia! Le habrás hablado de lo que pasa...

—No.

Salieron del lavabo, se dirigieron al taller. Manuela abrió el batiente. En el fondo, la cama deshecha con las huellas de su cuerpo.

—¿Y a qué esperas para decírselo?

Julita se peinaba ante el espejo de la consola.

—No se lo diré nunca.

—Y dejarás colgados a los de tu casa.

—Pablo no tiene la culpa. —Esgrimía su peine mirando a Manuela desde el espejo—. Aunque en el mundo sólo hubiera Pablo, jamás recurriría a él para eso.

231

—Menos orgullo, menos orgullo. Hay situaciones que no admiten galleos. El barrio entero está soliviantado contra vosotros. ¿Lo sabías? Que me debáis dinero a mí... poco importa. Al fin y al cabo puedo cobrármelo con tu trabajo... Pero los otros...

—Saldremos del apuro algún día.

—Sólo queda una solución: marcharnos. Unas vacaciones nunca sientan mal y de ese modo evitaremos complicaciones. La cosa se está poniendo fea, querido Alfredo. Esta mañana vino a verme mi sobrina. Ya sabes: lo de siempre: el dichoso dinero. ¡Cualquiera diría que soy millonaria! Por lo visto contaban conmigo para mantenerlos a todos. Lo peor es la frescura que demuestran. Cuando le he dicho a Julita: «¿Quién te priva a ti de ganarte la vida con otros medios?» ¿Sabes lo que me ha contestado? «Con una puta en la familia basta y sobra.» ¡Habráse visto insolencia mayor! ¡Llamarme puta a mí, a mí! La muy comodona estaba acostumbrada a que yo le dijera: «Julita, guapa, lo mejor es que te cases...» Pero eso era antes. ¿Cómo podía sospechar que las cosas iban a cambiar de ese modo? ¡Si vieras cómo se ha puesto! Me ha llamado egoísta, vividora, mala hermana... ¡Lo que tiene una que oír! Dos calamidades son mis sobrinos. Te lo juro, Alfredo; dos calamidades. Y la muy viva no se iba. La he tenido por lo menos una hora ahí, donde estás tú, de pie, los ojos fuera de las órbitas, las manos temblorosas, rebosando ira. Después se ha puesto a llorar. Gritaba tanto que hasta los vecinos la han oído. Se ha puesto a repetir que no tenían para comer, que su padre moriría de hambre... Le he dado huevos y patatas, para que no digan. Por lo menos hoy habrán comido. Estaba tan furiosa que he creído que se me lo iba a echar encima... Pero no: se ha llevado el paquete y ni siquiera me ha dado las gracias. Te digo, Alfredo, que lo mejor es que nos vayamos. Donde tú quieras. ¿Despedirme? Ni hablar; con lo mal que huele ahora aquella casa...

Aunque acababan de dar las cuatro, el fluir de la calle iba hacia las Ramblas. Se preparaba la procesión y había que instalarse en los mejores puestos.

En la fuente de Carlos III, Julita y su madre lavaban los platos. Junto a ellas tres vecinas más hacían lo mismo.

—De modo que la tía Juana juega a la desentendida.

—Que me aspen si vuelvo a saludarla.

Con el frío se le ponían los brazos morados hasta el arremango y le salían redondeles en la piel.

—Cuando van mal dadas es un cero a la izquierda. ¿Sabes lo que ha llegado a insinuarme? ¡Que le pida dinero a Pablo!

Hablaba con la indignación a flor de lengua.

—Luego decía. «A ti lo que te conviene es arrimarte a Enrique Fernández... ése sí que tiene pasta...»

Había un mundo de tristeza en la cenagosa mirada de Enriqueta.

—¡Pobre hija mía!

—¿Tú no lo aprobarías, verdad, mamá?

Negó sin palabras.

Algunas vecinas discutían sobre la procesión. Decían algo relacionado con el Santísimo.

—¿Cómo va a salir en Viernes Santo? ¿No ves que está muerto?

—Pues el año pasado salió.

—No era el Santísimo. Eran las reliquias de la Cruz.

—A mí nadie me quita que era el Santísimo.

Lo tomaban muy a pecho y se olvidaban de fregar. Desde una ventana baja intervenían otras:

—Este año saldrá el alcalde...

Enriqueta y Julita no hacían caso. Hablaban entre ellas:

—Si llegara el caso... ¿Me defenderías?

—¿Cómo no voy a ayudarte, hija? Una madre no puede permitir que su hija se venda...

Lo decía sin convicción. Con la misma inercia que utilizaba para fregar los platos.

Corría una brisa tenue que helaba los brazos.

—Y decir que esto es primavera...

—Otros años ha sido peor.

233

El tránsito fluye diligente hacia las Ramblas. El taconeo de las mujeres tiene sonidos festivos.

Algunos la saludan:

—Adiós, Julita.

La calle se vacía poco a poco. En lo alto, entre tejado y tejado, una raja azul nítida e intensa.

Julita ya no sabe dónde mirar. Probablemente en cualquier lugar donde posa su vista, encuentra desolación. Su cabeza se vuelve a un lado y a otro como si buscase un sistema para evadirse a su propio miedo. Pero el reloj del campanario es implacable. Continúa sonando cada cuarto de hora; de prisa, insistente.

—Quedamos aquí, a las cinco...

Un chiquillo pasa junto a ella:

—Hablas sola —le dice.

—No.

De pronto la mano de Manuela en su espalda.

—Hola. ¿Esperando?

Manuela lleva mantilla y guante blanco. El traje es negro.

—Quedamos citados aquí a las cinco.

—Ya no vendrá: son las seis y cuarto.

Tras el bloque de casas se escucha otra vez el rodar de los coches, detenidos hasta entonces. El plazo del silencio ha terminado.

—No me explico...

—A ver qué día te convences de que ese muchacho no te conviene.

—Nunca.

—Te gusta perder el tiempo.

Julita se pasa una mano por la frente, oscila, parece como si le faltase estabilidad.

—La culpa la tiene el maldito olor —dice—. Si no hubiera sido por el olor...

—¿Qué estás diciendo?

—Le dimos asco... Era como si la porquería de los desagües estuviese en nosotros...

El gesto contraído pide compasión y ayuda.

234

—Será eso, será eso —dice Manuela compungida.

Julita abre los ojos aterrorizada:

—No, no, no...

—Olvídate ya de ese mamarracho... Desilusionarse por un olor... Con lo bonita que tú eres... Vamos, vente conmigo a la procesión; te haré un hueco en mi silla.

Julita se deja arrastrar. Camina sin saber dónde pisa, como una autómata. De vez en cuando, repite:

—No es posible.

En días festivos, Manuela se pone corsé, y su silueta adquiere una notable solemnidad. Suben por la acera hasta llegar al hotel Manila.

—A lo mejor ya no vuelvo a verlo...

Manuela se abre paso entre la multitud arrastrando a Julita de la mano.

—A lo mejor se ha cansado de mí...

—Vamos, más brío; hay que llegar antes de que empiece.

Alguien roza su mantilla y la peineta, con el estirón, queda ladeada.

—So bruto.

La endereza con el ademán airado.

Los balcones del hotel Manila están abiertos. En cada uno de ellos, tres o cuatro cabezas extranjeras. A los lados de las Ramblas, hileras de sillas. El cauce del centro está vacío. De vez en cuando, un motorista.

—Vamos, no pongas esa cara; el mundo está lleno de Pablos...

Julita no aparta la mirada del motorista, como si estuviera viendo a Pablo.

El acomodador pone cara malhumorada; Julita no tiene billete.

—Estará sólo un momento —aclara Manuela.

—Cuando se llene la fila haga el favor de ahuecar.

No es preciso. La vecina de Manuela es condescendiente. Julita se sienta entre silla y silla.

A medida que la tarde declina, el ruido de pasos se amortigua.

Manuela, impaciente y vital, sostiene lances de ojos con todo aquel que la mira, propicia a la conversación.

235

Julita continúa indiferente; el pensamiento ajeno a cuanto la rodea, concentrado sin duda en el plantón de Pablo.

Tras ellas, hay sonidos de papeles rasgándose, voces infantiles y cierto jolgorio festivo. Dos niños han extraído la merienda y se disponen a comer.

—El año pasado hacía menos frío.

Julita no contesta. Parece traspuesta de un mundo que nadie conociera. Toda ella es un interrogante. Su mirada fluctúa en ausencia y en atonía.

—Vamos, niña, habla.

Manuela no comprende la tristeza de la chica. Intenta paliarla hablándole de la procesión:

—Vengo todos los años —dice—. Me gusta hacer las cosas a su debido tiempo. Es una forma de vivir como Dios manda. Hoy procesión, mañana desfile, pasado mañana toros... Cada cosa a su tiempo y en su sitio, ¿no te parece? Hay que saber administrarse.

Por el centro del paseo sube ahora a toda prisa, un paso de la Piedad, acompañada por unos encapuchados. El niño de la merienda grita:

—Mira, mira: la procesión.

Llevan las velas apagadas. La madre rectifica:

—No seas bobo. Van a encontrarse con los del cortejo.

El rostro de la Virgen es triste. Concuerda mal con la prisa alegre y despreocupada de los encapuchados.

El cielo oscurece. En los huecos de las casas se ve ya la vida íntima reflejada por la luz eléctrica. Los letreros de la plaza de Cataluña empiezan a parpadear y las letras enormes de Radio España iluminan un fragmento grande del paseo.

Cuando el cortejo apunta hacia el final de la Rambla, la noche se reafirma. Hay un revuelo general anunciándolo. En seguida se escucha el sonido de las trompetas y de los tambores.

La vecina de Julita comenta:

—¿No decían que era la procesión del silencio?

Manuela responde:

—Eso será en Madrid.

Aunque el paso es tardo, la comitiva avanza rápidamente. La encabezan soldados romanos de aspecto famélico y marcialidad postiza. Los más llevan bigote y gafas. Los niños de la merienda se entusiasman:

—Mamá: quiero disfrazarme así...

El desmedro de los soldados se acentúa en los de la banda. Cada soplido que dan disminuye en ellos su pretendida dignidad. Hay algo triste y miserable en el constante vaivén de sus mejillas al hincharse y deshincharse.

—¡Qué bonitos, míralos!

El brillo de los cascos deslumbra a los chicos. Los letreros luminosos se reflejan en ellos.

Espaciado llega Jesús Nazareno con las manos atadas y la corona de espinas clavada en la frente. La música se oye ahora en sordina. Durante unos instantes puede oírse la que acaba de pasar y la que está por venir. La confusión coincide con el paso de Jesús.

—Míralo, pobrecillo. ¡Cómo sufre! —dice Manuela.

La vecina la corea:

—Asesinos... canallas, puercos.

La comitiva se detiene y Jesús ha quedado frente a Julita, ligeramente ladeado hacia ella. Manuela, al verla absorta le dice:

—Serás capaz de pedirle que Pablo se case contigo...

Julita sigue abstraída, pendiente de la figura que preside la fracción del cortejo. Cuando la música se define, Jesús Nazareno está ya lejos. Únicamente puede verse su corona de espinas.

La música de ahora tiene compases de *rock and roll*. El redoble preciso y excitante incita a contemplar los palillos del centro; parecen hipnotizados por unas manos ágiles y severas.

La comitiva de los penitentes es larga. Un río enorme de mujeres a cada lado. Caminan impasibles, sin devoción ni orgullo, cumpliendo no sólo una promesa, sino una costumbre, pendientes casi todas de mantener viva la llama de sus velas. Algunas van sin zapatos.

Manuela opina:

—Menudas aprovechadas. El sacrificio sería andar con tacones, ¿no te parece? Es un modo de ahorrar suelas y molestias...

Las sacrificadas vienen detrás. Su llegada se anuncia por el rastrear de cadenas. Los turistas del hotel Manila se ponen alerta, preparan el flash, miran con anteojos.

Las penitentes sacrificadas avanzan por el centro, vestidas de negro, el rostro tapado por un velo. La actitud de todas es violenta y desesperada. Cada movimiento es un lamento, cada esfuerzo una manifestación de tenacidad. Algunas llevan cruces sobre los hombros, otras, en cambio, llevan los brazos en cruz. Todas descalzas.

En los tobillos, gruesas cadenas para entorpecer el andar, y en el cuerpo un extraño frenesí casi epiléptico.

—Ésas sí que van sufriendo —dice Manuela.

Julita frunce el entrecejo:

—Parecen locas.

Respetuosamente aislada, avanza una mujer de puntillas. Lleva los brazos en cruz y tiene la cabeza alzada. Ni un momento deja de mirar al cielo. Su cuerpo, de vestal poseída, va rompiendo el aire tenazmente en actitud casi impúdica.

—¡Lo que habrá debido de pasar para llegar a esto!

Es como una Niké asumiendo la tristeza de toda la humanidad.

Julita no comprende lo que está viendo.

—¿Por qué hará eso? —pregunta—. ¿Por qué?

Manuela está demasiado interesada en el espectáculo para contestar. Tiene el cuerpo en tensión, atento al gesto.

Los velos de las penitentes se agitan con el viento.

—Parecen fantasmas negros.

La vecina de Julita opina:

—¡Habrá que ver el malhumor que tendrá ésa cuando llegue a su casa...!

Se la ve vacilar mientras avanza siempre con la cabeza en alto, sin vencer la tentación de bajarla.

—Mas le valdría hacer penitencia en las cosas cotidianas —dice—. A mí que no me digan: la religión verdadera no ha de ser amiga de «espectáculos» como ése...

Manuela interrumpe:

—¿Pues sabe lo que le digo? Que sin esas personas las procesiones serían muy aburridas. De algún modo hay que demostrar que se está en Semana Santa.

La mujer de la cabeza alzada se ve obligada a detenerse cuando el cortejo se detiene. Dos enfermeras de la Cruz Roja corren hacia ella por si precisa asistencia.

—Una promesa que necesite enfermeras... no puede ser buena —continúa diciendo la vecina.

La bóveda estrellada consérva aún algo del azul crepuscular.

Continúan los pasos floridos e iluminados. Un olor de alhelíes y de cera quemada se esparce en el ambiente. La Piedad de antes está ahí otra vez. Despacio desciende por las Ramblas. Luego, el alcalde: la mirada limpia, el ademán austero.

Tras él, en noche ya cerrada, llegan las reliquias de la Cruz. A su paso, la gente se arrodilla. El silencio y la emoción se acentúan.

Al inclinarse, los huesos de Manuela crujen. Se arrodilla con dificultad, como todas las mujeres encorsetadas.

Julita se ha postrado devotamente; las manos juntas, los labios temblorosos.

Murmura:

—Señor, ayúdame, ayúdame...

Manuela golpea su pecho. Tiene los ojos llenos de lágrimas.

—¡Ay, madre, qué vida... qué vida...! —se lamenta.

Cuando el público se dispersa, Manuela dice:

—Rápido, que nos comen.

El bloque humano desbocado levanta protestas y pone en guardia a los policías. Un rumor grande de voces crece con la marea de cuerpos. Manuela y Julita entran en su calle.

—¿Te ha gustado?

Lo pregunta como si vinieran del teatro.

Como Julita no responde, insiste:

—Ya quisieran en el extranjero tener cosas así.

En la calle se produce un extraño batir de puertas y ventanas. El viento arrecia, haciendo crujir maderas y levantar gemidos.

—Se nota que el Señor ha muerto, ¿verdad? No hay Viernes Santo sin viento.

Se despiden en el portal de Manuela. A medida que se aproxima a su casa, la pestilencia del pozo negro colmado se intensifica.

La tristeza de Julita apenas destaca entre su familia. Sin duda todos se han habituado a verla siempre luctuosa, decaída y poco locuaz.

Pilar repite:

—Hacernos esa faena, la muy guarra; tenga usted hijos para eso.

—Marcharse así, sin despedirse siquiera, dejándonos a la buena de Dios —rubrica Finita.

—Egoísta, egoísta...

El espíritu de Juana está en la mente de todos. Llevan hablando de ella desde que se han reunido.

—¡Si el pobre Julio lo supiera!

—¡Con lo que él quiere a su hermana!

—Hay que buscar otra solución —dice Finita, mirando a Julita.

Pilar remacha:

—¿Oyes, niña? Hay que buscar otra solución.

Enriqueta ha quedado boquiabierta, suspendida en una nueva inmovilidad, pasmada. El acento de Finita es insistente, taladrante:

—Parece que no te des cuenta de lo que está pasando en esta casa.

—Me doy cuenta de sobra.

El vientre de Pilar se aplasta contra el borde de la mesa, queda hundido por el centro y un fárrago de grasa se acomoda en la tabla.

—Lo que falta aquí es espíritu de sacrificio —dice poniendo su mano en el hombro de Paco—. Te lo digo a ti, señorito; darse golpes en el pecho no basta para vivir.

Paco, silencioso, continúa parapetado tras su terquedad habitual, introversa y casi insolente.

—¡Pensar que si no hubiera sido por tu «capricho», podríamos por lo menos contar con tres mil pesetas!... Lo que pasa es que a vago no hay quien te gane... Sí; no me mires así: un vago.

Paco murmura:

—El mejor día me voy y ya no vuelvo...

—Eso es: y los demás que revienten —responde Finita—. Y tu padre que se muera... ¿No es eso?

Julita se muerde los labios con fuerza.

—¿Qué opinas de todo eso, Enriqueta? Vamos; dile a tus hijos lo que piensas.

—No lo sé... No sé lo que pienso.

Julita mira a su madre, se aventura a replicar:

—Mamá no está conforme.

La mirada de Enriqueta se vuelve suplicante. Es una mirada vagabunda que ignora donde posarse.

—Vamos, mamá, ten valor para decir lo que piensas. No te dejes convencer por esas...

—No sé, no sé de qué me habláis, no entiendo nada...

—¿No irás a decir ahora que has cambiado de idea? Tú misma has confesado hace un instante que tenía razón, que hablarías con tus hijos para hacerles comprender su responsabilidad —continúa Finita.

—¡Mamá!

—Vamos, Enriqueta, sé valiente; diles lo que piensas. Díselo ya.

—No lo sé, no lo sé...

Enriqueta estalla en sollozos. Por los dedos se le escurren unas lágrimas prensadas, gruesas y frías.

En lo alto de la coronilla el rodal sin teñir asoma insistente.

Finita se pone en pie. Su cuerpo estrecho marca una sombra ancha en el suelo.

—Todo lo arregláis llorando. La solución, la gran solución de los indecisos.

Genoveva replica:

—No eres justa, mamá. Hay otros medios para salvar la casa.

Genoveva es ahora casi humana, casi importante.

Señala a Pilar. Intenta sonreír:

—Te propusieron cantar en la «Cueva de los leones», ¿no es eso?

El rostro de Pilar se crispa. No contaba con semejante alternativa.

—¿Eres capaz de recordarme eso?

—Es menos vergonzoso cantar allí que «vender» a tus nietos.

—Son jóvenes.

—Precisamente por eso; porque son jóvenes... ¿O es que los viejos necesitáis fastidiar a todos los que no lo son?

—Y lo dices tú, tú, mi preferida.

Pilar se levanta nerviosa, da dos pasos oscilantes, tropieza con una silla. Sus brazos van de un lado a otro como buscando amparo. Parecen dos cintas blancas y arrugadas.

—Llegar a mi edad para oír esas cosas. ¡Cantar en «La Cueva de los leones»! ¿Os dais cuenta de lo que significa eso? La derrota definitiva, la renuncia definitiva... Queréis convertirme en un payaso. Y os parece bien.

Se deja caer en el sillón de Julio. Hay un silencio intenso. Dice de pronto:

—Está bien. Cantaré en «La Cueva de los leones». No quiero que me achaquen el hundimiento de esta casa...

Finita, protectora, rodea la espalda de Pilar con su brazo:

—Debería daros vergüenza: torturar a esa pobre mujer a su edad... La maldición caerá sobre vosotros... Os lo aseguro; la maldición...

Enriqueta pregunta:

—¿Qué dirá Julio?

Pilar se levanta. Hay algo majestuoso en su enorme ridiculez. Algo que ha caído sobre ella, así, de pronto.

—Diga lo que diga, estoy decidida.

Finita cobra un tono optimista:

—A lo mejor vuelves a tus triunfos... a lo mejor les das un baño a todos... Al fin y al cabo nunca has dejado de cantar.

Enriqueta añade:

—En el retrete lo haces muy bien.

Julita sale del comedor; al cruzarse con su hermano, se miran escrutadoramente. No hablan.

Poco a poco, el alba se define en el patio. La ropa tendida reposa inmóvil entre los efluvios que despiden los·ventanucos abiertos.

242

Julita no ha conseguido dormir; lleva apoyada en el repecho más de tres horas. Hay una atmósfera tormentosa que aumenta el hedor del pozo e irrita los ánimos.

Genoveva, medio dormida, le pregunta:

—¿Qué haces?

—Intento respirar.

En realidad, solloza.

—Es muy temprano aún para levantarse.

—O tarde.

—Así no vas a conseguir nada.

—De otro modo tampoco.

Tiene la cabeza colgando hacia delante, la melena caída por la cara.

—Todo se ha acabado —dice—, todo se ha acabado...

—No seas tonta, mujer...

De vez en cuando llega hasta ellas el persistente ronquido del vecino del segundo. Es un ronquido barroco, nutrido, profundo y monótono.

—Él ya lo decía... «La gente no perdona la felicidad...» Todo se ha acabado...

—A tu edad no acaba nada, Julita, todo empieza.

—Sin Pablo todo empezará con tristeza.

El hueco del patio tiene un clarear opaco y neblinoso.

—Es extraño mirar el cielo... Parece imposible que sea el mismo cielo de los que viven felices, de los que no tienen miedo, de los que no necesitan luchar...

—Nadie vive así.

—No, Genoveva; estoy segura de que en algún lugar de la tierra debe de haber algún rincón verdaderamente alegre, alguna calle sin dolor...

—No hay lugar sin dolor.

—Sin embargo, cuando encontré a Pablo tuve la seguridad de que ese lugar existía, de que algún día iba a dar con él. Aun ahora no me resigno a creer que no existe...

—¡La manía de soñar! ¡La manía de idealizar! Es peligroso, Julita...

Los ronquidos del vecino se espacian, se alteran. Cuando el niño del primero rompe a llorar, los ronquidos cesan.

—El niño otra vez.

243

Se escucha la voz de la madre encalmándolo.

—A lo mejor la vida es sólo eso: una gran pesadilla. Algo que no acabamos de comprender, un sueño extraño lleno de criaturas que hablan, caminan, van al cine... Cuando uno quiere morir, no nos dejan. Cuando se empieza a tomar gusto a la vida, nos sentencian a muerte...

El llanto del niño se amortigua. Los ronquidos reemprenden su sonsonete.

—Ya lo has visto, Genoveva: ahora quieren que me prostituya... Hasta mi madre piensa que mi deber es prostituirme...

Golpea el batiente del ventanuco. Levanta polvo, se desprende una astilla:

—Esta tarde en la procesión le he pedido a Dios que me ayudase. Se lo he pedido de rodillas cuando han pasado las reliquias de la Cruz. Pero no me ayuda... Pablo no ha comparecido... Es horrible soportar la vida sin Pablo... Es como si todo sobrara, como si todo me cayera encima. La ciudad entera me duele... ¿Conoces tú eso, Genoveva? Estoy rendida de ciudad. Es como si dentro de mí hubiera una multitud quejándose... No sé qué hacer con esa multitud, no sé dónde ponerla. No me gusta formar parte de esa multitud. Creerás que estoy loca...

—Vete a la cama, descansa.

—Me pregunto si va a costarme mucho olvidar a Pablo. Quizás haciendo un gran esfuerzo... La voluntad lo puede todo. ¿Verdad, Genoveva? Es posible que lo olvide... Aunque todo vuelva a ser negro, aunque todo deje de tener sentido, no habrá más remedio que olvidarlo... Lo difícil va a ser olvidar «las pequeñas cosas de Pablo», lo que no era concreto en él... La forma de sus manos, el modo de sostener el cigarrillo, el vello de su nuca, la manera de saludar, su sonrisa... la lluvia goteando por sus cejas... Va a ser difícil olvidar todo eso, muy difícil.

—¿Por qué hablas de olvido? A lo mejor mañana vuelve.

—Ya no.

—Vete a la cama, Julita.

Los poceros llegaron temprano. Pasaron bajo la ninfa del laúd, sin mirarla siquiera. El hueco de la escalera se llenó de pasos nuevos, de ecos distintos. Arrastraron tubos hacia el fondo del portal, vocearon, y lanzaron exclamaciones.

Los vecinos se pusieron pronto en movimiento. Iban de un rellano a otro preguntando, comentando y riendo.

—¡Ya era hora!

—Por fin.

—Dos días con esa porquería...

Llevaban el sueño en los ojos, tenían aún los ademanes difíciles, y los alientos secos.

—La verdad es que no somos nada —decía Pilar.

—Pues ya ve usted lo que somos... Eso —respondía el vecino del segundo señalando el hueco de la escalera.

Pilar llevaba aún la redecilla en su cabeza (dormía con redecilla para no viciar su flequillo) y el camisón asomando bajo el abrigo.

—Hace ya muchos años pasó lo mismo... ¡Ay, Dios! Todo son gastos, todo son gastos. ¡Pensar que antes venían los payeses y además de llevarse la porquería pagaban una cantidad por ello...! Ahora en cambio: a suplicarles, a pagarles y, encima, a regalarles la mercancía...

—Y que lo diga; ésos hacen el gran negocio... Lo revenden todo a los del campo y se hinchan.

—Pensar que gracias a nosotros van a crecer lechugas y tomates... ¡Qué extraño!, ¿verdad?

El camión ocupaba un pedazo grande de calle. En seguida empezaron a rodearlo los chiquillos del barrio. Les gustaba escribir con el dedo en la parte trasera.

Se oía el sonido ronco de la bomba absorbente.

—Bien mirado... hemos sido tontos. Podíamos haber hecho el negocio nosotros —continuaba Pilar—, alquilando una bomba por nuestra cuenta...

—Está prohibido. Tienen la exclusiva los de las letrinas.

—¡Parece imposible que hasta para la porquería haya monopolios!

Las voces de los poceros invadieron poco a poco el hueco

de la escalera. Hablaban todos con la seguridad del que se siente indispensable:

—A ver, pregunta a los de arriba por qué caray no dieron aviso antes...

Pilar y el vecino pusieron el oído atento:

—A ver si encima nos cargan una multa.

—Sólo faltaría eso.

—¿Qué culpa tenemos nosotros de que el administrador no haya dado parte?

—¡Qué más quisiéramos nosotros que vivir en una casa con cloaca!

Pasó otra vecina. Al ver a Pilar se detuvo frente a ella:

—¿Qué? ¿Cómo van los asuntos de la familia? ¿Mejor?

—Pues así así.

—Y el chico. ¿Ha decidido volver ya donde doña Leocadia?

—Parece que está a punto de encontrar otro empleo. Además Julio no ha dejado el suyo. En cuanto se ponga bueno...

—¿Seguro?

—Segurísimo.

—Por ahí se rumorea que Bermúdez ya no quiere saber nada de su hijo...

—Pero qué calumnia, qué calumnia... —daba palmadas en señal de pasmo—, qué gente hay por el mundo...

—Eso es bueno... Me alegra saberlo. La verdad es que nos está haciendo mucha falta el préstamo que les hicimos.

Pilar irguió el busto, orgullosamente:

—Además, por si no lo saben; aquí donde me ven, también yo voy a ganar dinero.

—Entonces, ¿lo de la Cueva de los Leones es cierto?

Asintió con firmeza.

—Pues ya iremos a oírla...

—Alguien tenía que dar la nota seria —continuó Pilar—. Alguien tenía que mantener el prestigio de la casa...

Los poceros seguían voceando, pisando fuerte, tosiendo y fumando.

—Pensar que pronto estaremos libres de ese maldito olor.

—Y que podremos usar los grifos...

—¡Habría que ver cómo vivían los de las cavernas esas!

Los chiquillos de la calle escribieron en la parte trasera del camión:

«*cien co memu choca gamas*»

Cuando los poceros se disponían a marcharse, Genoveva cruzó el portal. Iba de prisa y con la expresión yerma.

—Buenos días.

El pocero cercano frotó su palma contra el pantalón de pana y dijo:

—Mientras no falte mierda, buenos serán.

Salió a la calle; se abría paso entre los curiosos, esquivando las preguntas de los vecinos.

Llegó jadeante a la vivienda de los Moliana. El criado recibió sus excusas.

—Me he retrasado, no sé cómo ha sido... La noche pasada no pegué ojo...

Aunque fingía altivez, todo en ella era sumisión, miedo y súplica.

—La encontrará usted hecha un basilisco —dijo únicamente el criado.

Al entrar en el cuarto de Clarita, lo primero que vio fue la bata de la marquesa cubriendo un cuerpo encorvado, rendido y totalmente deforme:

—Por fin; ya era hora... La monja tuvo que marcharse... No me atrevía a confiarla al servicio y ya sabe usted cómo se pone cuando está conmigo.

La marquesa rebosaba latidos, agitación y enojo.

Genoveva intentó disculparse:

—Lo siento; me he quedado dormida... Ya sabe que nunca me ocurre.

Su falta de humildad exasperó a la marquesa:

—Pues cuando se trabaja no puede uno permitirse esos lujos... Sobre todo si se tiene la presunción de recibir un sueldo adelantado...

Clarita paseaba de un lado a otro de la habitación, dándose golpes con lo que encontraba, insultando a su madre y hablando con ella misma.

—Lo dije siempre, siempre... «Ésa no te perdona que seas joven y bonita.» El mejor día te envenena, Clarita, ándate con cuidado... El mejor día te manda al otro barrio y santas pascuas.

La marquesa, pálida, caduca y angustiada, seguía lanzando increpaciones contra Genoveva:

—Es la última vez que aguanto un plantón semejante... ¿Lo oye usted bien?

—Perdóneme.

Lo dijo como podía haber lanzado un insulto.

—¡Qué remedio me queda! Cuando se tiene la desgracia de ver a una hija en esas condiciones... no se puede andar eligiendo. Pero no vaya usted a creerse indispensable: Como usted hay miles de personas esperando turno para entrar en esta casa...

Con el acaloramiento se le abrió la bata y enseñó un camisón arrugado, de escote alto.

—Le advierto que ni el señor marqués ni yo hemos olvidado la imperdonable escena del salón...

—No fue culpa mía: Clarita se escapó...

—Pues su obligación era vigilarla e impedir que se escapara...

Clarita se había quedado plantada ante su madre, los brazos cruzados:

—Sal de aquí, ramera —dijo.

La marquesa cesó de hablar. Miró a su hija.

Sin enojo ya; derrotada. Otra vez vieja e impotente:

—Clarita: por el amor de Dios.

Se llevó una mano a la frente. Iba quedando arrugada a medida que la frotaba:

—Es horrible —dijo.

Genoveva, junto a ellas, permanecía inmóvil, fría, como si no acabara de recibir una repulsa.

Clarita continuó atacando a su madre:

—Te he dicho que salgas de aquí. A ésa —señalaba a Genoveva— nadie puede reñirla más que yo.

Un sol zumbón se filtraba por el ventanal, se posaba en la cabeza de la marquesa y amarilleaba sus canas mal teñidas.

—Es horrible.

Lo decía mirando a Clarita, casi suplicante:

—Pues a fastidiarte.

—Escucha, Clarita...

—Anda, vete a besuquearte con el criado... Anda; vete ya. Sonreía con un rictus rencoroso, las facciones endurecidas.

—Vamos, lárgate.

La marquesa se volvió hacia Genoveva:

—¿Ve usted lo que se consigue? La horrorizo.

Incitaba a compadecerla. Había una desolación grande en todo su cuerpo.

Se volvió hacia el ventanal. El sol estaba en sus ojos; Clarita insistía:

—Ya sé lo que estáis pensando: «Clarita es una mal parida.» De acuerdo; lo soy. Pero, vamos a ver: ¿quién me parió?

Le soplaba las palabras al oído, como si lo dijera en secreto, las pronunciaba despacio para hacerse entender mejor:

—¿Quién cuernos tuvo esa idea?

La marquesa miró al fondo del jardín.

—¿Quién, quién? —repitió la hija.

Había un compás de espera en cada hoja de aquel jardín. Eran hojas jóvenes, recién estrenadas por una primavera inestable.

—¿Quién, quién?

Genoveva creyó que debía intervenir. Hábilmente apartó a Clarita del ventanal, la llevó hacia la cama y trató de calmarla con las persuasiones de siempre.

—Vamos, Clarita, deja ya de atormentar a tu madre... A una madre no se la puede hablar así... ¿No te das cuenta de lo que sufre?

—¿Quién, quién?

Lo estuvo repitiendo hasta que la marquesa salió del cuarto.

—He perdido los estribos; no podía soportar su impasibilidad, sus excusas llenas de soberbia, su palidez de muerte...

—A eso se agarra, la muy fresca... Pero que no se fíe demasiado...

—Bastante pena tiene ella de ser como es.

—Ésa es incapaz de sufrir. No hay más que verla. Cuando le he dicho que tú estabas enojado por la escena del salón, se ha limitado a mirarme sin soltar prenda. Orgullosa, altiva. Todas las gentes insignificantes son así: ¿te has dado cuenta? ¡Si por lo menos se hicieran cargo en algún momento de lo miserables que son! ¡Si por lo menos pudieran comprender que su única misión en este mundo es formar parte de una masa, engrosar manifestaciones, colas y procesiones... Llenar tranvías, parques públicos y autobuses...! ¡Si por lo menos supieran que sus palabras se pierden, que sus risas se disuelven, que sus llantos no emocionan!

—Todos formamos parte de una masa.

—No irás a volverte socialista ahora... Buena la haríamos: un marqués socialista.

—Aunque no lo creas; todos formamos parte de una masa. Tú no llenarás tranvías, pero llenas taxis, no estarás presente en las manifestaciones, pero las leerás en el periódico como miles de criaturas, no formarás parte de las colas, pero formarás parte de los que no necesitan hacerla... Nadie es exclusivo. Ni siquiera los reyes son exclusivos...

—Insufrible; te vuelves insufrible.

—Miles de hombres lo son.

—¡Pensar que Clarita me ha llamado «ramera» otra vez!

—A lo mejor lo eres.

—Los maridos de las rameras. ¿Qué son?

—Masa. Miles de hombres tienen por mujer una ramera.

—Después de todo seguimos juntos, lo esencial es eso.

Enriqueta pulsó el timbre. Le abrió un hombre en mangas de camisa.

—Buenos días.

El hombre abarcó la abertura con los brazos en jarra.

El frémito callejero engullía la voz de Enriqueta:

—Quisiera vez al señor Bermúdez.

—Dudo que pueda recibirla.

Los ojos de Enriqueta se volvieron casi inteligentes:

—Dígale usted que está «la señora» del señor Brutats.

Tenía el bolso aplastado contra su pecho, como si temiera que fueran a robárselo. El empleado se apartó para dar paso a Enriqueta:

—Entre.

Vio, en el fondo, la estantería con la colección Novelas del Porvenir creada por Julio Brutats. Miraba los ejemplares emocionada, como si los hubiera escrito ella.

En la habitación contigua, donde trabajaban los empleados, corría un susurro vacío que lo dejaba todo en suspenso.

El hombre en mangas de camisa, le hizo señas desde adentro.

—Pase usted.

Obedeció apresuradamente, rozando el quicio con el hueso de la cadera. Peláez lanzó un silbido corto:

—Preparaos a brincar —dijo—, ¡menudo grano para *el burgués*!

Bermúdez recibió a Enriqueta de pie, su enorme volumen parapetado tras la mesa escritorio, las mejillas recién afeitadas, rosadas, prominentes: parecían pechos:

—De modo que es usted la señora Brutats.

Enriqueta inclinó la cabeza y tendió un brazo lánguido y seco. Bermúdez estrechó sus dedos distraídamente.

—Usted dirá lo que desea.

Se sentó cuando ella lo hizo, acaso contagiado de su timidez.

Por el ventanal abierto entraba a grumos la primavera. Enriqueta, con voz temblorosa y el mentón lleno de hoyitos, empezó a decir:

—Señor Bermúdez; mi marido está muy enfermo...

—¿Qué tiene?

Se enjugó una lágrima con el índice y Bermúdez volvió el rostro hacia aquella primavera que entraba a grumos por el ventanal. Probablemente temía fomentar el llanto incipiente, si la miraba.

—Disgustos, señor Bermúdez, nada más que disgustos. Desde que abandonó el empleo, todo han sido disgustos...

—Se lo advertí.

—Tenía usted razón, señor Bermúdez, tenía usted razón.

251

—Bueno, pero ¿qué le pasa?

—Perdió el dinero de las quinielas, todo se esfumó. Y lo peor es que sus hijos no quieren ayudarle. El chico tenía un empleo buenísimo y por una bobada, una cuestión de amor propio, decidió dejarlo. La chica, Julita, una criatura preciosa, con pretendientes riquísimos... Pues se ha encaprichado de un pelanas, sin porvenir ni presente.

—¿Y qué puedo hacer yo en todo eso?

—Nada, señor Bermúdez, ya sé yo que usted no puede nada contra la terquedad de la juventud... En realidad ninguno de nosotros puede hacer cambiar las decisiones de los jóvenes. Venía únicamente para saber lo que ha contestado usted a don Alfredo... Mi cuñada se fue y no nos ha dado noticias...

Bermúdez miró al techo y frunció la nariz.

—¿Don Alfredo? ¿Don Alfredo? ¿Quién es don Alfredo?

—Don Alfredo Gómez-Ribadosa...

Movía mucho la mano derecha, como si quisiera con ella obligarle a recordar.

—Pues no caigo.

El mundo pareció desmoronarse sobre Enriqueta.

—¿Entonces no le han hablado?...

—¿De qué iban a hablarme?

—De mi marido... Esperábamos que lo aceptara usted nuevamente en la editorial... Mi cuñada dijo que don Alfredo era amigo suyo.

—Ni conozco a ese don Alfredo, ni tengo intención de aceptar nuevamente a su marido.

Enriqueta se llevó la mano a la boca. La palidez del rostro se acentuaba junto al rojo de sus dedos.

—Entonces...

—Su marido, señora mía, murió para esta casa el día que salió por esa puerta.

Enriqueta, incapaz de contestar, miró en torno como buscando un auxilio, que, en realidad, nadie podía darle.

—Pero, no es posible, no es posible..., tenga usted en cuenta que el padre de mi marido trabajaba ya en esta editorial...

—No era ésta; era la de mi padre... Comprenderá, seño-

252

ra, que no podemos depender del capricho de los empleados. Dijo que quería marcharse; pues andando... Aquí no retenemos a nadie...

—Él estaba convencido... creía... La situación es desesperada, señor Bermúdez...

—Si puedo ayudarles... —echó mano de la cartera. Extendió dos billetes de cien pesetas.

—Eso es todo lo que puedo hacer por usted.

Enriqueta miró los billetes, asustada y dubitativa.

—No tendré más remedio que aceptarlos... —dijo cogiéndolos—. Le juro que en cuanto encuentre trabajo, se lo devolveremos...

Repitió las gracias, trabucando conceptos y sollozando.

Bermúdez la acompañó hasta la puerta.

Cuando hubo salido, llamó a Basilia:

—Si vieras lo que acaba de ocurrir... El bobo aquel del aliento a pescado está enfermo y lo han plumado. Ha venido a verme su mujer... Tenías que haber visto el ejemplar: repugnante, Basilia, sencillamente repugnante... Pero, ¿cómo podrán casarse esas gentes? Quería que aceptase nuevamente a su marido... ¡Casi nada! Después de haberme liberado de él. Le he dado dinero... Con mil pesetas podrán «salir del atasco» unos días... ¿Generoso? ¡Qué quieres: uno no puede dejar de ser sentimental! Al fin y al cabo era el empleado más antiguo y su padre ya trabajaba en esta casa... Mientras no se acostumbre a sablearme...

Julio Brutats, se incorporó un poco, ahuecó su almohada y preguntó:

—¿Lo sabe Finita?

—No, no se lo he dicho.

—¿Y mamá?

—Tampoco.

Julio se sentó en la cama:

—Mejor; no hay que decirles nada. ¿Qué te ha dado?

—Doscientas pesetas.

—Roñoso. Guárdalas.

—Pero hay que comer...

—Eso está solucionado por unos días; Finita vende el arpa. Paco le ayudó a llevarla a la tienda.

—¿Y qué podrán darle por un arpa?

—Una miseria. El arpa es un instrumento que ya no se toca...

De pronto Julio tendió una mano a su mujer. Se le había puesto una expresión triste, casi afectuosa:

—La verdad, Enriqueta, es que no siempre me he portado bien contigo...

—¡Cállate! No digas eso...

Se acercó a él, le acarició la barba, le retiró el cabello de la frente.

—Has sido buena conmigo, Enriqueta, demasiado buena.

—También tú lo has sido...

Tenían ambos los ojos inyectados de lágrimas.

—No mereces lo que te he hecho... ¡Arruinar a la familia por una mujer como «aquélla»!

—Se lo perdono todo menos que no te haya querido...

Caían sus lágrimas por las mejillas del marido.

—Si yo pudiera volver a verla para decirle... para hacerle comprender lo que la desprecio...

—No pienses, no pienses...

—Si yo pudiera traerla a rastras para insultarla...

El lavabo del cuarto goteaba persistentemente desde que habían vuelto a utilizarlo.

—Lo malo es estar prisionero en la cama, sin poder moverme...

—Más vale que la olvides, que no te acuerdes...

—No estaré en paz conmigo mismo hasta que la haya visto, hasta que la humille, hasta que le obligue a devolver lo que me debe.

De un movimiento brusco quedó vuelto hacia su mujer; sus manos aprisionándole la cara:

—Podrías ir a verla tú... Decirle que es absolutamente preciso que venga... Engáñala. Dile que el médico lo ha ordenado... Que no podré curarme hasta que la haya visto...

Enriqueta asentía, los ojos parpadeantes, sin lágrimas ya.

—Hay momentos en que ni Finita ni mamá están en casa.

254

—Dame la dirección.

—Eres buena, Enriqueta.

Se acercó al lavabo. Intentó evitar el manar persistente. No pudo conseguirlo.

—Entonces; ¿irás?

—Iré, Julio.

—Te has equivocado.

—Sí, señorita Finita.

—No has estudiado.

—Sí, señorita Finita.

—Vuelve a empezar.

El minueto de Henriette Renier cobra cuerpo mientras el índice de Finita lleva el compás. El atril parece un saltamontes. Cuando el sol se escurre tras las cortinas rojas y despide destellos dorados, produce la impresión de moverse.

—Inútil. No has estudiado. Te advertí que el Jueves y Viernes Santo eran días propicios para el estudio. Pero, como de costumbre, no has dado golpe.

El acento de Finita ha cambiado. Generalmente le habla con mayor consideración. También suele dormirse. Lo que nunca hace es enfadarse.

—Antes de venir aquí fui a vender el arpa. Como sigas trabajando tan poco, tendrás que hacer lo mismo.

—¿Por qué la ha vendido?

Finita no contesta. Señala la partitura:

—A empezar otra vez.

—Todavía no me ha dicho por qué la ha vendido.

La discípula tiene una sonrisa burlona; una de esas sonrisas que dilatan los orificios nasales.

—Bueno; si no me lo quiere decir no me lo diga.

Finita va a hablar, pero se contiene. Contempla en escorzo la cabeza de la niña. Tiene una melena pegajosa que le cae por la espalda.

—Adelante.

El minueto de Henriette Renier vuelve a invadir la estancia, agrio, débil y lleno de errores.

255

—¡Basta!

Una risa nerviosa agita los hombros de la discípula, apenas se oye, sin embargo resulta estridente. La melena pegajosa vibra en cada espasmo.

—¡Insolente!

La discípula, todavía presa de convulsiones, pregunta:

—¿Seguimos o no?

—¿Y te atreves?...

—Usted está aquí para darme clase. ¿No es eso?

De repente la discípula se ha convertido en una persona mayor, un pequeño monstruo maduro y razonable al que no cabe replicar.

—Al fin y al cabo mis padres la pagan para que me enseñe.

Las manos de Finita tiemblan, las oprime una contra la otra, acaso para que dejen de temblar, acaso para evitar que se desmanden.

—¿Cómo te atreves?...

—Lo digo porque a usted lo único que le gusta es hablarme de sus problemas particulares, pero lo que se dice «enseñar»...

El malhumor de Finita se cuaja repentinamente. En la estancia contigua se oyen los pasos de siempre:

—Vamos a seguir; empieza otra vez.

Los acordes surgen ahora menos desquiciados, con mayor disciplina. Parece como si las notas erizadas y temblorosas, se mezclasen a los pasos de la habitación contigua. Finita se sumerge en la actitud habitual.

El motivo musical se desarrolla ya sin interrupciones, envarando la atmósfera de la sala, rozando cualquier objeto hasta confundirse con él.

Es una melodía que, a fuerza de oírse, resulta extraña, sin lógica, sin poder emocional. En ella no hay más que mecánica deformada.

Finita ya no corrige. Acaso piensa que los pasos contiguos entienden poco de virtuosismos musicales, aun cuando la interpretación de la discípula convierta el minueto en un ruido más o menos armonioso.

El escorzo de la niña, a medida que el minueto avanza, se vuelve rígido, parece un bloque de piedra susceptible de aumentar de tamaño. Los ojos de Finita no miran la partitura; miran el cogote de la discípula. La melena pegajosa se entreabre por detrás dejando al descubierto una piel transparente, cubriendo unos tendones duros, blancos y caprichosos. Es un cogote terco, que fascina, que incita a tener malos pensamientos.

No es posible contemplar ese cogote sin asociarlo a la música que interpreta.

Los pasos de la habitación contigua se detienen junto a la puerta cerrada. Cuando el minueto de Henriette Renier toca a su fin, la puerta se abre.

La madre está en el umbral, aplaudiendo, la expresión satisfecha:

—Muy bien, muy bien...

Finita finge sorpresa, se levanta del asiento e inclina la cabeza:

—Buenos días, señora Pérez.

La discípula queda sentada, el arpa pegada a su hombro, la cabeza vuelta hacia la puerta.

—Muy bonito, muy bonito —dice la señora Pérez.

Es como una máscara que hablase, un escaparate de alhajas que se moviera, una voz que emitiese ondas sin significado.

—Me parece recordar ese motivo...

—El minueto de Henriette Renier —aclara Finita—. Lo repasábamos.

Finita se inclina ligeramente, azorada, como disculpándose de algo indefinido.

—¿Progresamos?

—Se hace lo que se puede, señora Pérez.

La discípula continúa sonriendo, con los orificios de la nariz ensanchados, la mirada cruel:

—La señorita Finita está hoy muy nerviosa —dice.

Un silencio grande bordea su frase. Finita enrojece. El miedo se define en cualquier gesto. Algo en ella está a punto de quebrarse.

—Es...

La señora Pérez (voz sin palabras, máscara que habla, escaparate de alhajas) pregunta con voz chillona:

—¿Le ocurre algo?

—Nada, nada, señora Pérez.

La discípula deja el arpa en el suelo y se levanta de la silla, triunfante y decidida.

—A ver qué día nos obsequia con un concierto...

—Pronto, pronto.

Se va de allí, del mismo modo que ha venido; por cumplir un hecho establecido, por dar cabida a un formulismo. La maestra y la discípula quedan frente a frente, conscientes sin duda de su calidad de enemigas.

—¿Qué hacemos?

Finita mira el reloj. Vuelve a sentarse:

—Continuar.

La discípula apoya el arpa en su hombro:

—El mejor día le dirán: «Mire usted, señorita Finita; la niña no adelanta; hay que suspender las clases.»

Finita palidece. Las pupilas se le hunden. Finge no haber oído.

—El mejor día la mandan a...

—Vamos con la *Serenata melancólica*.

—La verdad es que me estoy hartando del arpa.

Finita coloca la partitura; sus dedos, todavía temblorosos, no aciertan a mover las hojas. Están gastadas y mugrientas; se pegan entre sí.

—Hasselmans es un buen compositor; a ti te gustaba...

—Me aburre estudiar... Si encima no adelanto...

—¡Qué tontería! ¡Cómo puedes decir eso! ¡Claro está que adelantas! Tú sabes que, aunque a veces me ponga nerviosa, en el fondo estoy muy contenta contigo.

La discípula salivea, tose, mira al techo.

—¿Empezamos?

La *Serenata melancólica* destruye poco a poco la tensión anterior. El sol se despega del ventanal, las cortinas rojas se vuelven granates.

Hasselmans derrota a Renier. Al terminar, Finita comenta:

—Muy bien, muy bien.

La casa recuperaba normalidad. El lapso de unas pocas horas bastó para que todo volviera a su cauce. El olor de los desagües quedó anulado por el olor de siempre; el de las paredes, el del suelo recién fregado, el de la sopa de ajo, el de la jaula del pájaro... Todo lo que a fuerza de años se había vuelto indispensable, se estabilizaba nuevamente. También los ruidos. Era agradable oír el agua fluyendo en los grifos y en las tuberías, y el rastrear de las sillas junto a la mesa del comedor y las pisadas de Enriqueta yendo a la cocina.

Sin embargo nada, absolutamente nada volvía a ser como antes.

En torno a la mesa la familia deliberaba. Pilar preguntó a su nieto:

—Entonces, lo del empleo...

—Nada.

Pilar asestó un golpe en la mesa y el vino se balanceó en los vasos.

—Vergüenza debería darte: un chico como tú... ¡Permitir que su pobre abuela cante en La Cueva de los Leones!

Finita sorbía la sopa despacio, como si tuviera anginas.

—Tanto tú como Julita sois unos mal criados.

La cara de la chica se perdía entre las sombras de la estancia. La luz central únicamente iluminaba a Pilar y a Enriqueta.

Genoveva intervino:

—Dejad a Julita en paz: está triste.

—Triste porque el mocoso ese la ha dejado... ¡Contenta debería estar!

El fleco de la lámpara producía grietas en el rostro de Julita.

Tenía los codos apoyados en la mesa. En torno a ellos un cúmulo de migas de pan dejaban hoyitos rojos en su piel.

Pilar insistió:

—Un hatajo de inútiles; todos los jóvenes de ahora sois un hatajo de inútiles, un manojo de inservibles.

Enriqueta se levantó para recoger la vajilla; Julita la ayudó sin ganas. En la cocina le dijo:

259

—Por el amor de Dios, Julita, habla con tu hermano. A ti te hará caso. Convéncele de que su deber es...

—Prostituirse.

El pilón de platos las separaba:

—No digas eso; desistir de su manía de meterse a cura, decirle que ha de volver a trabajar con doña Leocadia...

Tenía las cejas alzadas, suplicantes y movibles.

—Tu padre no podría resistir que se hiciera cura... Es demasiado. ¿Te das cuenta? Un padre siempre desea que sus hijos tengan hijos...

—¿Para qué? ¿Para que sufran como ellos sufren?

—Por Dios, hija; no hables así.

Julita dejó los platos sobre el fregadero. Abrió el grifo. La madre empezó a lavarlos. Tenía los dedos rojos e hinchados, Había una gran ternura en aquellas manos.

El domingo amaneció lluvioso. Pero a las once clareó.

Primeramente oyó la moto; luego el silbido habitual. Julita miró el canario. Parecía como si el silbido hubiera sido lanzado por el pájaro. Abrió los ojos:

—¡Está aquí! ¿Me oyes? Está aquí.

Salió al balcón. Lo vio en seguida en la acera de enfrente.

—Pablo.

Le hacía señas para que bajara. Corrió ella atropellándolo todo, despertando la ira de Pilar y sorprendiendo a Enriqueta.

Bajó los escalones de dos en dos. Al llegar a la calle se detuvo frente a él sin atreverse a avanzar; inmóvil y dinámica a la vez, sonriente y severa. Pronta a comprenderlo todo y a olvidarlo todo.

—Pablo.

Se inclinó él sin decir palabra, la mirada resguardada por un ademán esquivo.

—Por fin, Pablo... ¿Qué te ha ocurrido?

—Estuve malo.

—Entonces, era eso... ¿Por qué no avisaste?

—No pude.

Su calma era excesiva para no levantar sospechas. Había

algo muy distante en él, algo que no podía concretarse, pero que, a pesar de todo, resultaba fundamental. Era una obstinación nueva. Como si estuviera dividido en dos, y se empeñara en permanecer dividido.

Corría un vientecillo fresco que agitaba la blusa de Julita y dejaba su rostro despejado.

—¿Qué has tenido?

—Trastornos.

En la morosidad de los transeúntes, en los vestidos festivos, y en el taconeo, podía verse que era domingo.

—Y... ¿te has curado ya?

—Estoy mejor.

Julita respiraba como si nunca hubiera respirado, como si descubriese la razón funcional de sus pulmones.

—¿Dónde quieres ir?

—No sé; por ahí. No demasiado lejos: he de volver pronto a casa.

—¿Por qué?

—Compromisos.

Una sombra cruzó el rostro de Julita. Fue casi imperceptible. Volvió en seguida a su sonrisa.

—Llévame donde tú quieras.

Se montó en la moto.

—¿No te abrigas?

—Tengo calor.

Puso en marcha el vehículo, se metieron en las Ramblas, llegaron al puerto.

—Mejor aquí que en el Prat —dijo—. Estamos más cerca de nuestras casas.

La brisa allí era salobre, húmeda; traía aromas de mariscos y ruidos de barcos.

El puesto de churros cercano apenas se olía. El viento iba hacia Montjuich.

Julita miró el castillo. Preguntó:

—¿Subimos?

—No habrá tiempo.

Dejaron la moto junto al puesto de churros y enfilaron hacia el mar. Quedaron en el borde mirando el agua casi estancada, turbia y oscura.

261

Pablo preguntó:

—¿Se arregló ya lo del olor?

—Ayer, a primera hora, vinieron los de las letrinas.

—Habréis descansado...

—Por descontado.

Era como si el olor volviera, como si de nuevo se interpusiese entre ambos.

—Sentí mucho lo que pasó —dijo ella—. La verdad es que tu llegada no fue muy oportuna.

—No tiene importancia.

—Sí; la tiene.

Se volvió hacia él. Sus ojos apoyaban lo que acababa de decir.

—Esas cosas ocurren; uno está expuesto a ellas.

—Pero... ¿Por qué tuvo que ocurrir precisamente cuando tú entrabas en casa? ¿Por qué?

Miraba otra vez el mar; es decir, el pedazo de mar que parecía un lago sucio, espeso y grasiento.

—¿Sabes una cosa? Cuando comprendí que no venías, lo achaqué al maldito olor...

—¡Qué tontería!

—En efecto; ahora comprendo que era una tontería... Pero cuando uno sufre, necesita dar la culpa a algo... Tú mismo me dijiste: «En cuanto se es feliz, todo se vuelca para entorpecer esa felicidad. Nadie perdona la felicidad de los otros...» Llegué a creer que lo del olor era un mal de ojo que alguien me había echado...

—Julita, por Dios...

El altavoz de un merendero emitía música; una de esas músicas tranquilas que sólo conseguían intranquilizar.

Pablo señaló el puesto de mesas:

—Vamos a sentarnos ahí.

El camarero que los atendía alentaba a aperitivo y tenía un grano en la mejilla derecha:

—¿Qué va a ser?

Frotó la mesa con una servilleta denegrida que arrancó del sobaco, miró el mar distraídamente e hizo chascar la lengua entre diente y diente.

Pidieron lo de siempre sin el entusiasmo de siempre.

—¿Recuerdas el primer día que me invitaste a coca-cola?

Asentía él mirando las gaviotas, siguiendo su vuelo, como si fuera indispensable.

—Y ¿recuerdas el día que nos consideramos formalmente «prometidos»? Era el día de San Esteban: mi madre, al salir yo de mi casa, me dijo: «Apuesto a que vas a encontrarte con aquel muchacho...» Luego me preguntó: «¿Te ha dicho algo?», y yo le contesté: «Quiere casarse conmigo...»

Les interrumpió el camarero, dejó los vasos lentamente, vertió en ellos el líquido espumoso y provocó un derrame por la mesa.

—Me dijo también: «¿Por qué no lo traes a casa?» Ya ves: ¡quién tenía que decirnos que precisamente al entrar en ella iba a ocurrir lo que ocurrió!

—No hay para tanto...

Sorbió el líquido lentamente, y los ojos se le abrillantaron por culpa del ácido carbónico, igual que si fuera a llorar. La música continuaba metiéndose en los tímpanos, dejando en ellos un veneno casi alcohólico.

—Aquel mismo día también me dijiste: «Quiero hacerte millonaria de felicidad.» O tal vez no fue ese día... Tal vez...

Pablo se rebulló en el asiento, cruzó las piernas, rozó con la suela del zapato la falda de Julita y le pidió perdón. Ella prosiguió hablando, con las manos puestas en el vaso, los ojos acariciando el recuerdo:

—Y yo te advertí: «No podré volver a este sitio sin recordarte.» Nada en nosotros era vulgar, todo resultaba exclusivo... Éramos distintos de los demás. Éramos «nosotros»; tú y yo, frente al mar, nuestro mar... Y todo parecía supeditarse a nosotros, todo estaba a nuestras órdenes... todo.

Pablo fumaba silenciosamente. Tenía el cigarrillo pegado al vértice de su índice y de su cordial, los ojos entornados debido al humo, el mechón de pelo rozándole una ceja.

—Y luego hablamos de lo fácilmente que morían las cosas, y de mi melancolía... Me preguntaste: «¿Quién te la ha dado?» Y yo te dije: «No lo sé; quizás el miedo.» Después me besaste.

Suspiró, tragó un sorbo de coca-cola.

—Parece que estemos hablando de cosas ocurridas hace

un siglo —esbozó una sonrisa que murió en seguida—. Total, apenas han transcurrido tres meses. Recuerdo que yo tenía miedo de perder aquel momento: un miedo horrible. Te dije: «Lo he perdido, pero no importa; bésame otra vez.»

Pablo volvió a mirar las gaviotas.

—No era cierto. Aquel momento no podrá perderse nunca. Lo tengo aquí dentro —señalaba el pecho—, lo llevaré siempre, siempre...

—Julita.

Tiró el cigarrillo y cogió su mano. La retiró ella suavemente mientras se volvía de espaldas. Eran unas espaldas desesperadas, llenas de lágrimas.

—Julita; sé razonable. Vamos a ver. ¿Por qué lloras?

—Perdóname, Pablo. No he podido evitarlo. La tensión de estos días... Era horrible vivir sin ti. Era desesperante. He pensado mil cosas, he creído lo peor. He llegado a suponer que todo había sido falso, que tú no me querías, que me habías engañado para burlarte de mí, o para aprovecharte... Perdóname por haber pensado eso...

Se enjugó las lágrimas con un pañuelo y se sonó luego dejando la punta de la nariz enrojecida.

El camarero la observaba casi complacido.

—Escucha, Julita, pase lo que pase; no has de pensar nunca eso. Yo te quería...

Todo quedó suspendido. Todo fue tregua:

—¿Me querías?

—Bueno, es decir; en realidad, te quiero. Te quiero igual que antes.

—¿Antes de qué?

Lo preguntó duramente, el cuerpo rígido, las manos todavía pegadas al vaso de coca-cola, su miedo a la respuesta violentándolo todo, crispando su gesto, cortándole la respiración.

—De que pasara lo que pasó con... tu abuela.

—¿Mi abuela?

Repetía la palabra, perdida aún en la duda y en la ignorancia, asustada ante lo que no sabía, y empezaba a adivinar.

—¿Qué ha pasado con mi abuela?

—Entonces... ¿Tú no sabías que fue a verme?...

—¿A verte? ¿Dónde? ¿Cuándo?

—A mi casa, el viernes pasado.

—¿Para qué?

—Para pedirme dinero.

—No, no, no...

Lo repitió soplando la palabra entre los dedos, como si el repetirla una y otra vez pudiera evitar lo irreparable, lo que ya no tenía solución:

—No, no, no, no...

—Entonces, ¿no lo sabías?

El cigarrillo recién desechado humeaba nervioso desde el suelo hasta el borde de la mesa.

Julita lo miraba fascinada, acaso queriendo ver en aquel humo la razón de lo que estaba ocurriendo.

—No es posible, no es posible...

—Perdóname, Julita, yo no sabía...

—Pero ¿qué?, ¿qué?

La palidez de sus labios se acentuaba. Los movía sin emitir palabras, como si estuviera rezando, las manos abiertas, tendidas hacia él en un ademán duro, casi viril:

—Perdóname, Julita.

—Pero, ¿de qué he de perdonarte? Yo no sé nada, ni nadie me ha dicho nada.

Se la veía batallar contra aquella incógnita demasiado clara, demasiado evidente.

—Fue a verme el viernes por la mañana... Dijo que tú la enviabas; que estabais en un apuro, que necesitabais ayuda y que tú no la acompañabas porque tenías vergüenza.

—¿Y tú...?

Pablo agachó la cabeza. El grueso de sus cejas le cubría la expresión. Era difícil ver lo que pensaba:

—Le negué esa ayuda que pedía... Tal vez obré mal, pero me molestó que tú no me hubieses hablado francamente...

—Pensaste eso...

—Luego empecé a dudar de que tú estuvieras al corriente...

El cigarrillo se apagó poco a poco. El humo apenas brotaba ya de la punta. Parecía un cuerpo que expirase.

—Y preferiste continuar en la duda...

—He pasado dos días infernales... No podía comprender

y tenía miedo de saber... No voy a engañarte. Había algo muy raro en tu abuela. Algo que no podía descifrar. Tú me habías dicho que era una mujer extraordinaria. ¿Recuerdas?

—Te mentí.

—¿Por qué?

Se encogió de hombros. Cerró los ojos. Se recostó en el respaldo de la silla.

—Tenía miedo de decirte la verdad. Siempre tengo miedo. Ya te lo advertí.

A medida que avanzaba el día el trasiego del puerto aumentaba. Pablo miró en torno, rehuyendo la visión de Julita. Era desagradable verla allí, casi sin vida, los ojos cerrados, los resortes de su actividad rotos. Contempló el mar; como si el mar fuera su único recurso. Dijo otra vez:

—Perdóname, Julita.

—Eres tú el que ha de perdonar.

Sin mirarla aún, acercó sus labios a la oreja de ella.

—Perdóname.

La piel de Julita era joven, pero tenía arrugas. Era una piel sin experiencia, pero con recuerdos más tristes aún que la propia experiencia. Dijo de pronto:

—Aquella tarde hacía viento...

Hablaba todavía sin abrir los párpados, como si fuera sonámbula:

—Estábamos solos porque hacía viento. Luego fuimos al cine, ¿recuerdas?, y al salir me llevaste a tu casa.

Asentía él, sin responder, bajando la cabeza dos y tres veces, acariciando su mano distraídamente.

—Tu madre nos dio «borregos» y jarabe de almendras... y yo pensé: «¿Qué será de mí cuando comprenda que en mi casa no son así?» Y tú dijiste: «A las madres hay que enseñarlas a vivir; son unas analfabetas de la vida»...

Julita tragó saliva. Su voz quedó más definida:

—¡Lo que yo hubiera dado por tener una madre como la tuya! Tú no sabes lo que ha sido mi familia... Algo horrible, Pablo, algo...

Se llevó las manos a la cara.

—Julita.

—No sabes lo que es cubrirse de vergüenza de la mañana

a la noche, y escuchar barbaridades como si fueran lógicas, y soportar a una abuela repugnante...

—Basta, Julita; no hables así.

—¿No querías la verdad? Pues ya la tienes: nadie es como yo te había «explicado». Nadie, ni siquiera yo.

—Tú eres extraordinaria.

—Aquel día, aquel día... Cuando me sacaron del mar...

—Basta.

—Ya es tarde, Pablo, ya es tarde... Aquel día quise suicidarme... ¿Sabes por qué? Sencillamente porque no podía soportar la verdad de mi familia. Me horrorizaba demasiado. Era difícil aceptar los hechos, muy difícil. Yo sabía que mi padre y mi tía...

—Por favor, Julita, no sigas.

Pasó ante ellos un minutero:

—¿Una fotografía, señoritos? Un recuerdo primaveral, señorito...

No le contestaron; lo miraron distraídos como si no pudieran llegar a comprender lo que les estaba preguntando. El fotógrafo no insistió. Se iba hacia otras mesas; preguntaba lo mismo, afirmaba lo mismo.

—No podía resistir aquello; era excesivo... Me lo dijeron así, de pronto, como si fuera normal, como si fuera justo... Dirás que no era bastante motivo para desear la muerte... No lo sé. Sólo sé que la vida se me volvía insoportable. Me parecía que en mí había una lacra imposible de borrar. Ahí lo tienes: no me he equivocado.

—Basta, Julita, por favor...

—¿Ves tú? Era mejor engañarte, era mejor dejarte metido en la ficción; pintarte un mundo falso, plácido, feliz... Hay personas que no soportan la verdad.

—Feliz... ¡Nadie es feliz!

—Yo lo era cuando te conocí. La felicidad existe, Pablo; puedo jurarte que existe. Lo que pasa es que como no se cuide mucho, dura poco. Cuando te conocí era feliz; ni siquiera podía dejar de serlo cuando me aconsejaban que me prostituyera...

—¡Cállate!

—Te escandalizas... Es fácil escandalizarse cuando se ha

vivido una vida como la tuya; cuando se ha sentido uno protegido contra el dolor, y la podredumbre... Cuando se ha respirado buenas costumbres... Yo sé lo que pensáis vosotros, los que lleváis esa vida: «El dolor, ¡bah! Para los demás. ¿La prostitución? Desgracias que suceden a otras personas, a otras razas...» Probablemente ni siquiera podrías soñar que tu madre fuera capaz de decirte algún día: «Véndete para que no se hunda la casa; todo menos ver la casa deshecha.»

Se le quebraba la voz como si algo invisible la golpease.

—Ya ves; fíjate bien en mí... Contempla a tu novia; una candidata a la prostitución.

Pasaban parejas de novios, se detenían junto al mar, lanzaban objetos para ver cómo se formaban ondas en la superficie.

—La casa se hunde —volvió a decir Julita—, se hunde porque mi padre ha querido que se hundiera. Consecuencia: prostitúyete, Julita; es la única solución... Hay que sacar dinero de donde sea; la familia ante todo... —se volvió bruscamente hacia Pablo—. Estamos entrampados hasta el cuello; la gente ya no nos trata... antes mi padre era el dios del barrio, ahora es el paria... se burlan de nosotros, nos desprecian. Muchos nos han negado el saludo. Por eso mi abuela fue a encontrarte... No solamente quería sacarte dinero; quería también separarte de mí.

—Nadie podrá separarme de ti.

Julita puso la mano en el hombro de Pablo.

—Sabes muy bien que ya te han separado... Has estado ausente dos días. Dos días interminables. Basta ese lapso para comprender que sin mí también eres capaz de vivir... Se pueden imaginar mil cosas en dos días, se pueden destruir mil sueños. Las suposiciones pueden deformarlo todo, pudrirlo todo... es muy largo el plazo de dos días... demasiado largo... Las separaciones de dos días pueden ser eternas...

—No es cierto.

—Va a ser difícil volver a lo de antes, Pablo, muy difícil. Hay un mundo de incomprensiones entre ambos. Ni yo podré fácilmente perdonarte lo que has pensado de mí, ni tú podrás perdonarme fácilmente que te haya puesto en el trance de pensarlo...

—Ahora nos conocemos, ahora ya no podemos temer nada...

—Nunca nos hemos conocido tan poco como ahora. Ni siquiera antes de saber que existíamos... Yo no te sabía desconfiado, tú no me sabías mentirosa. ¿A quién queríamos, Pablo? La franqueza no arregla las cosas. Yo no quería tu franqueza... me duele. También en la franqueza hay mentira. Decir la verdad no es estar en la verdad. La verdad es otra. La verdad es lo que nos gusta, lo que nos atrae... La verdad era lo que tú viste en mí cuando te enamoraste y lo que yo vi en ti cuando me enamoré. Pero esa verdad «ha muerto», nos la han destruido, y la que nos han dejado, la que la vida nos impone, es una verdad demasiado fea para que pueda mantener la ilusión.

—¿Y el amor? Tú y yo nos queremos, Julita; no lo olvides...

—Quizá quede el fantasma... Quizás el recuerdo... Pero el amor se escapa... No puede haber amor donde no hay causa... Y las causas han desaparecido, se han esfumado...

—Literatura, Julita, lees demasiados libros. El amor es más simple que todo eso, el amor es algo que viene porque sí, sin causas...

—Pero se va de igual forma...

—Yo te necesito...

—No. Pablo. Necesitas alguien que llene tu vacío... En estos momentos crees que sólo yo podría llenarlo... pero al menor roce cambiarías de opinión. No es a mí a quien necesitas... es el relleno que yo te daba; la hora de la cita, los proyectos compartidos, la confidencia, los silencios comunes... Luego, cuando la vida se volviera difícil, comprenderías eso, dirías: «La carrera, Julita... Dios sabe cuándo podremos casarnos...» «La vivienda, Julita, Dios sabe cuándo encontraremos vivienda...» «Los años pasan, Julita, estamos perdiendo el tiempo...» Te aferrarías a cualquier cosa, a cualquier motivo... Y yo te diría: «Sí, Pablo, tienes razón.»

—Eres cruel.

—Soy sensata. Cuando lo esencial muere, es inútil prolongar lo que sólo es secundario.

—¿Crees que lo esencial ha muerto?

—Lo creo.

Un frío súbito se esparcía por el puerto. Parecía como si el viento hubiera cambiado y la humedad se intensificase.

—Hace frío.

—Hace frío —repitió ella.

Se levantaron los dos a un tiempo.

—Te acompaño.

—No; separémonos aquí.

A pesar de la humedad tenía los ojos secos:

—Tranquiliza a tus padres; diles que ya no somos novios...

—No digas eso...

Avanzó unos pasos. Se volvió luego hacia él, acaso deseando que no la dejara marchar, acaso esperando que la cogiera en los brazos y la obligase a quedarse allí junto al mar, a su lado.

Le tendió la mano:

—Y gracias...

—¿Te vas?

—Me voy.

—¿Te veré?

—Esperemos...

—Escucha, Julita...

La vio correr hacia Marqués del Duero, sin volver la cabeza atrás, la melena flotando en el aire, la blusa hinchada.

Pablo quedó allí, estático, siguiéndola con la mirada, hasta que torció la esquina.

El camarero, que alentaba a aperitivo, aguardaba junto a él:

—Seis pesetas —dijo.

Distraídamente Pablo dejó el dinero sobre la mesa. Luego subió a la moto.

La calle se enturbia en el gotear de una lluvia imprecisa. Los pies de Julita corren ágiles; como si nunca pudiesen detenerse.

270

Lleva los músculos faciales contraídos, casi anquilosados. Al llegar al portal de su casa se detiene. Mira el techo; la ninfa oronda sigue dándole al laúd sonrosada, meliflua, enmarcada por guirnaldas de flores.

Julita duda, retrocede, pasa de largo. La lluvia se intensifica. Es ya una lluvia gruesa que corre por su pelo y por su cara, que aplasta su blusa contra el cuerpo. Al llegar al portal de Manuela se introduce en él. Sube al piso. Más que pulsar el timbre, lo golpea. Se escucha un «ya voy» repetido, cada vez más cercano:

—Pero, Julita, ¿qué te pasa?

No contesta: entra. Se dirige al taller. Como de costumbre, la cama de Manuela está sin hacer.

—Hoy es domingo y aprovechaba para dormir... —se disculpa.

Todavía no se ha vestido y el camisón asoma bajo el abrigo.

—Supongo que no pretenderás lavarte... ¡Con lo mojada que vas!

La broma se le cuaja en los labios.

—Por favor, Manuela: vaya a buscar a Genoveva; estará en casa porque los domingos no trabaja... Es urgente.

—Pero...

—Yo no puedo subir al piso... No soportaría encontrarme con la abuela.

—¿Qué te ha hecho?

Julita contempla la lluvia sin contestar. Es una lluvia sorda. Parecida a la que se oye cuando se está enfermo.

—¿Podré dormir aquí esta noche? —pregunta.

—Si te explicaras...

—Le hablaré luego... ahora no puedo.

Se deja caer en la cama de Manuela. Esconde la cara en la almohada.

—Vaya pronto —dice—, vaya pronto...

Manuela sale del cuarto. Cuando regresa la encuentra dormida. Julita no tarda en despertar; se incorpora en la cama, se frota los ojos; los tiene hinchados.

—¿Genoveva?

—Estará aquí dentro de cinco minutos.

271

—Sé que volverá, Genoveva... No es posible que deje de volver. Al principio lo creía perdido; era otro hombre. Me miraba casi como si fuera un extraño... Nada en él era propio de Pablo. Lo estaba perdiendo sin remedio... Hasta que, al fin hemos hablado claro. He fingido indiferencia. Le he dado a entender que me había desilusionado, que ya no podría ser todo como antes... Si no hubiera obrado de ese modo, nada hubiera tenido remedio. Había que ser valiente... Había que mentirle al contarle la verdad. Se lo he dicho todo, absolutamente todo... Sabía que era peligroso, pero era todavía peor dejarlo en aquella horrible apatía... Era preciso despertarlo de aquel amodorramiento, de aquella desgana... Lo tenía allí frente al mar, impasible, decaído... Me decía yo por dentro: «Hay que deshelarlo, hay que hacerlo reaccionar...» Cuando me he marchado tenía los ojos llenos de lágrimas... Volverá, Genoveva, volverá... Y esta vez será para siempre... Pablo me quiere, estoy segura... Antes de que llegue la noche habrá recapacitado... Tengo la seguridad de que irá a casa... Dile que he decidido vivir con Manuela, que venga a verme aquí... No podría soportar a la abuela... No puedo perdonarle lo que ha hecho... Es demasiado horrible, demasiado...

La «Cueva de los leones» está llena de gente. Las voces suenan excitadas y turbias, mezcladas al tintineo de los vasos y de las botellas. Los camareros se abren paso difícilmente.

Apoyadas en el mostrador, Sarita Frutales y Rosarito cuchichean casi amistosamente. *El Caballero* las mira displicente:

—Ahí las tienes —le dice a Marita Romualda (la del baile temperamental)—. No hay como poner verde a un tercero para ser amigos.

Rosarito insiste:

—Apuesto lo que quieras a que no dura... Es demasiado vieja —se lleva una mano al cogote, se espuma la melena, cierra los párpados y lanza un suspiro.

De vez en cuando el público, al reconocerlas, se mete con ellas.

—Vaya, que esta noche tenéis rival...

—A ver cómo la achantáis...

—Aquí las reinas sois vosotras. Lo demás: basura.

El hombrecillo del estrado anuncia la novedad de la noche:

—Y dentro de breves instantes actuará para ustedes la maravillosa cantante de ópera: Pilar Poma, cuya fama internacional sólo puede compararse a la del gran Caruso.

La sala se invade de aplausos y silbidos. Rosarito pone cara displicente y con voz menguada amenaza:

—¡Zoquetes! ¡Ya veréis lo que es bueno!

Sarita, con mueca despreciativa, ni siquiera se digna opinar.

En las primeras mesas se han instalado Félix, el fotógrafo, con su mujer y sus hijos. Más allá, el de la casa de baños, el de la mercería, el carnicero...

Las mesas de los elegantes están aún vacías; son como islas o barbechos. El tránsito de la sala se vuelve penoso; también la respiración. La media luz absorbe los contornos, difumina el local y los mantones de papel que cuelgan de las paredes parecen realmente de tela.

Nada en la sala es sosiego. A medida que avanza la noche, el palabreo se intensifica. Los números se suceden entre risotadas, gritos y aplausos.

Las bambalinas lucen estridentes, acaso porque han sido desempolvadas. El único ser definido es el que sube al estrado.

El hombrecillo anuncia ahora a Rosarito. La reciben con mayor brío que de costumbre. Aplauden como si estrangulasen el aire.

—A ver cómo te luces.

—Siempre tan artista...

—¡Como dejes que la nueva lo haga mejor...!

—Que te quites el abrigo...

Al despojarse de él, los brazos amorfos de Rosarito tiemblan de emoción. Abre la boca, enorme, cavernosa; lanza la primera nota de *El Relicario*. No se oye. Al fin se escucha su

273

voz honda, desdibujada, perdida en errores. El público la corea, sigue el compás, imita su voz.

Por la puerta del fondo asoma la figura de Pilar. Lleva un traje alquilado, de gasa rosa, corto por delante y largo por detrás. Las mangas le llegan al codo y la cintura se apoya en las caderas. En la frente se ha puesto un galón plateado, como hacía en su juventud, cuando daba conciertos privados.

La acompañan Enriqueta y Finita. Van las dos, altivas, sonrisueñas y rígidas.

El camarero las conduce a la mesa de Félix. Las recibe éste con orgullo.

—Tanto bueno por aquí...

—Menudo baño va usted a darles...

Enriqueta apunta:

—En habiendo pasta...

Finita no habla, se limita a mirar al estrado con cierta displicencia.

—Cuando se ha tenido un mundo a los pies...

Poco a poco la gente del vecindario va reconociéndolas. Se hacen señas unos a otros, la saludan luego con cierto respeto. Enriqueta, al ver tanto rostro conocido, se emociona. Pilar suspira:

—¡Quién tenía que decírmelo! ¡A mi edad volver a las tablas! ¡Si el príncipe me viera!

Cuando Rosarito termina su número, la sustituye Sarita. Pasa ante Pilar, lánguida y severa; la mueca despreciativa sellando sus labios; la melena flotante y pegajosa.

Pilar comenta:

—La pobre está muerta de envidia.

Al forzar la mirada, las bolsas de sus ojos se contraen. Sarita canta en inglés y en francés, sin saber lo que dice. Los ademanes, ñoños, de colegiala aventajada en estudios.

Pilar frunce los labios:

—Hay que ver; a su edad adoptar esas actitudes...

El hombrecillo del estrado se acerca a ella:

—Después de Sarita va usted —advierte.

Pilar asiente y se prepara: alisa su traje, se retoca la cinta de la frente.

—¿Qué os parece? ¿Causaré buen efecto? —pregunta.

Félix opina:

—¡Quién lo duda, doña Pilar, quién lo duda!...

Finita continúa silenciosa, en tensión: preparada para cualquier eventualidad.

Cuando anuncian a Pilar Poma el público parece contraerse. Se escuchan siseos curiosos, se oyen comentarios secretos. Algunos recuerdan el nombre: «¿Os acordáis? Era una figura... Una mujer extraordinaria... Traía de cabeza a los hombres de su tiempo...»

Para otros es sólo «la madre del señor Brutats».

Para la mayoría es sólo un espectro viviente.

Las sillas se apartan para dejarla pasar. Pilar se abre camino oprimida por la emoción y el artritismo, acaso luchando para evitar recuerdos, acaso feliz por evocarlos.

El hombrecillo la ayuda a subir al estrado. Los tobillos delgados reflejan su mala circulación en las venas abultadas y movedizas que los focos agrandan.

El cuerpo se da impulso; los collares largos de colores chillones se balancean dos y tres veces en la desigualdad de los pechos. El público, circunspecto, aplaude con algo de temor.

Ella sonríe, se inclina. Es indudable que, a pesar de sus años, conserva aún cierto donaire escénico. Habla luego con el pianista, indica, recalca. Se vuelve luego al público; ve un mundo de cabezas dispuesto a devorarla, pero no se inmuta; lo mira desafiadora, valiente.

El hombrecillo explica:

—Y para ustedes la famosa diva Pilar Poma interpretando un fragmento del primer acto de *La Bohême*.

Los acordes del piano suenan indiferentes, pulsados por unos dedos mecánicos y antimusicales.

Pilar canta ya como si estuviera en el retrete de su casa, como si, en efecto, Rodolfo la escuchara y ella fuera una soprano joven.

Mi chiamano Mimi. ¿E per che?
Mon so. La storia mia e breve...

Lo dice con aires primaverales, sustituyendo los fallos de la voz con gritos disonantes. Todos los momentos gloriosos de su vida se hunden ahora en esos fallos. Pilar es ya únicamente una imagen que se mueve en sonidos, que estalla en luz rosa, y que tiembla en gorgoritos.

Cada gorgorito es como su piel; blando e inestable.

Sin embargo, Pilar Poma no arranca carcajadas ni incita a la burla. Hay algo vergonzoso y oscuro en su ridiculez, algo que inspira lástima.

Al alzar los brazos, la carne le cuelga. Hay momentos en que no se sabe si es carne o si es la gasa del traje. Ambas cosas son transparentes, ambas tienen el mismo color.

Non vado sompre a Messa
ma prego...

Se lleva una mano a la mejilla, mira al público torneando la espalda, poniendo la punta del pie hacia adentro y levantando coquetamente el talón.

En los agudos se da impulso; los quiebra, los ahoga.

Enriqueta comenta:

—Lástima. En el retrete de casa lo hace mejor.

Finita se limita a sentenciar:

—Os dije que iba a ser un desastre, un desastre.

—Todavía no ha acabado, todavía puede recuperarse.

Félix opina:

—A pesar de todo no hay quien le quite las tablas...

—Más valía no probarlo —insiste Finita—. Una vergüenza.

Al llegar al final de la canción, el pianista se desboca. El canto de Mimí suena ahora con ritmo de fox-trot. Pilar no se inmuta. Se la ve dispuesta a llegar hasta el fin sin alterarse. La respetuosidad del público sin duda le da ánimos. Todas las cabezas están llenas de admiración por la artista que fue y que ya nunca podrá ser. El silencio que ha provocado es, sin duda alguna, su mayor homenaje.

No obstante el silencio se prolonga demasiado. En «La Cueva de los leones» no puede haber silencio, sin aburrimiento, sin malestar, sin bostezo.

De pronto ocurre lo inesperado y el silencio desaparece. La precipitación del pianista trabuca a Pilar y la desequilibra; las palabras se ciñen a su dentadura postiza hasta que de pronto la dominan y la sentencian.

Hay un instante grave, de vacilación general. El mundo de Pilar depende ahora exclusivamente de ese instante. Palabras y dentadura forman una masa compacta, rebelde, desnaturalizada.

Sopla, grita y la dentadura cae al suelo.

Ante el imprevisto todo queda suspendido, todo desequilibrado.

Únicamente el piano continúa sonando; el pianista está de espaldas y no ha visto lo ocurrido. El silencio se ha convertido en una enorme carcajada. Una carcajada interminable, unítona, vibrante, que sofoca acordes y comentarios.

El pianista se vuelve. Contempla a Pilar: la ve paralizada, sus dos manos en la boca, los ojos abiertos, fija la mirada en la dentadura caída, descarnada, macabra como una sonrisa de muerto.

El hombrecillo se apresura a recogerla, la mira curioso, la enseña al público. Se la entrega luego a Pilar haciendo una reverencia.

Los leones rugen ante el ademán. La sala se dilata. Es como si las paredes no pudieran soportar esa dilatación y se desmoronasen.

Pilar contempla sus dientes sin atreverse a cogerlos, como si al aceptarlos, aceptase también su ineludible derrota.

—Vamos, tome usted...

Los comentarios empiezan a destacarse:

—Pero qué graciosa...

—Mira sus cejas.

—Y sus piernas...

—Y el flequillo...

Las burlas fluyen aumentadas, a presión, como bofetadas.

El hombrecillo insiste:

—Tome eso y lárguese.

Pilar obedece, aturdida, perdida aún en el mundo de carcajadas que la envuelve. Desciende del estrado apoyada en el hombro del hombrecillo, la boca chupada hacia adentro, los dientes en la mano, la cinta de la frente ladeada.

Finita y Enriqueta la esperan en la puerta. Las ve a las

277

dos, lejanas aún, pálidas, con expresión de muñeco. Cruza el mar de burlas despacio; es un viaje largo, interminable. Una pesadilla que parece no tener fin.

La gasa de su traje se engancha en las sillas. Algún hombre le levanta la falda, le golpea las nalgas.

—Excepcional.

—Vaya mujer.

La tregua no acaba nunca. Es como si Finita y Enriqueta estuvieran cada vez más lejanas.

Rosarito y Sara la señalan con el dedo:

—Ahí tienes la ganga.

—Pues sí que la has hecho buena.

—A ver qué día te pegas los dientes al paladar.

El Caballero la defiende:

—Más caridad. No os gustaría a vosotras veros en ese trance.

—Pues que no se meta donde no la llaman.

Pilar, sostenida por su nuera y por Finita, sale a la calle. Respira con dificultad. La noche es fría. Se mete en los pulmones.

El grumo de estrellas aumenta el rosado de su vestido y la palidez del rostro.

Algunos curiosos se detienen a mirarla.

—Estará borracha.

—Quia, eso es un travesti.

—Le habrán dado palo.

—No, está drogada.

Finita mete la llave en la cerradura. Entran en la casa. Corren al comedor. Al pasar junto al cuarto de Julio oyen su voz en sordina:

—¿Qué tal? ¿Salió todo bien?

Pilar no parece oírla. Hay algo demencial en sus gestos. Se planta ante el catre de su nieto. Paco despierta poco a poco:

—¿Qué ocurre?

Ve a su abuela (una abuela extraña, sin dientes, sin labios, sin mejillas) y probablemente cree que está soñando.

Instintivamente retrocede. La abuela sin dientes le da miedo. Hunde su cabeza en el respaldo, pero no le da tiempo a escapar. Las manos de Pilar se estampan en sus mejillas, una, dos, tres veces. Jadea. Grita:

—Ahí tienes: por cobarde, por vividor, por marica...

Paco sigue sin comprender. Todo es pesadilla. Todo es lucha por captar una realidad inasequible. Mira en torno, pregunta. Nadie responde excepto su abuela. Enriqueta llora en una esquina. Finita, tiesa, asiente y acepta.

—¿Lo oyes bien? Tanto tú como Julita sois dos vividores, dos peleles culpables —continúa pegándole, como si no tuviera reuma, como si fuera joven—. Marica, marica...

Las palabras tienen silbidos blandos. Son palabras melifluas de boca desdentada.

Paco insiste:

—Pero, ¿qué ha pasado?

Su momento sin memoria le tortura, probablemente, más que los golpes que recibe.

Nadie le contesta.

Pilar, cansada ya, se apoya en el borde de la mesa. Su traje de gasa escurrido, fláccido, rasgado por la manga derecha.

—Marica, marica, marica...

En la mano sostiene aún su dentadura.

Cuando el sol era demasiado fuerte, entornaba los párpados. Parecía como si fuera a dormirse en pie, andando, andando siempre. Llevaba toda la noche deambulando. Vio cómo la ciudad despertaba morosamente, vio los trámites del nuevo día en sus comienzos, vio el cielo rojo, luego azul, luego blanco.

Y vio también cómo las golondrinas formaban sombras en el desierto de asfalto, y cómo el desierto se volvía fértil, rico en pisadas.

Así, rastreando, sin darse cuenta de que recorría la metrópoli de un lado a otro, fue a parar al portal de doña Leocadia.

En el rellano se cruzó con la criada sorda; salía con el cesto de la compra. Lo miró escrutadoramente. Dijo:

—¿Usted otra vez?

Y siguió escalera abajo.

Tardaron en abrirle. Podía verse el lapso en la impaciencia de sus pies. Luego la puerta quedó abierta, y sus pies frente a otros; estrechos, largos, metidos en unos zapatos de puntas pronunciadas.

Había un silencio seco y apretado entre ellos. Avanzó. Todavía sin hablar, todavía con aire inconsciente. Las puntas de los zapatos se unieron, tropezaron, quedaron mal colocadas. Un cuchicheo extraño fue devolviéndoles estabilidad. Había algo agónico en aquel lenguaje de los pies. Luego hablaron los labios.

—¿Has vuelto?

Paco no contestó. Se apoyó en la pared, cerró los ojos, cruzó los brazos.

—Estoy cansado —dijo—. Llevo andando desde la madrugada.

—¿No has ido a tu casa?

—He salido de allí.

Leocadia se impacientaba. No entendía.

—¿Por qué?

—Se acabó mi familia, se acabó todo.

Seguía con los ojos cerrados, la cabeza algo levantada, el cuello tirante.

—¿Qué te han hecho?

—Nada... existen.

—¿Estás enfermo?

—Estoy muerto.

Se acercó a él, cogió su brazo suavemente:

—¡Pobre niño mío!

El tránsito fue breve y anheloso. Abrió los ojos y no la vio. No podía verla porque estaba demasiado cerca. Tenía un cuerpo en los brazos; eso era todo. Un cuerpo vivo que se adaptaba al suyo y que le comunicaba un calor nuevo y extraño.

Su sombra interna, repentinamente iluminada.

Su luz exterior, ciega.

—No fue. Lo esperé toda la tarde. Incluso advertí a la portera.

Julita contemplaba a Genoveva como si contemplase un derrumbamiento.

—Entonces...

—Olvídalo, Julita... No te merece.

—¡Cállate!

—Olvídalo.

El alba apuntaba en la calle. Los ruidos tenían aún sonidos nocturnos.

—Debo irme. No puedo llegar tarde a casa de los Moliana.

Ni siquiera le contestó. Desde el vestíbulo podían oírse aún los ronquidos de Manuela. Miraba hacia la puerta como si pudiera detenerlos. Eran ronquidos casi insultantes.

—¿Qué dijeron en casa?

—Estaban furiosos. Lo de la abuela ha fracasado... Paco salió de madrugada...

—¿Dónde ha ido?

—Qué sé yo... A un convento, seguro... Lo despertaron a golpes, lo llamaron marica.

—No es posible vivir así. No es posible...

—¿Y tú?

—Esperaba... Va a ser horrible vivir esperando siempre.

Genoveva tenía prisa. Se angustiaba.

—He dejado dicho a la portera que si Pablo va a verte, le diga que estás aquí...

—No vendrá.

—Eso creo yo.

—No podré resistirlo.

—Se resiste todo.

Genoveva dejó a Julita en el vestíbulo, sus ojos cercados por dos manchas oscuras, sus manos lánguidas, su juventud perdida.

281

Al oírse los tres golpecitos de la puerta, la habitación parece despertar de su amodorramiento. Hay una atmósfera enrarecida de colillas. Leila, echada en la cama, sigue mirando el techo.

—Adelante.

No se puede saber aún si hace sol. Tiene los batientes cerrados. Sus ropas todavía esparcidas por la habitación. El cenicero lleno en la mesita de noche. La bombilla de la cabecera encendida.

La puerta se abre lenta como si fuera un bloque de mármol.

—¿Quién es usted?

Lanza la pregunta agresivamente; con humo. En la mano derecha sostiene un cigarrillo recién estrenado.

Enriqueta, tímidamente, avanza hacia la cama.

—Perdone el atrevimiento, pero me dijeron que era la mejor hora para encontrarla.

—¿Quién es usted? —se incorpora—. ¿Qué quiere?

Se detiene a un metro de la cabecera, la figura encogida, su pecho perdido entre los pliegues del vestido negro.

—Quería hablar con usted.

—¿De qué?

Enriqueta aprieta su bolso contra el pecho.

—Soy la «señora» de Julio Brutats.

—Atiza.

Leila se sienta en la cama. Su curiosidad perturba cualquier atención; el camisón ha quedado ladeado dejando al descubierto un hombro y un pecho.

—De modo que usted es «la señora». La célebre Enriqueta. ¡Vaya con Julio! No podía imaginarla tan... En fin, vamos a dejarlo. ¿Y qué desea usted?

Busca el cenicero, se sube el tirante, aplasta la colilla. Insiste luego, provocativa:

—¿Se puede saber a qué debo el honor de su visita?

Súbitamente se ha puesto en guardia. El desorden de sus pelos, el brillo de su mirada, la actiud de sus manos; todo está en tensión. Enriqueta, en cambio, parece desfallecer.

—¿Me permite sentarme?

No espera respuesta. Produce la impresión de no poder resistir ni un segundo más de pie. Se deja caer en una silla.

—Perdóneme usted, pero esta noche no he dormido.

Enriqueta empieza a explicarse atropelladamente:

—Tuvimos un tropiezo; el niño salió de casa, la abuela perdió la cabeza y se armó un escándalo horrible... Julita tampoco ha dormido en casa... Todo eso ha alterado mucho a Julio... Volvía a tener vértigos.

Se detiene, traga saliva, posa su mano en la barbilla.

—Cosas que pasan.

Leila cruza los brazos.

—Le advierto que si viene usted a pedirme cuentas o a recuperar el dinero... puede usted marcharse. Lo pasado, pasado está... Y el dinero se ha esfumado.

Enriqueta niega. Es una negativa formal que no deja lugar a dudas.

—No es eso, no es eso...

—Bueno, pues dígame lo que es...

Enriqueta se repliega como para tomar aliento, se frota los ojos, luego mira a Leila cara a cara.

—He venido a pedirle algo... Quizá le parezca extraño... —Traga saliva, aclara su voz—. Se lo ruego; vaya usted a ver a Julio.

—¿Ver a Julio?

—Es necesario, es absolutamente necesario.

La barbilla le tiembla como el día que habló con el señor Bermúdez. Es un temblor irresistible, inevitable.

—Usted debe de estar loca.

—Por favor, compréndame. Julio está enfermo; muy enfermo. No se trata ahora de intereses... Se trata de su enfermedad... Cuando la perdió a usted se puso muy malo... Nunca lo he visto tan abatido, tan desesperado... No soporta pensar que usted no lo quiere... Habría que demostrarle lo contrario... aunque sólo fuese unos momentos... lo bastante para darle ánimos...

—Increíble.

—El otro día me dijo: «Enriqueta, ve a ver a Leila; dile que venga...» Fingía enfado, pretendía hacerme creer que lo único que necesitaba era darle una lección, humillarla; pero no era cierto. Lo conozco bien. Mentía. Quería verla porque no puede soportar su ausencia. Compréndalo, señora, no lo soporta... Sé muy bien lo que es eso; tampoco yo podría vivir sin él.

—Y lo lanza usted así... como si fuera lógico...

Pero Enriqueta ya no atiende a razones. Habla, habla, habla:

—... el médico insistió: «Por Dios, que no se lleve disgustos», y desde que nos prohibió disgustarle no han hecho más que complicarle la vida. Nadie le ahorra sufrimientos.

Leila enciende otro cigarrillo:

—¿Y a usted, desgraciada, quién se los ahorra?

—Yo no estoy enferma.

Leila aspira una bocanada de humo como si aspirase oxígeno:

—Es usted un caso único.

—¿Qué puede importar lo que yo sea? Lo que importa es Julio, sólo Julio...

Leila sonríe de medio lado, adelanta la cabeza:

—Pero óigame, bendita de Dios. ¿Se da usted cuenta de lo que está haciendo?

—Sí.

—¿Y no le da a usted vergüenza?

La mide con los ojos de arriba abajo; no deja un detalle por observar. Es como si en cada pliegue y en cada hendidura de Enriqueta hubiera un motivo de pasmo, un reflejo de algo inédito.

—¿Vergüenza, vergüenza?... Me daría vergüenza hacerlo sufrir...

—Pero ¿es posible que Julio haya podido despertar tanto amor?

Los labios de Leila se cierran. Las mejillas se le hinchan. El rostro, bajo la escasa luz de la bombilla, se pigmenta. Estalla en carcajadas llenas de aire y de humo.

Parecen golpes. Son carcajadas envueltas en hierro, rígidas, violentas.

El cuerpo de Leila se arquea en convulsiones. Deja caer la cabeza sobre la almohada, esparce su melena rubia en la tela blanca. Tose; apaga el cigarrillo, sorbe un buche de agua, luego, secándose los ojos, vuelve al ataque.

—Es lo más gracioso que he oído en mi vida... Nunca me había ocurrido... La esposa suplicando a la querida. ¿Pero se da usted cuenta? ¡Colosal! ¡Colosal!

Enriqueta se levanta. Tiene ahora su pecho al nivel de la cabeza de Leila:

—No me importa que se burle de mí. Quizá lo merezco... No me importa... Pero, por caridad vaya usted a verlo. Yo le diré a qué hora puede usted entrar en casa sin que la molesten...

—Un momento, un momento... ¿Quién le ha dicho que yo pensaba ir?

—No irá usted a negarse... Por favor... No irá usted a negarse... Es por caridad...

—¡Caridad, caridad! ¡Al cuerno la caridad! ¿Quién ha tenido caridad conmigo? ¿Quién ha intentado alguna vez remediar mi desgracia? ¿Quién?

Un llanto híspido bordea ahora los ojos de Leila, un llanto furioso, casi seco.

—Ya se me acabó la cuerda para los demás... ¿Me entiende usted bien? Estoy harta del egoísmo de todos, de la estupidez general, de la mentira, del desagradecimiento, de los engaños...

Esconde la cara entre las manos, estalla en sollozos histéricos, nutridos, persistentes. Su cuerpo se agita.

Enriqueta tiende una mano hacia ella y le acaricia la cabeza:

—Pobrecita, pobrecita...

Leila la aparta furiosamente. La mira con ojos coléricos, húmedos ya.

—Harta de que me compadezcan... No necesito la compasión de una mujer como usted. Las mujeres como usted me dan miedo... Mírese al espejo; hay algo horrible en las mujeres como usted... Producen escalofríos... Las mujeres como usted contagian. Yo no quiero ser como usted... Prefiero morir, ¿comprende? Váyase de aquí, no me toque, váyase...

Pero Enriqueta no se mueve. Se mira al espejo. Ve sus

285

ojos hundidos, sus labios pálidos, su cuerpo seco e insignificante.

—Me gustaría ayudarla —dice desmayadamente—. Si Julio la viera tan desesperada, sufriría... Me gustaría ayudarla... Dígame qué puedo hacer, qué...

—¡Váyase!

—Por favor...

—Váyase, váyase, váyase...

Se levanta de la cama, se abalanza sobre Enriqueta, la empuja hacia la puerta:

—Fuera, fuera...

Todo en Leila es desorden, impulso, odio:

—Fuera, váyase... No puedo verla, no puedo soportarla...

Enriqueta tropieza, no llega a caer. La propia Leila la sostiene. La puerta se abre. Enriqueta sale despedida.

El pasillo está vacío. Frente a Enriqueta; el hueco del ascensor y la escalera. Baja despacio, como si tirasen de ella. La calle destila sol. Un viento sutil lo vuelve soportable. Los árboles, vestidos ya, sombrean el pavimento. Pero cada paso y cada huella humana, dificulta la respiración.

—Yo me preguntaba... ¿Dónde habrá ido esa alma de cántaro? ¡Como si no hubiera bastante trabajo en casa! ¡Quién tenía que decirlo! Tú, tú, mi hermana... Ir a ver a esa pelandusca para suplicarle que viniera... Pisar esta casa, nuestra casa... ¿Pero, estás loca?

—Era por su bien... está enfermo...

Finita, alta, inmensa, pasea por el comedor sin detenerse:

—Y ni siquiera te preocupas de tus hijos... ¿Dónde ha ido a parar Paco? ¿Lo sabes? ¿Y Julita? ¿Por qué demonios rehúsa volver a casa? Nada, a ti sólo te preocupa Julio. Los demás que se pudran. ¿Tu suegra?, que se muera... Nada importa que esté enferma del disgusto... ¿Tus hijos? ¡Que se arreglen! ¿Tu hermana?, que se fastidie... ¿La comida?

—No hay dinero...

—¿Y te quedas tan fresca?

—Julio comerá... He traído esto.

Desenvuelve un paquete; dos bocadillos.

—¿Con qué lo has pagado?

La sacude por los hombros, la zarandea:

—Lo tenía guardado.

—Serás «judas»... Y lo callabas. ¿Quién te lo ha dado?

—No lo diré.

—Te lo ha dado la pelandusca...

—No.

—Entonces...

—No lo diré, no lo diré... Julio comerá, pero yo no lo diré.

Algo nuevo crece entre las dos hermanas. Algo sin raíces pero que arraiga, que no tiene razón pero que razona, que no es sólido pero que agarrota.

—Julio comerá aunque tenga que robar su comida... ¿Lo oyes? Julio comerá.

Corre al cuarto del enfermo y entra sin pedir permiso. Se tiende junto a él. Los bocadillos en la mano.

—Julio, Julio...

La mira sin excesivo interés...

—Hola.

—Te he traído esto...

Se lleva el bocadillo a la boca; mastica. Sin prisa. Con el sosiego de lo mecánico, de lo inevitable.

—¿Dónde has estado?

—He ido a «verla»...

Los ojos de Julio se avivan.

—¿Qué te ha dicho?

—Vendrá... No sabe cuándo, pero vendrá. Se acuerda mucho de ti. Dice que le da vergüenza lo que ha hecho... Que procurará devolverte hasta el último céntimo... que la perdones...

Por las mejillas de Julio resbalan unas lágrimas gruesas e impúdicas. Sigue comiendo entre sollozos.

China y Rosa le hacen señas:

—¿Vienes?

—No.

287

Las ve marchar, alegres, despreocupadas, con el descanso propio de la etapa cumplida. El trabajo que tenía en las manos, mal doblado en la silla.

—¿Vas a hacer horas extraordinarias?

Julita no contesta. La impertinencia le duele probablemente tanto como su desengaño.

Cuando Rosa y China salen, Julita se asoma al ventanal. A veces se escucha lejano el ruido de una moto. Sus ojos se avivan. El ruido pasa de largo y se aleja. En las sombras del crepúsculo destaca un cuerpo alto, decidido...

—Pablo.

Pero no es Pablo. Nunca es Pablo.

La noche llega, fría, desoladora.

Manuela tiene una voz dura:

—¿Qué piensas hacer?

—No lo sé.

—Hay que solucionar el asunto... Yo no puedo tenerte siempre a dormir en casa...

Julita apoya la frente en el cristal. Su lasitud aumenta a medida que Manuela habla:

—¿Cuándo vas a comprender que Pablo no ha de volver?

—Lo comprendo ya...

La noche tiene sonidos dispersos, tristes y lejanos.

—Una mujer como tú... Desperdiciar la vida de ese modo, envejecer sin saber lo que supone ser joven...

Julita se mira las manos. Las ve delgadas, tristes, vacías. Levanta de pronto el rostro hacia Manuela. Es como si las manos le dictaran lo que ha de decir:

—Avísele.

—¿Qué dices?

—Que lo avise.

—¿A quién?

—¿A quién va a ser?: al tío del biscuter.

Manuela suspira, sonríe:

—Por fin te vuelves razonable.

Parece como si todo en la habitación cobrase vida.

—Pero habrás de cambiar de aspecto... así no vas a gustarle.

—No tengo otro.

288

—Lo primero que has de hacer es asearte, ponerte atractiva.

—Hay tiempo.

—Y sonreír...

—Cambiaré.

Manuela empieza a arreglar el cuarto, pone la radio en marcha, silba, se la ve eufórica.

—Espero que cuando medres te acuerdes de la pobre Manuela...

—Creo difícil olvidarme.

—Pero así, con ese rencor...

Se planta ante ella, la mira de una forma distinta:

—Tendré que darte lecciones... Supongo que será la primera vez. Digo; si el bobo ese no te las ha dado ya...

Julita oscila como si fuera a caerse.

—Nadie me ha dado lecciones de ese tipo... nadie.

—Eso es bueno... El pobre Enrique Fernández había puesto gran ilusión en descubrirte...

Los dejó bruscamente en la mesa del comedor hechos un ovillo. Eran unos billetes grandes, tiesos y nuevos. Crujían a medida que se enderezaban. Se movían como si tuvieran vida propia, liberados ya de la presión de las manos de Paco.

Enriqueta y Finita no podían salir de su asombro. Miraban el dinero, como si mirasen a un recién nacido.

No dio explicaciones. Dijo solamente:

—Ya no podrán llamarme marica.

Comprendieron. Probablemente habían comprendido ya cuando lo vieron comparecer en el comedor. Enriqueta se acercó a él.

—Hijo.

Lo dijo de un modo especial; con agradecimiento y reproche.

—Hijo mío.

Paco retrocedió, como si quisiera defenderse de su tacto.

—Déjame.

—Paco, hijo mío.

—No vuelvas a decir eso: no soy tu hijo.

Los billetes se retorcían aún como animalitos que hubieran sido estrujados. Enriqueta se llevó las manos a las mejillas. Quedaban hundidas bajo los pómulos.

—Paco, por el amor de Dios...

—No nombres a Dios. En esta casa Dios ya no puede nombrarse.

Finita se volvió de espaldas y empezó a hablar con el canario. Era extraño verla junto a la jaula. Finita nunca se dignaba mirar al pájaro.

—Se acabó Dios, se acabó todo... Lo habéis querido. Bien, ya hemos llegado al fin. ¿Queda algo? Nada. Todo se ha perdido. Todo. De ahora en adelante a vivir con la piel, nada más que con la piel.

Desvariaba pero nadie lo interrumpía. Acaso intuyeran que era mejor dejarlo hablar y desahogarse.

—El muro derruido, la vida salvada. Lo importante es salvar eso: la vida, el estómago... el sexo... Lo demás: carroña.

Señaló los billetes esparcidos en la mesa.

—A comer. A saciar la bestia, a vivir. —Daba puñetazos en la madera—. El marica se ha portado como un hombrecito, hay que celebrarlo. El marica ha demostrado tener instintos de macho. ¡A beber a su salud!

Cogió un billete y lo guardó en el bolsillo. Corrió a la puerta, Enriqueta le seguía:

—Hijo, hijo, hijo...

Era peor. Cuanto más lo llamaba, más corría él.

La voz de Enriqueta se perdió pronto en lo angosto de la calle. Él siguió caminando, cada vez más de prisa, sin acordarse probablemente de que sus fuerzas habían llegado al límite. Entró en un café de las Ramblas. Se acercó a la barra.

No vio al hombre del mostrador. Vio a un bulto que preguntaba y que servía. Pidió algo. Se lo dieron. Lo tragó sediento, sin detenerse.

El local era grande y estaba lleno. Una música estridente se fundía con el rumor confuso de voces y pisadas.

Paco continuó en la barra, mirando frente a él, agarrotado por una sed nueva. El líquido sin duda caldeaba su sangre y diluía su terror. La cabeza empezó a pesarle. Acaso se dio cuenta de eso cuando el bulto del mostrador le dijo:

290

—Bebe usted demasiado.

El bulto secaba los vasos y tenía los codos levantados. El trapo parecía blanco, pero no lo era. Más arriba del trapo y de los vasos había una sonrisa, más arriba de la sonrisa, reproche.

—Hago lo que me da la gana.

—Pero yo ya no le doy ni un vaso más.

—Su obligación es dármelo. Por algo le pago. El dinero sirve para eso. ¿Me entiende? Para obligar, para mandar, para...

La cabeza le pesaba. Se le escurría hacia delante igual que si tuviese plomo. Los bultos humanos parecían decir: «Como siga así habrá que echarlo.»

El local se volvió espeso. Las voces parecían coagularse. Cundía un carraspeo persistente que lo mezclaba todo. Pero la cabeza de Paco pesaba...

Los bultos del mostrador (había dos) no estaban ya en el mostrador. Se notó suspendido por los sobacos, arrastrado fuera del local.

Un halo de miradas seguía el espectáculo de Paco sostenido por dos camareros, pero él no se daba cuenta. Algunos reían, otros comentaban: «Hay que ver cómo está la juventud.» «Una buena tunda es lo que le hace falta.»

Las Ramblas tenían el sello inconfundible de la hora. Era el momento de los desocupados y de los ocupados, de los aperitivos y de los encuentros.

Se hablaba de fútbol, del frío y del cine. Podía decirse que allí, en aquel fragmento de las Ramblas, se centraba el corazón mismo de la ciudad con sus problemas y sus ilusiones.

El sol tostaba rostros e ideas. La primavera parecía verano.

Paco quedó en la acera, solo, con un mundo de miradas prendido en su cuerpo. Los pies tristes y vacilantes, impregnados de abandono.

Miró el cielo instintivamente, pero no pudo resistir el reflejo del sol.

La gente lo esquivaba.

—Menudo espectáculo. Tan temprano y borracho.

Una humanidad completa y civilizada giraba en torno a Paco. Eran seres vivientes, parecidos a él.

291

El sol era cada vez más fuerte, cada vez más implacable, era un sol que no perdonaba, que no permitía «recuperar», «rectificar», ni buscar un camino.

Caía sobre su cuerpo como un chorro lento de fuego. Un chorro mitológico enviado por dioses vengativos.

Paco tendió los brazos hacia arriba. Los tendió como si buscara algo desesperadamente, algo que nada ni nadie quería darle. Dijo dos o tres veces: «Mamá, mamá...»

Luego, torpemente, avanzó con la mirada puesta en el cielo, los brazos a lo largo del cuerpo, las piernas rígidas y débiles.

El coche le pasó por encima.

La dosis de narcótico ha sido aumentada y Clarita duerme plácidamente. Genoveva lanza una ojeada al cuerpo tendido. Respira hondo. Abre luego la puerta de la habitación y cruza el pasillo.

Sobre el pavimento de mármol blanco se dibuja su silueta tenuemente. El hilo de luz que entra por el ventanal tiene pedazos de sol. Es un sol brusco, casi hiriente.

Sus pasos son ligeros y decididos. Atraviesa los salones como si los atravesara todos los días. Ve la alfombra donde Clarita grabó su rebeldía, ve el cuadro recién adquirido por el marqués...

La casa parece deshabitada. Genoveva conoce a la perfección los momentos en que la casa parece deshabitada. Es la hora en que los criados peroran en la cocina y en que los señores aún no han llegado.

No obstante, Genoveva (sombra blanca, ágil y fría) avanza de puntillas, escudándose tras los muebles, apenas rozándolos con las manos, sin duda por miedo a ser descubierta.

El cuarto de la marquesa es amplio: cama con dosel, grandezas muertas en cualquier objeto. Cruces de marfil, rosarios de cristal de roca.

Frente a la cama un tocador Luis XV (botellas de Bacará, tarros de Sèvres, búcaro de opalina con rosas). Genoveva se dirige directamente a él. Abre un cajón. Su respiración se vuelve anhelosa, cuando se ve reflejada en el espejo. Desvía la mirada. El cofre de terciopelo está ahí. Lo conoce bien. Más de una vez ha ayudado a la marquesa a vestirse de gala.

Genoveva cierra los ojos, como si quisiera darse tiempo a tomar aliento. A juzgar por su aspecto, se podría creer que va a caer desmayada.

Se repone. Abre el cofre. Ve la sortija, el broche, los pendientes. Todo haciendo juego en gama verde. Es un verde intenso aterciopelado e hiriente.

Apresuradamente desliza las cuatro piezas en el bolsillo de su bata. Cierra el cofre, cierra el cajón.

El teléfono de la mesita de noche se pone a sonar. Genoveva queda unos instantes paralizada.

«Adelante, no seas tonta, no pierdas el tiempo», se dice a sí misma.

Cruza el umbral mientras el teléfono llama insistentemente. Las habitaciones continúan desiertas, nadie la ha visto. Un vago murmullo de voces llega hasta ella desde al ala del servicio. Discuten, ríen.

El reloj del pasillo suena con letargo.

Un criado se planta ante ella.

—Hay que darle cuerda —dice Genoveva señalando el reloj.

Su voz es firme.

—Tiene usted razón.

El criado es un hombre alto, de movimientos acompasados y elegantes. Cuando da cuerda al reloj, parece conducir un coche.

—Clarita duerme.

El criado asiente.

—La señora marquesa no habrá venido aún...

El criado niega.

—Quería hablarle de... Bueno, avíseme cuando venga.

El criado sigue dando cuerda al reloj. Tiene unas manos rosadas, de venas prominentes.

Las de Genoveva continúan pálidas, frías, metidas en los bolsillos de la bata.

Las alhajas están ahí, más frías aún que las manos: duras, estriadas. Las aprieta con los dedos para que no hagan

293

ruido, para que nadie le pregunte: «¿Qué lleva usted ahí, Genoveva?»

Cruza, despacio, el pasillo. La luz es cada vez más intensa. Pero Clarita sigue durmiendo. En el colegio tocan a recreo.

Enrique Fernández llena el vaso de Julita de un tinto espeso.

—Vamos, mujer, anímate.

Frente a ellos, la ciudad. El biscuter ha quedado en la carretera, junto al portal del restaurante. Es un lugar tranquilo, situado en el vértice de La Rabasada.

—Las mujeres tristes no me gustan.

Julita otea el lugar. Todo le parece extraño.

—Nunca había estado aquí —dice.

—Conmigo vas a descubrir muchas cosas...

El sol broncea pronto el rostro de Enrique Fernández. Los dientes a la intemperie parecen amarillos.

El camarero les sirve en silencio. Julita contempla su plato. Suspira. Hinca luego el tenedor en la tortilla, separa un pedazo, lo lleva a la boca sin ganas. El tinto en el vaso no ha sido aún probado.

—Bebe un sorbo y tendrás apetito.

Julita obedece.

—Es muy fuerte.

—Te dará ánimos.

Se le ve satisfecho de su triunfo. Ni siquiera comprende su condición de carambola. Los hombres como Enrique probablemente no se atienen a las causas, sino a los hechos.

—Te dije que algún día caerías en mis brazos...

Julita lo mira con lástima.

—La mujer que se me resista no ha nacido aún...

Hay una gran humillación en su vanidad. Es una vanidad casi demente, casi infantil.

Están rodeados de montañas verdes que lanzan aromas de retama. El sol, cada vez más fuerte, cada vez más claro, reverbera en la terraza y en la carretera. No obstante, el lugar es fresco. El flanqueo de los montes conserva aún parte del invierno. Son los únicos comensales.

294

Enrique acaricia una mano de Julita y bordea sus uñas.

—Pronto te convencerás de que hemos nacido el uno para el otro. Desde el día que te vi lo comprendí. Si no hubiera sido por el niño de la moto...

Julita reacciona:

—A ése no se le nombra.

Se yergue, estira el cuello, agita la melena. Deja el cubierto en el plato. De pronto, como impulsada por un resorte, apura el contenido del vaso.

—De modo que todavía te acuerdas de él.

—Para odiarlo.

Enrique se impacienta. Aproxima su silla a la de Julita, pasa su brazo tras el respaldo, coloca su mano en el hombro de ella.

—No me asusta. A mi lado lo olvidarás en seguida.

—Usted u otro, ¿qué más da?

—Así no me gustas.

Pero lo dice con los labios pegados a su oreja, su aliento (tinto y tortilla) destilando emoción.

—Una no puede entusiasmarse en veinticuatro horas.

—Yo me entusiasmé contigo en menos tiempo.

—Esos entusiasmos se enfrían pronto.

En el horizonte dos nubes blancas solemnizan el paisaje. Un gorrión cruza la terraza de parte a parte. Julita lo sigue con la mirada.

—Manuela asegura que eres virgen.

—Lo soy.

—Y dices que te quería...

—Yo no he dicho eso.

—Bueno, ¿qué más da?

El camarero los interrumpe nuevamente. Viene a cambiar los platos y a servir la carne. En sus ademanes hay precisión discreta, finge no ver lo que ve. Luego se aleja.

—Una mujer no es verdaderamente mujer hasta que ha conocido el amor —dice él.

Julita corta la carne. Es un bistec rojo, ligeramente duro. La sangre que brota de él llega hasta las patatas, las vuelve rosadas, las ablanda.

295

—¿Estarás decidida?

—Un día u otro tenía que llegar.

El vino está ahora en sus ojos y en su frase. Parece como si otra mujer estuviera hablando por ella.

—Una se harta de ser siempre la misma... Probablemente «vivir» es cambiar, ¿no le parece? En algún sitio he leído eso... ¿Que luego se estropea todo? Bueno, siempre habrá alguien a quien echar la culpa. Es agradable poder decir: «Lo hice por ti, por tu culpa... Lo hice para que la desgracia y el castigo recaigan sobre ti, del mismo modo que la desgracia de los otros ha recaído sobre mí... No habrá nada tuyo que escape a esa culpa. Nada. Cada vez que me cogiste la mano, cada vez que me miraste, cada vez que me hablaste... estabas fabricando esa culpa que ahora te trae desgracia.»

—Vamos, Julita, no desvaríes... No sabes lo que dices.

—Nunca me he sentido tan lúcida como ahora. No crea que voy a engañarme. Sé perfectamente lo que va a ocurrir. Después de almorzar me llevará usted a su casa, me llenará el oído con palabras estúpidas, creerá que las trago, que las creo... No se forje ilusiones. Si me presto a «caer en sus brazos», como usted ha dicho antes, es porque necesito dinero. ¿Estamos?

Deja los cubiertos sobre la mesa. El bistec está casi intacto.

Enrique tose ligeramente, mira al camarero para ver si los ha oído. Se arregla la corbata. Dice:

—Come, mujer; así no es posible vivir.

Probablemente es uno de esos hombres que no oye lo que le resulta desagradable. Probablemente por eso Julita le dice:

—Si piensa usted otra cosa de mí, es usted un iluso.

El camarero acude a una llamada de Enrique Fernández. Paga la consumición.

—Vamos —dice.

La lleva por el codo hasta el biscuter. Vuelven a la ciudad en silencio.

En las calles hay recuerdos. Sólo recuerdos. El futuro no existe. Julita contempla los peatones como podría contemplar pequeñas islas humanas. En todas esas islas está la soledad que ella siente en estos momentos.

El biscuter se detiene ante un portal desconocido. Se meten luego en el ascensor.

Es un piso viejo, impersonal, lleno de tópicos. Se nota que ha sido decorado por ideas establecidas en común, a fuerza de supeditarse a la vulgaridad de un gusto colectivo.

Enrique Fernández murmura algo que ella no comprende. Se le ve cortado. Falto de desenfado.

—Por ahí —señala la derecha.

Julita avanza como podría avanzar una estatua dispuesta para el pedestal.

—No te extrañe el polvo de los muebles. Cuando un hombre vive solo...

En la estancia hay un diván enorme enmarcado de libros.

—A mi madre le gustaba leer, como a ti.

En sus explicaciones apunta una notable impotencia. La osadía primera es engullida ahora por la vulgaridad de los muebles y de los objetos.

Los sistemas habituales de todo conquistador se diluyen en su disculpa. Enrique Fernández es solamente un pobre hombre tímido, acosado por su ambiente burgués.

—Mi madre era estudiosa... como tú.

Intenta en vano buscar otra fórmula, otra atención. Julita continúa indiferente, ajena a cuanto le explica. Está ahora frente al diván, impasible, interrogante, altiva.

—Eres bonita...

Lo dice con los ojos vidriosos, enraizado en deseo, queriendo hacerse perdonar su vanidad anterior.

Señala su jersey.

—Mañana te llevaré a una tienda; quiero que vayas bien vestida.

—Bueno.

—Julita, escucha...

Pero no habla. La estrecha contra él, le sopla su pasión en los labios y en los ojos.

—Por fin, Julita, por fin...

Su voz se ha vuelto ronca.

—Un día y otro pensando en ti, deseándote como un loco. Es como si el mundo empezase ahora...

297

Habla con voz de pésame. Asombra no ver un muerto en el diván rodeado de cirios.

Julita se abandona al abrazo. Dice:

—Es extraño.

La empuja hacia el diván, la extiende en él cuidadosamente. La contempla con las facciones abotagadas, el pelo en desorden, los ojos achicados.

Sus dedos torpes empiezan a desnudarla.

Ella le dice:

—Déjame. Lo haré yo.

Acepta, acaso para no contrariarla.

—No pierdas el tiempo...

—Es extraño —repite Julita.

Se levanta ella como si toda la habitación oscilase, bamboleante, angustiada. Sus ojos recorren la estancia. Una consola, un espejo, una silla. Un cuadro... Está sobre el velador y es de tamaño regular.

La ve tan ensimismada que se permite aclarar:

—Una reproducción.

Julita no le oye. Dice:

—Esa corona...

—No pienses en eso, ahora.

—Déjame.

No ve ya nada salvo la efigie manchada en sangre, las espinas clavadas, los ojos suplicantes.

—Yo te dije: «Ayúdame, Señor.» Te lo pedí de rodillas.

—¿Te has vuelto loca?

La ve ahora con el rostro pegado al cristal del cuadro, el alcohol que ha ingerido en su actitud melodramática y desesperada.

—Yo te dije: «Si es verdad que existes, ayúdame, Señor...» —excitada golpea el cristal, lo araña, lo empaña con su aliento—. Pero no me has ayudado. ¿Por qué? ¿Por qué? Yo te dije: «Devuélveme a Pablo.» ¿Dónde estoy yo? ¿Dónde estamos todos?

—Julita... Vamos, Julita...

Intenta abrazarla, volverla a su centro. Pero ella se desprende de sus brazos. Lucha. Lucha con el mismo ímpetu

298

con que luchó en la vivienda de Manuela. Los ojos llenos de
lágrimas, su aliento cálido y furioso.

—No dejes que ocurra eso, no lo permitas —otra vez frente al cuadro con humildad, con desesperación—. Si es verdad
que existes, arráncame de aquí. Yo no soy como ellos, yo soy
distinta, tú sabes que soy distinta...

Suavemente coloca su mejilla contra la mejilla de la imagen. Como si realmente fuera viviente, como si no se tratara
de un papel coloreado.

—Te has vuelto loca. Estás borracha.

Enrique se ha plantado ante ella otra vez en calzoncillos.
Sus calcetines, puestos, las ligas resaltando los músculos de
sus pantorrillas. Pero ella no lo ve. Sólo ve su propia desgracia, su propia desesperación.

—No permitas que me vuelva como ellos. Tú puedes evitarlo. Tú puedes salvarme... Pablo dice que tú puedes salvarme...

Enrique sujeta sus brazos violentamente, la arrastra nuevamente hacia él. La contempla con furia, desazonado, anheloso.

—Vaya una escena. ¿No te da vergüenza?

El cuadro ha quedado algo velado por las lágrimas y el
vaho de Julita. Sobre la corona de espinas hay extraños dibujos abstractos.

Julita va recobrándose poco a poco. Se seca las lágrimas
con la punta de los dedos. La silueta de Enrique va dibuján-
dose ante ella nítida y concreta. Lo contempla ahora entre
sollozos.

Enrique Fernández ha dejado de ser el chulillo del biscuter, el conquistador irresistible de mirada penetrante y sombrero ladeado. Enrique Fernández es sólo un pobre hombre
en calzoncillos, erizado de deseo, con dos brazos venosos y
un ombligo velludo.

—No puedo —dice—, no puedo.

Señala su cuerpo de arriba abajo sin desprecio, sin burla,
con horror.

—No podré nunca, es imposible.

Enrique se mira a sí mismo como si contemplase a un
monstruo, asustado, acaso por primera vez avergonzado de

su aspecto. No hay un solo detalle de su cuerpo que no resulte ridículo, todo en él es grotesco.

Apenas hay un metro de distancia entre ambos. Sin embargo, es un metro interminable. Un metro con medidas eternas. Enrique abre la boca, sin duda quiere decir algo, sin duda necesita sincerarse, hablar... Ella no lo deja.

—No he nacido para eso. Lo sé. No podré nunca.

No le da tiempo a reaccionar. Julita es ágil. Se escurre, se pliega, retrocede.

—Perdóneme —dice—, perdóneme. No podré, nunca podré...

Corriendo llega hasta la puerta del vestíbulo. Baja las escaleras precipitadamente, sin tomar aliento, sin pensar más que en huir, huir, huir.

Deja a Enrique en el piso, con su desilusión, sus calcetines y sus calzoncillos, su diván y su deseo insatisfecho.

La calle está fría. El sol ya no alumbra. Las siluetas se perfilan imprecisas a lo largo del camino. Los árboles del paseo han entrado en sombras y los portales tienen sonidos huecos y húmedos.

Julita sin duda no se percata aún de lo que ha hecho. Cada uno de sus pasos tiene ahora libertad. Son pasos particulares, exclusivos, distintos a los restantes.

Un olor a cera quemada la detiene. Sube automáticamente tres escalones. Cuando entra en la iglesia, dos mujeres se cruzan con ella. La miran curiosamente.

Es una nave espaciosa y llena de eco... A medida que avanza hacia el altar sus pasos retumban, se repiten.

Un seglar se acerca a ella.

—¿Dónde va usted?

No contesta. Lo mira. Probablemente no sabe dónde va.

—Las mujeres no pueden entrar en la iglesia sin mantilla y sin medias.

—¿Dice usted...?

El hombre se impacienta. Debe de ser importante porque sus actitudes son dictatoriales.

—Salga de aquí inmediatamente, ésta es la casa del Señor.

—Pero yo...

No sabe explicarse. Balbucea. Dice luego:

—Sólo quería rezar.

—Una buena cristiana reza en condiciones...

A su derecha hay un Cristo crucificado, tiene los labios entreabiertos y la misma corona de espinas.

—Entonces...

El hombre señala la puerta, los labios le tiemblan, la voz es áspera:

—A salir, a salir...

Tiene la tiranía del impotente, la dureza del desgraciado. Julita no demuestra rebeldía, sólo estupefacción. Parece como si no pudiera llegar a comprender lo que le dicen, como si estuviera ante un loco que no fuera capaz de recapacitar.

El diálogo se interrumpe. Una mano tranquila se posa en el hombro de la chica.

—Déjala.

Es un sacerdote alto, lleva gafas. Tras ellas dos ojos reposantes y tranquilos, llenos de comprensión. El hombre todavía insiste:

—Pero... ¿se da usted cuenta? Mire cómo va: sin mantilla, sin medias.

—Con alma.

Lo dice sin impertinencia, sonriendo.

Julita lo mira vagamente, acaso no sabe por qué la está defendiendo. Se contempla las piernas. Probablemente ella nunca había creído que andar sin medias pudiera ser un acto vergonzoso, sino más bien un acto de pobreza.

—Quédate, hija mía, puedes quedarte.

El hombre se aleja malhumorado, moviendo la cabeza de un lado a otro y rezongando palabras ininteligibles.

—Es el sacristán —aclara el cura señalándolo—. Hay que disculparlo; tiene órdenes... Pero siempre hay excepciones.

Julita se apoya en el banco. La nave de la iglesia oscila. El altar se vuelve un punto cada vez más lejano y luminoso. Las velas se extinguen poco a poco.

—¿Qué te pasa?

La voz también ahora se vuelve lejana. Parece emitida por un altavoz sonoro, muy sonoro.

—¿Qué te pasa?

301

No contesta. No puede contestar. Las piernas se le doblan. Se deja caer. El sacerdote evita el golpe.

—Por fin; hija mía... ¡Por fin!

La estrecha furiosamente, la llena de besos húmedos.

—Dos días sin verte... dos días...

Lo dice llorando, acariciándola, cogiéndola de la mano para que vaya hacia el comedor.

Finita y Pilar, todavía sentadas en torno a la mesa, la miran sin excesivo interés. Genoveva, en cambio, la abraza.

—Julita, ¿qué has hecho?

Hay una alarma grande en sus facciones.

—Nada —le dice ésta por lo bajo—, tranquilízate, nada...

Cierto rubor cubre ahora las facciones de Genoveva. Una alegría especial excita sus ademanes y la vuelve locuaz:

—Habrás comido...

—Sí —responde Julita—. He comido. ¿Sabéis dónde? En casa de un cura.

Los rostros se inquietan, las miradas se abrillantan. Sólo Genoveva parece serena.

—¿Un cura?

—Entré en una iglesia y me desmayé... El cura me atendió. Le hablé... Va a encontrarme otro empleo... Un verdadero empleo.

—Entonces...

Pilar apenas se atreve a preguntar. Pero en todo su rostro se percibe una curiosidad manifiesta. Julita la mira escrutadoramente. Le dice:

—Pablo y yo hemos roto.

—Por fin —dice Pilar—, ya era hora de que te convencieras...

—Hemos roto por tu culpa.

Pilar se lleva la mano al pecho izquierdo, lo aplasta, lo golpea.

—Lo que tiene una que oír, lo que tiene una que oír...

Julita refleja una serenidad que no admite réplica:

—Prefiero no hablar del asunto; quizás, en efecto, haya sido mejor así...

—A eso se llama ser razonable —apostilla Finita.

—Después del disgusto de «La Cueva de los leones»... ¡Tenías que haber visto lo que era aquello! —esgrime Pilar—. Y encima decir que yo tengo la culpa... La juventud, la juventud...

Las luces del hotel Iberia serpentean ahora en las cabezas de Pilar y de Finita.

—¿Papá?

—Peor que nunca —dice Enriqueta—; cada vez más decaído.

—¿Paco?

Pilar sonríe:

—Afortunadamente tu hermano ha entrado en razón.

Finita aclara:

—Ha vuelto con doña Leocadia.

—¡No!

Dirige su mirada a Genoveva; la ve derrumbada y triste mientras asiente sin hablar.

—No es posible.

—Alguien tenía que salvar la situación...

—Paco no podía hacer eso; no debía...

Enriqueta interviene:

—Era lo mejor, hija mía; procura comprenderlo. Tu padre no levantaba cabeza... las cosas se ponían cada vez peor, la casa se hundía...

Pero Julita no la escucha. Sólo puede repetir: «No es posible, no es posible...» Se deja caer en una silla, los ojos gachos, las manos en las sienes.

—No es posible... Paco no podía hacer eso...

Se miran unos a otros como si se vieran por primera vez. Finita reacciona:

—Pues lo ha hecho, y asunto concluido.

Julita la señala con el dedo:

—Tú has sido la culpable.

—Por bien de todos —se defiende Finita.

La evidencia puja, insiste, lo quiebra todo. Ya nada puede ignorarse tras esa aclaración.

—¿Dónde está?

Lo pregunta ansiosamente, como si confiara aún en convencerle de lo contrario, como si pudiera evitar lo inevitable.

—No ha vuelto.

—Estará con ella.

Julita se repliega en la silla, se encoge como si un dolor insoportable cruzara su cuerpo.

—Dios mío, Dios mío...

—Al fin y al cabo tú has hecho ló mismo —acusa Finita.

—No.

—Manuela nos puso al corriente. Tú le dijiste: «Avísele.» Y te fuiste con él.

—No, no, no...

Se levanta, se acerca a la jaula.

—Paco ha de volver... ¿Lo estáis oyendo? Paco no puede vivir con esa ramera...

Las luces del hotel Iberia están ahora en las facciones de Julita.

—Iré yo misma a buscarlo.

—Te guardarás muy bien de meterte donde no te llaman —amenaza Finita—. Cuando se está en la miseria no se puede escoger. Conque a callar o te rompo los morros.

La amenaza con el brazo levantado, enseñando el codo. Julita no se defiende, ni siquiera se mueve.

—Haré lo que me parezca; ya no me das miedo... Ya nunca podrás dominarme... Nunca. Te desprecio demasiado para que me domines. Paco volverá con nosotros. Paco no puede hacer «lo que ha hecho». Paco tiene a Dios. ¿Sabes tú lo que supone tener a Dios?

Pilar quiebra la tensión con una risita nerviosa y tintineante:

—Tener a Dios, tener a Dios... Salirnos ahora con esas... ¡Se nota que has comido con un cura!

—Paco no se pertenece a sí mismo —continúa Julita—. He de hacerle entrar en razón... Ha de comprender que pase lo que pase no puede venderse...

Fuera en la calle estalla una lluvia intensa.

—Iré a buscarlo ahora mismo.

—Te lo prohíbo.

Finita se ha colocado delante de la puerta, los brazos en cruz, como la penitente de la procesión.

304

—Saldré de aquí aunque sea por la ventana...

La tensión se disipa cuando suena el timbre. Es una llamada extraña, distinta de todas. Nadie se mueve. Nadie sin duda piensa dirigirse al pasillo.

—Han llamado.

—¿Será Paco?

Los brazos de Finita se relajan, caen a lo largo del cuerpo.

—Paco tiene llavín. No hubiese llamado.

Enriqueta se decide a abrir.

Pilar observa desde el comedor. Anuncia:

—Dos hombres. Dos desconocidos.

Se oyen unos pasos nuevos, acercándose, firmes y decididos.

Se plantan en el comedor, hoscos, desconfiados. Enriqueta (la boca entreabierta, el mirar inquieto) asoma tras ellos.

—Buenas noches.

La atmósfera se impregna de algo grave, algo que se intuye sin llegar a definirse.

—¿Cuál de ustedes se llama Genoveva?

La jaula del canario se balancea debido al movimiento brusco de la aludida, y el pájaro aletea desesperado. Todas las miradas recaen ahora sobre la recién nombrada. Sus labios se despegan difícilmente.

—Yo soy Genoveva.

—¿Trabaja usted en casa de los marqueses de Moliana?

—En efecto.

—¿Es usted la enfermera de la demente?

Genoveva asiente.

—Tenemos orden de registrar la vivienda.

El terror está ahora en todos los ojos, salvo en los de Genoveva.

—¿Qué ha ocurrido?

—Han sido robadas unas alhajas. Sospechan de usted.

Se alza un murmullo general de protestas. Los hombres agitan mucho las manos.

—Que nadie se mueva de aquí.

Pilar, todavía circunspecta, advierte:

—Tenemos un enfermo en casa, mi pobre hijo... Les ruego que...

305

—No se preocupe; no le molestaremos.

—Usted, señora, acompáñeme —dice uno de ellos a Enriqueta.

El otro se queda en el comedor.

La lluvia continúa, monocorde.

Julita se acerca a su prima. No le hace falta preguntar. La conoce demasiado para ignorar que la acusación es cierta. Murmura junto a su oído:

—¿Por qué lo has hecho?

Genoveva continúa jugando con el canario, los ojos mates, las mejillas hundidas. Sus labios apenas se mueven.

—Quería evitar lo de Paco y lo tuyo...

—Dios mío, Dios mío...

El policía que ha quedado en el comedor no aparta su vista de las dos mujeres. Enciende un cigarrillo. El humo que provoca forma un muro para su indiscreción.

—¿Crees que las encontrarán?

Genoveva se encoge de hombros. Pilar, todavía mansa, todavía resignada, se rebulle en el asiento. Tose. Procura llamar la atención como sea. Al fin se arranca a protestar:

—Sea usted honrado para eso... Soporta enfermas mentales para eso... ¡Dudar de una santa como Genoveva! ¡Habráse visto cosa igual! —se levanta, corre hacia ella, la empuja por el codo—. Anda, hija mía, explícale a ese señor que tú no eres capaz de robar ni un alfiler... Aquí seremos pobres, pero a honrados no hay quien nos gane... Anda, Genoveva, habla, habla.

—Ya se darán cuenta —dice tranquilamente Genoveva.

—Eso lo habrá hecho la propia Clarita —insiste Pilar—. Como si lo estuviera viendo. Cuando yo digo que las desgracias nunca llegan solas...

El policía mira a Pilar con evidente desdén, lanza el humo contra su flequillo. Pregunta luego:

—¿Y usted quién es?

—¡Y lo pregunta! ¿Acaso no se nota quién soy? La decana de la familia... Pilar Poma, ¿me oye usted, señor policía? ¡La gran Pilar Poma! ¡Y a mucha honra!

Finita coloca su mano en el hombro de la vieja:

—No te acalores, todo se arreglará. Pronto se convencerán

306

de que no tienen razón... —Se dirige después a su hija—. Pero tú... ¡Mucho cuidadito en volver a casa de esos marqueses! ¡Calumniadores! ¡Después de diez años de trabajo honrado, vengan ahora las dudas...! ¡Guarros! ¡Dudar de ti! ¡Hacerte pasar por ese bochorno! Eso tendrán que pagarlo; así no van a quedar las cosas... Te lo dice tu madre...

Genoveva, sin inmutarse, contempla a Finita, resignada.

La voz de Julita llega débilmente hasta su oído:

—No debiste hacerlo... No merecía la pena...

Se vuelve hacia su prima. Dice en un susurro:

—Pensaba devolverlas... Por lo visto esta mañana Paco trajo dinero... ¡Si lo hubiera sabido!

En vano el policía intenta escuchar lo que dicen. Se acerca a ellas. Hace sonar sus dedos delante de la jaula.

—Ese pájaro... Cantará, a buen seguro —lanza un silbido con cara de hombre enterado.

El canario no contesta.

La lluvia no aumenta. En la calle apenas hay más vida que la mecánica, la inevitable. Los transeúntes parecen sombras que se dieran impulso, en ellos no parece haber ni sangre ni latidos.

En la acera ya no hay rastro de perros. Y Paco no llega.

Pilar continúa quejándose, levantando la voz, protestando contra el allanamiento de morada, contra la mala fe de los aristócratas, contra la miseria de la vida...

—Sea usted decente para eso. Venirnos ahora con bobadas semejantes. La pobre Genoveva...

El policía se rasca una oreja y sigue haciendo carantoñas al pájaro. Sus oídos atentos, su mirada alerta, su actitud despreocupada.

Transcurren las horas lentas, y llenas de vaguedad. La noche sigue humedeciendo la ciudad. Pero Paco no llega.

Se la llevaron aquella misma noche. Iba como siempre, altiva y serena, rígida e impasible. Lo aceptó todo sin chistar, aparentemente ajena al asombro de la familia y al dolor de su madre.

Le mostraron súbitamente las cuatro piezas (brillaban en la palma del policía). Le preguntaron: «¿Las conoce?» Y luego le dijeron: «Andando.»

La casa quedó impregnada de miedo y de tristeza. Ondas de angustia bordeaban los labios de las cuatro mujeres. Se miraron las unas a las otras sin atreverse a opinar, hundidas en su propia desolación, perdidas en aquel hecho insólito e inesperado.

La vida para ellas volvía otra vez a lo imprevisto, a lo que no tenía porvenir. Quedaron sentadas en torno a la mesa, perplejas, heladas, sin saber qué hacer.

—Habrá que buscar un abogado.

Recurriremos a Paco: doña Leocadia podrá ayudarnos.

Pilar apuntó a Julita con el índice:

—Deberías hablar con Enrique Fernández...

—Imposible.

—¿Por qué?

—Entre él y yo sólo puede caber vergüenza.

No comprendían.

—Se acabó Enrique Fernández...

No comentaron, no se atrevían. Probablemente no hacía falta mayor aclaración. Finita repetía:

—Pobre hija mía, pobre hija mía... Pensar que lo hizo para que ese par de zánganos no se sacrificaran... Vergüenza tendría que daros...

La luz central caía sobre la mesa. Una muralla de sombras en torno a ella.

Cuando amaneció, Julita apagó la luz. El día entraba lentamente en la habitación. Julio dormía sin enterarse de nada. En la calle se veían los obreros nocturnos llegando del trabajo. Otros iban al relevo.

—¿Qué habremos hecho para tanto castigo? —se preguntaba Pilar.

Olía aún a policía. En la esquina, sobre un cenicero de bronce, se alzaba un otero de colillas.

Enriqueta lloraba. Había empezado su llanto en cuanto el policía abrió la mano para enseñar las alhajas.

—Eran verdes.

—Sí, eran verdes.

308

—Como el campo.

—O como el mar cuando ha llovido.

Manuela llegó temprano. Venía demudada. Lanzó la noticia a boca de jarro.

—Doña Leocadia está furiosa. Dice que Paco salió ayer de su casa con el dinero y que «si te he visto no me acuerdo». ¿Dónde está el chico?

Un frío intenso presidía la habitación. Parecía como si paralizase, como si convirtiera a las personas en estatuas.

—Nosotras lo creíamos en su casa...

—Allí no hay ni rastro de él.

—Ese malnacido habrá hecho de las suyas —decía Pilar—. Seguro que se ha arrepentido y ha vuelto a donde los curas.

—¡Cállate!

Julita se había plantado ante ella, la mirada desgarrada, el ademán crispado.

—Hay que saber inmediatamente dónde está. ¿No lo comprendes? Hay que buscarlo... No podemos dejarlo así... a la buena de Dios... Es capaz de hacer otra barbaridad...

No hubo pausa en su reacción. Salió corriendo del piso, bajó la escalera a toda prisa, como si llevara el presentimiento en los pies.

No preguntaron dónde iba; no les dio tiempo. Probablemente ni ella debía de saberlo.

Pilar se levantó el flequillo, tenía la frente sudorosa.

—Dios, Dios... —iba diciendo.

El llanto de Enriqueta había cesado. La palidez de Finita era azulada.

Ya no decía: «Te has equivocado.» De vez en cuando suspiraba. Eran unos suspiros hondos, vibrantes y sinuosos.

Tenía la partitura delante pero no la miraba. Los ojos abiertos, demasiado abiertos para que pudieran ver.

El minueto de Henriette Renier volvía a los errores de costumbre, a los efectos de siempre, a la desgana habitual. Pero Finita no rectificaba.

Cuando la discípula dejó de tocar, preguntó:

—¿Qué le ocurre?

Finita pareció despertar de un sueño profundo.

—Nada; adelante.

—Está muy callada.

El atril, al chocar con el sol que se colaba a través de la cortina roja, parecía nuevamente cobrar vida propia.

—¿No habrá vendido otra arpa?

—Sólo tenía una.

—Como la veo tan alicaída...

—Ha ocurrido algo grave: mi sobrino ha desaparecido.

—¿Cuál? ¿El cura?

—Todavía no lo es.

—¿Cuándo desapareció?

—Ayer.

—¿Por qué?

—No lo sabemos.

El búcaro de bronce tenía también reflejos dorados, como el atril.

—¿Han dado parte a la policía?

Asintió sin despegar los labios, las mejillas hundidas y demacradas. Los ojos sin brillo, más hundidos aún que las mejillas.

Distraídamente la discípula hizo sonar el arpa pasando por las cuerdas el dorso de la mano.

—Hay que ver las cosas que les ocurren...

Se le cerraban los ojos, le temblaban las cejas.

—Por mí puede usted dormir como siempre.

La frase la avivó. Señaló la partitura:

—Vamos, adelante; empieza otra vez.

Era una orden muerta, una orden sometida a la costumbre y al miedo a perder el derecho de darla. La estancia se impregnaba de letargos.

El minueto surgía una vez más desarticulado, sin lógica, aumentando el malestar.

Del ventanal venía una luz excitante y estridente. Cayó implacable sobre el atril y la partitura, espejeando ambas cosas y dañando la vista de Finita.

La discípula interpretaba bostezando. Eran unos bostezos insultantes, progresivos y estrepitosos. A veces se oían mejor que los acordes.

Pero Finita, sumida en la lasitud del que actúa por inercia o por necesidad, parecía no escucharlos.

La discípula se detuvo:

—¿Por qué no me corrige?

Tenía los ojos negros: un punto brillante en las pupilas. Finita tragó saliva y dijo:

—Sigue.

—Le advierto que como no me corrija corre usted el riesgo de que le digan: «Las clases se han terminado...» Ayer vino un musicólogo y dijo que con usted no aprendería nunca a tocar...

Una sombra de vértigo cruzó el semblante de Finita. Le quedó la expresión dispersa, desolada; su vanidad huida y su terror manifiesto, plasmado en cualquier gesto.

—¿Quién era ese musicólogo?

—Pregúnteselo a mamá.

Los ojos de la discípula eran ya dos faros apagados.

—Dicen que no merece lo que cobra...

—Eres la criatura más cruel que he conocido.

Todo en la habitación fue, durante unos instantes, odio, ira y terror. Luego todo fue franqueza. Una de esas franquezas corrosivas, que existen tan sólo para fomentar la hipocresía.

—Si yo le parezco cruel, usted a mí me parece siniestra. No hay lección de arpa sin historia particular: «A la señorita Finita le han tocado las quinielas. A la señorita Finita se le ha puesto el cuñado enfermo. La señorita Finita no ha dormido porque el pájaro ha cantado toda la noche, o porque su hija adelgaza en casa de la marquesa, o porque su sobrino desaparece...» Estoy de los infortunios de la señorita Finita hasta la propia coronilla. ¿Qué me importa a mí su cuñado, ni su sobrino, ni el pájaro?

Hablaba con los labios encogidos, prietos, pálidos. Su voz aumentaba de tono. Era una voz potente que se adueñaba de la situación, que lo impregnaba todo de vergüenza.

Finita miró a un lado y a otro sofocada en aquella vergüenza. Parecía imposible que la puerta de la sala no se abriera y la señora Pérez no asomara para decirle: «Bueno, basta ya de comedias: a la calle.»

—Una tiene derecho... —balbuceaba.

—El musicólogo dijo que las verdaderas maestras deben corregir. La verdadera maestra no ha de tener problemas personales para la discípula. El musicólogo...

—Pero como tú me preguntabas...

Perdía terreno, se hundía en sus propios argumentos, se fundía en el caos que ella misma provocaba.

—Porque bordeaba usted el asunto, hasta que me obligaba a «preguntar». Antes de que empezase a hablar, sabía ya lo que iba a decirme. Hay personas que necesitan soltar rollos y usted es una de ellas. Por eso cuando le permito soltarlos, no tiene inconveniente en decir «amén». La cuestión es dar la lata; hablar de su familia, de sus desgracias, de sus insomnios, de sus quinielas, de la venta de su arpa, de todo lo que no sea música. En realidad la música le importa a usted un pepino... Pero eso se llama «fraude». Lo dijo el musicólogo: «Señora Pérez, esa maestra está cometiendo un fraude con ustedes, les está sacando los cuartos del modo más vengonzoso.» ¿La *Serenata melancólica*? ¿El minueto de Renier? ¿Los estudios de Bach? ¡Qué cuernos le interesa a usted todo eso! La cuestión es hablar, cobrar y dormir.

Las cortinas de damasco, lanzaron su luz roja sobre la discípula. Era una discípula totalmente escarlata.

—¡Dios nos libre del día que se le acaben las tragedias! ¡Dios nos libre del día que no pueda usted dar la lata...!

Finita levantó el brazo derecho. Probablemente no quería pegarle, sólo protestar. Pero la discípula se apartó bruscamente y gritó:

—¿Cómo se atreve? ¿Cómo se atreve?

Al apartarse, la silla rodó por el suelo:

—Quería pegarme, quería pegarme...

—No, no...

Protestaba. Tropezó con el atril. Sonó a metal vibrante. Era un atril dorado, caldeado por el sol.

Cayó la partitura. El arpa quedó en pie, enhiesta, como una gran reja, como el ventanal de una cárcel. Se veía la sombra de las cuerdas en el rostro de la discípula.

—Váyase, váyase; me da miedo.

Acaso fue aquel miedo lo que despertó en Finita el deseo

de provocarlo realmente. Tenía aún el atril en la mano, ligero, duro y caliente.

Empujó el arpa hacia delante. Cayó sobre la discípula. Se produjo un sonido armonioso, increíble, casi perfecto. Pero duró un momento, sólo un momento:

—¿Qué sabes tú lo que es la vida? ¿Qué sabes tú lo que es sufrir?

Las cuerdas del arpa se confundían con los pelos de la discípula, era inútil intentar liberarse de ellas. Se movía como una araña aplastada por un matamoscas de alambre. El cuerpo de Finita permaneció erguido unos segundos, el atril levantado, los labios pálidos, los ojos enrojecidos.

Cuando el atril cayó sobre la discípula, Finita gritó:

—Estúpida, mocosa, ¿qué sabes tú de la miseria de la vida?

El acorde esta vez fue cromático, con extrañas anticipaciones que se prolongaron luego en crescendo.

Finita quedó unos segundos estática, las manos vacías, dejando respetuosamente que el sonido languideciese en las ondas del cuarto.

Todavía repitió:

—¿Qué sabes tú lo que es sufrir?

Pero la discípula se ahogaba en llanto y no podía contestar.

La sangre empezó a brotar en el preciso instante en que una de las cuerdas estalló; vibrando, como un punto final, como una nota intencionada.

Entonces Finita reaccionó. Primeramente procuró apartar el atril. Era difícil; se había enredado con las cuerdas. Luego quiso levantar el arpa. Pero sus manos carecían de fuerza. Eran dos pedazos de carne blanca y paralizada.

Los labios abiertos, el pecho jadeante, dio un paso atrás. Corrió hacia la puerta. Se detuvo para respirar. Parecía como si tuviera el pecho agarrotado. Las cortinas rojas enviaban su luz al suelo. Era como si las cortinas se hubieran trasladado allí.

—Dios, Dios...

Probablemente no comprendía aún lo que había hecho. Abrió la puerta. La madre asomó, lejana, dos habitaciones más allá:

—¿Qué ocurre, señorita Finita?

No contestó. La dejó allí, perpleja, ajena a todo, dispuesta para lo que iba a encontrar. Alerta por las quejas de la hija.

Su figura anodina (voz sin ondas, máscara que habla, escaparate de alhajas), perpleja, a punto de resultar realmente interesante.

Finita salió de la casa. La luz de la calle caía sobre ella como una descarga eléctrica. Tenía las facciones crispadas, los párpados entornados, la piel seca, agrietada y encogida.

Avanzaba por la calle como un ciego que ignorase el camino: las manos separadas del cuerpo, el aliento agrio, las bragas mojadas.

—No pongáis esa cara... Ha ocurrido... No sé cómo. Me provocaba. Parecía como si estuviera diciéndome: «Pégame ya... Vamos, anda, pégame.» Me insultaba... No sé lo que decía... Quizá me ha llamado insecto. Los seres humanos no somos insectos. Uno es responsable a medias... Yo no soy un monstruo... Por Dios vivo, no me miréis así. He estado a punto de matarla. Pero, ¿por qué? Yo no quería. Yo sólo quería dar mi clase, justificar mi sueldo, defenderlo por encima de todo. No era cuestión de andar con inseguridades... Y me acordaba de Genoveva. Mi pobre hija en la cárcel mientras aquella estúpida me insultaba... Era como si insultase a mi hija, a todos vosotros... ¿Qué sabía ella lo que es la verdadera desgracia? Quería hundirme la muy puerca, quería sustraerme el sueldo, robármelo... El único dinero que entraba en esta casa. El único. ¡Si por lo menos Paco no hubiera desaparecido! ¡Si por lo menos Julita hubiera sido razonable...! Si Genoveva no hubiera hecho lo que hizo... Era imposible pensar en todo eso y no sentir vértigo... Y ella provocándome. Diciéndome que sólo sabía dar la lata y hablar de mis problemas... Nuestros problemas. Todo era odio y terror y podredumbre... Todo. Me atacaba. Os atacaba a todos. Estaba llena de armas. Se burlaba de los que sufrimos. Os lo contaré todo, os explicaré cómo ha ocurrido, pero no me miréis así. Ha empezado sin darme cuenta... Me provocaba. ¿Os lo he dicho ya? Me llamaba insecto... Los seres humanos no somos insectos...

En seguida comprendieron que lo había reconocido: estaba sobre el mármol, entre una mujer y un niño. Tenía el cuello de la camisa ladeado, y la corbata manchada de polvo y sangre.

La cabeza intacta.

Le habían taponado los orificios de la cara y las mejillas parecían hinchadas.

Alguien la sostenía por la espalda:

—Ánimo, muchacha.

No lloraba; únicamente temblaba. Tampoco hablaba. Le dijeron:

—Lo trajeron ayer al mediodía. Todavía vivía. Movía los labios como si rezase. En realidad debía de rezar, porque no perdió la cabeza. Pidió luego un sacerdote. Preguntamos su nombre, pero no quiso decirlo. No encontramos la documentación. Tal vez se perdiera en la calle... Por lo visto iba algo borracho...

La nave fluctuaba recuerdos. La voz que describía los hechos hablaba con precisión:

—El conductor hizo lo que pudo, pero no fue posible evitar el daño. El muchacho se lanzó prácticamente sobre el vehículo. La calle entera fue testigo. El conductor quiso desviar, pero fue peor...

La voz iba desposeyéndose poco a poco de la caridad primera. Quería dar a entender que Paco se había suicidado.

Julita empezó a sollozar.

—Bueno, tal vez fue casualidad. Cuando se pierde la noción de las cosas como la había perdido él...

La silueta del muerto se precisaba nítida bajo la luz cenital que enviaba la claraboya. Pero su cuerpo se adivinaba maltrecho tras la sábana gris.

Le preguntaron:

—¿Qué edad tenía?

315

—Dieciocho años.

—Deberá usted informar a la policía. Naturalmente no corre prisa. Cuando esté en condiciones...

Julita asintió. Tenía las manos cruzadas sobre el pecho, su dolor marcado en los surcos húmedos del rostro, su impotencia plasmada en el dominio de sí misma.

—Repetían:

—...Formulismos indispensables. El seguro, el proceso...

La empujaron ligeramente fuera de allí. Indudablemente apremiaba llegar al trámite, dijeran lo que dijesen.

Julita se volvió a contemplar el cadáver. Le habían vuelto a cubrir el rostro con la sábana gris.

Movió la cabeza de arriba abajo con los ojos llenos de lágrimas, acaso compadeciéndose, no solamente del muerto, sino de sí misma. Se llevó la mano a la mejilla, se la acariciaba, como si quisiera autoanimarse:

—Pobre Paco, pobre Paco...

Sin duda debían de fluir mil imágenes, mil situaciones pasadas e incluso futuras, mil problemas resueltos y sin resolver.

—No merecías eso... no lo merecías.

Miró al hombre que la acompañaba:

—Él era distinto —explicaba—. Era bueno... era religioso... La vida, ¿sabe usted? La vida...

—Claro, claro.

Se comprendía que respondía por inercia. Sin saber exactamente lo que decía, indudablemente acuciado por los formulismos, esperando que Julita declarase cuanto antes.

—Él no era como los chicos de su edad —insistía—. Quería ser cura... Dios habrá querido llevárselo.

—Cuando Dios hace las cosas... A lo mejor de haber sobrevivido, se hubiera torcido...

Subían las escaleras lentamente. Los muros grises envolvían el drama. Era una escalera empinada.

Julita repetía:

—Tenía una vida difícil, muy difícil...

—Pues entonces mejor ha sido así...

El hombre hablaba por hablar, porque sin duda era su misión. Pero Julita no lo oía. Probablemente, más que voz, aquel hombre debía de ser para Julita una oreja. Un lugar donde poder volcar el dolor interno, el que no se podía volcar ni siquiera a los más cercanos.

El hombre era afable, tranquilo y educado. Probablemente cuando los dolientes desaparecían, barría su misión rápidamente. En aquellos momentos hablaba con la afectación mecánica del que está acostumbrado a consolar sin tomar parte en el dolor.

Sin duda debía de importarle muy poco la vida privada de los demás. Sin duda la única vida privada que le importaba era la suya.

—Mamá no podrá resistirlo —insistía Julita acaso animada por la actitud de aquel hombre—. Es demasiada desgracia, demasiada...

Andaba encorvada, su melena despeinada, provocando la curiosidad de los que encontraba al paso. Era una curiosidad fortuita, que duraba sólo un instante. La miraban todos escrutadoramente, intensamente, la compadecían sin saber por qué. Preguntaban:

—¿Qué le pasa a ésta?

Movían la cabeza de un lado a otro y volvían a lo suyo.

El Hospital Clínico era enorme y Julita debía andar un trecho largo. A medida que se alejaba por el claustro de la nave, su silueta se encogía como si envejeciera rápidamente.

Lo cierto es que nada en Julita acusaba ya juventud. Parecía una anciana que anduviese ligera para fingirse joven.

Sentado junto al ventanal (era verano pleno y el calor acuciaba) Julio Brutats contemplaba la calle, el pájaro y la fotografía de las quinielas.

La radio había sido vendida, como la mayoría de los objetos vendibles.

Julio Brutats recordaba al hombre de antes únicamente por sus tics. De vez en cuando, sin que se supiera por qué, levantaba el hombro, arqueaba una ceja y chupaba el estómago. Lo demás era todo distinto.

Tenía las manos tendidas a lo largo del pantalón, demasia-

317

do grande para su cuerpo resumido, y su barba, mal afeitada, asomaba casi toda ella canosa.

La casa tenía eco. Faltaban personas y cosas. Únicamente se oían los pasos de Pilar y de Enriqueta, perpetuándose en los rincones. Los de Pilar eran cada vez más lentos, más desiguales, los de Enriqueta, en cambio, eran cada vez más activos.

Lo que ya no hacía Pilar era cantar en el retrete. Pasaba el día deambulando por el pasillo, sumisa, alelada, incapaz de emitir opinión.

Enriqueta le daba órdenes:

—Pilar, pélame estas patatas.

—Pilar, vacía esa jofaina.

—Pilar, abre la puerta.

Enriqueta andaba muy ocupada con su marido. Desde que no se movía de la casa, le daba mucho trabajo.

De vez en cuando se oía la tos débil de Julio Brutats (aquella tos que no acababa de servir para arrancar lo que le hurgaba en los bronquios); entonces Enriqueta, invariablemente, se acercaba a él, lo acariciaba y le preguntaba:

—¿Te encuentras bien?

Afirmaba sin contestar y volvía a su inmovilidad. Julio Brutats llevaba mucho tiempo sin habla. Desde que supo lo de Paco.

Pero Enriqueta lo trataba como si aún coordinase, como si fuera el mismo hombre de antes, el que asestaba golpes coléricos en la mesa cuando sus hijos le contradecían, el que jugaba a las quinielas, y el que asombraba al barrio con sus conocimientos intelectuales.

Pilar los miraba a los dos, desmaquillada, con el flequillo sin peinar, los labios entreabiertos, la dentadura cada vez más bamboleante:

—¡Ay Dios mío! —decía—. Qué cosas, qué cosas... No somos nadie.

Enriqueta parecía más joven. Se la veía satisfecha de poder cuidar al marido, de dedicarse exclusivamente a él. De vez en cuando sostenía largos monólogos ante Julio, como si dialogara:

—Verás, dentro de poco se arreglará todo: Julita ha encontrado un trabajo importante gracias al cura. Va de vendedora a una librería del ensanche... Te digo que hay curas buenos... Julita parece feliz... Ya no tiene aquellos arrebatos tercos que tanto te molestaban, ¿recuerdas?

Le ilusionaba pensar que la entendía.

—Los malos tiempos tienen también su plazo, eso dice el cura. Un día u otro tiene que llegarnos la suerte... ¿No te parece?

Contestaba casi siempre el canario. La voz de Enriqueta le ayudaba a cantar. Estaba más enclenque y algo pachucho.

—Lo único malo... lo verdaderamente triste es...

Señalaba la fotografía de las quinielas. Paco había sido circundado por un lápiz rojo y sobre la cabeza le habían puesto un lazo negro. El párpado cerrado resultaba algo irreverente.

—Hijo mío —decía Enriqueta con los ojos llorosos—, hijo mío...

No obstante la soledad y el vacío, algo poderoso pujaba aún entre aquellos muros. Se habían renovado instintivamente costumbres y situaciones perdidas.

La obstinación de la vida podía más que la guadaña de la muerte. Surgía lo resguardado, lo que apenas se habían atrevido a recordar anteriormente.

Los cuidados de Enriqueta debían de agradar a Julio, porque cuando no estaba junto a él, la buscaba con la mirada, como si la echara de menos.

Era indudable que la monotonía del ajetreo pasado daba cabida a la actividad de un reposo nuevo. Las discusiones habían desaparecido, y los monólogos eran fértiles y agradables.

Cuando Juana supo lo ocurrido, llegó a la casa de su hermano con aires filantrópicos.

—Nunca os perdonaré que no me hayáis avisado. La portera de mi casa tenía mi dirección... Está visto que una no puede tomarse unos días de vacaciones sin que ocurran desgracias... Pero al fin y al cabo, la familia está para eso; para ayudar en los casos de adversidad... De todos modos algo se podrá hacer... Don Alfredo abogará en favor de Genoveva... Ya sabéis que es un hombre influyente. Hay que dar las gracias a Dios de que don Alfredo sea don Alfredo. —Miró luego la fotografía de las quinielas—. No sé cómo conserváis eso... Sólo con mirarla se le pone a una la piel de gallina. Pensar que la mala suerte vino por las quinielas... Claro que, después de todo, algún recuerdo hay que conservar de los momentos felices...

La miraban entre curiosos y fascinados. Nadie le replicaba. Cuando se hubo desahogado, se marchó haciendo sonar el «can-can» con más brío que nunca.

Vestida de luto, parecía mayor, llevaba el pelo recogido en un moño y sus facciones (donosamente resaltadas) adquirían gravedad. Una gravedad serena.

Cuando después del trabajo volvía a su casa, iba siempre apresurada, como si temiera que durante su ausencia ocurriese algo desagradable.

Apenas tenía que aguardar el autobús. Llegaba uno cada cinco minutos.

El calor disminuía y la oscuridad aumentaba. Las tardes eran cortas. Otra vez las hojas caían de los árboles, otra vez la ciudad perdía brillo, otra vez era otoño.

Reinaba la hora de los cambios, de las dispersiones, de los ocupados y de los desocupados. En suma: la hora en que había muerto Paco.

Julita se detuvo en la parada del autobús. Miraba, como siempre, indiferente, sumida en sus propios problemas, en sus propios proyectos.

Un conjunto de caras desconocidas la rodeaba. Eran caras vacías, sin facciones, sin relieve.

De pronto lo vio a él.

Cruzaba la calle, andando ligero y como tenía por costumbre, algo torcido.

Quedaron frente a frente, a un metro de distancia, en el preciso momento en que el autobús se detenía.

Se miraron, sonrieron, se tendieron la mano.

El mundo que los rodeaba no tenía forma, no tenía color. Únicamente tenía prisa.

—Hola.

—Hola.

Ni siquiera había tiempo para comprender por qué estaban allí.

—¿Qué tal?

—Bien... ¿Y tú?

Tampoco le preguntó por qué iba vestida de negro. Acaso ya lo supiera.

—El autobús... —dijo él.

—El autobús.

La puerta del vehículo rugió con sonido frustrante.

—Bueno, pues... adiós.

—Adiós.

Había una barrera entre ambos. Una barrera de aire. Era inútil que uno y otro se dispusieran a hablar, a explicar, a imbuir...

Lo peor de todo era la prisa. Las prisas arrastraban, separaban, por mucho que en los ojos de Julita y Pablo hubiera la necesidad de vencerla, de quebrarla para siempre.

Alguien desde la puerta acuciaba:

—¿Sube usted o no sube?

Se dieron la mano.

—Tengo que irme.

Él no la retuvo.

—Apresúrate, vas a perder el autobús.

Repitió:

—Adiós, Pablo.

Parecía como si le costase pronunciar aquella palabra. Subió al autobús y la puerta se cerró rápidamente. Se volvió a mirarlo. Andaba ligero, sin volver la vista atrás, sin dedicarle el menor ademán.

Alguien le cedió el asiento. Julita aceptó: los ojos llorosos, las manos temblorosas y probablemente la cavidad de la boca helada.

—Algún día quizá vuelva a...

—¿Dice usted? —preguntó el vecino.

—Nada, nada...

Una vez en el autobús la barrera de aire aumentaba. Aunque no lo quisieran Julita y Pablo se insertaban en el adocenamiento gracias a aquella barrera de aire. Nada en ellos era ya particular, exclusivo, único. La afirmación y la negación de los otros era su ley. El mundo ya no estaba a sus órdenes, como lo había estado aquella tarde en Miramar; al contrario, los esclavizaba.

La masa iba entrando en ellos poco a poco, del mismo modo que ellos, voluntariamente, habían entrado en la masa.

Y la vida volvió a ser diminuta, insignificante, porque se reducía a la maniobra cotidiana de ingerir y dormir.

El vecino de asiento le dijo:

—Está empezando a refrescar.

—Sí —respondió ella—. Está empezando a refrescar.

—Dentro de poco, Navidad encima.

—Y Año Nuevo, y Reyes...

Ni siquiera vio la cara del que hablaba.

Guiomar, julio de 1958.

Índice

Batuta	7
Instrumentos	101
Acordes	155
Sinfonía	223

OTRAS OBRAS DE LA AUTORA

PRIMERA MAÑANA, ÚLTIMA MAÑANA (con el seudónimo de María Ecín). Luis de Caralt, Barcelona, 1955. Ediciones Nauta, Barcelona, 2.ª edición, 1968.

CARRETERA INTERMEDIA. Luis de Caralt, Barcelona, 1956. Editorial Planeta, Barcelona. *Col. Autores Españoles e Hispanoamericanos.* 3.ª edición, 1969 (6.050 ejemplares).

MÁS ALLÁ DE LOS RAÍLES. Luis de Caralt, Barcelona, 1957.

— Círculo Amigos de la Historia. *Col. Clásicos Contemporáneos.* 2.ª edición, 1977.

UNA MUJER LLEGA AL PUEBLO. Premio Ciudad de Barcelona 1956. Editorial Planeta, Barcelona, 1957. *Col. Ómnibus.* 4.ª edición, 1968 (12.000 ejemplares).

— *Col. Popular.* 2.ª edición. 1981 (30.000 ejemplares).

ADÁN HELICÓPTERO. Editorial AHR, Barcelona, 1958.

PASOS CONOCIDOS. Relatos. Editorial Pareja-Borrás, Barcelona, 1959.

VENDIMIA INTERRUMPIDA. Editorial Planeta, Barcelona, 1960. *Col. Autores Españoles e Hispanoamericanos.* 2.ª edición, 1962 (5.500 ejemplares). Editorial Argos-Vergara, Barcelona, 4.ª edición, 1982.

LA ESTACIÓN DE LAS HOJAS AMARILLAS. Editorial Planeta, Barcelona, 1963. *Col. Autores Españoles e Hispanoamericanos.* 3.ª edición, 1968 (8.800 ejemplares). Editorial Argos-Vergara, Barcelona, 7.ª edición, 1982.

EL DECLIVE Y LA CUESTA. Editorial Planeta, Barcelona, 1962. *Col. Autores Españoles e Hispanoamericanos.* 2.ª edición, 1966 (6.050 ejemplares).

LA ÚLTIMA AVENTURA. Editorial Planeta, Barcelona, 1967. *Col. Autores Españoles e Hispanoamericanos.* 2.ª edición, 1969 (7.150 ejemplares).

— *Col. Popular.* 2.ª edición, 1981 (15.000 ejemplares).

LA DECORACIÓN. Ensayo. Ediciones Nauta, Barcelona, 1969. 5.ª edición, 1973.

ADAGIO CONFIDENCIAL. Finalista Premio Planeta 1973. Editorial Planeta, Barcelona, 1973. *Col. Autores Españoles e Hispanoamericanos.* 9 ediciones, 1982 (64.250 ejemplares).

— *Col. Popular.* 3.ª edición, 1982 (45.000 ejemplares).

LA GANGRENA. Premio Planeta 1975. Editorial Planeta, Barcelona, 1975. *Col. Autores Españoles e Hispanoamericanos.* 24 ediciones, 1982 (388.000 ejemplares).

— *Col. Popular.* 1.ª edición, 1981 (15.000 ejemplares).

EL GRAN LIBRO DE LA DECORACIÓN. Ediciones Nauta, Barcelona, 7.ª edición, 1976.

VIAJE A SODOMA. Editorial Planeta. Barcelona, 1977. *Col. Autores Españoles e Hispanoamericanos.* 4.ª edición, 1978 (15.400 ejemplares).

EL PROYECTO. Editorial Planeta, Barcelona. *Col. Autores Españoles e Hispanoamericanos.* 1.ª edición, 1978 (5.000 ejemplares).

LA PRESENCIA. Editorial Argos-Vergara, 1979. 9.ª edición, 1982.

DERRIBOS. Editorial Argos-Vergara, Barcelona, 1981. 3.ª edición.

TRADUCCIONES

LE SOLEIL NE PARDONNE PAS. Editorial Robert Laffont, 1958 (Francia).

THE EYES OF THE PROUD. Editorial Methuen, 1960; A Four Square Book, 1965 (Inglaterra). Editorial Harcourt Brace, 1960 (Estados Unidos).

A MULHER QUE VOLTOU. Editorial Estudios Cor, 1960 (Portugal).

DEN SOM AR UTAN SKULD. Editorial Raben & Sjögren, 1961 (Suecia).

YILPEÄT SILMÄT. Editorial Gummerus, 1962 (Finlandia).

EINE FRAU KEHRT ZURÜK. Nannen-Verlag. Hamburgo, 1963 (Alemania).

DIE OE VAN DIE HOOGMOEDIGES. Johannesburgo A. P. B. Bookseller (P.T.Y.) Lt., 1967 (Sudáfrica).

LA VENDANGE INTERROMPUE. Editorial Robert Laffont, 1962 (Francia).

VENDEMMIA INTERROTTA. Editrice Internazionale, 1963 (Italia).

LA SAISON DES FEUILLES MORTES. Editorial Robert Laffont, 1965 (Francia).

MOYENNE CORNICHE. Editorial Robert Laffont, 1966; Ediciones «J'ai lu», 2.ª edición, 1967 (Francia).

LA FRONTIÈRE DE L'AMOUR. Editorial Robert Laffont, 1969 (Francia).

EL ENGAÑO y DOS MAÑANAS DE SEPTIEMBRE. Editorial Raduga, 1982 (URSS).